UNE DANGEREUSE EMPRISE

Araminta Hall

UNE DANGEREUSE EMPRISE

Traduit de l'anglais par Irène Offermans

ÉDITIONS FRANCE LOISIRS

Titre original : *Everything and nothing*
Publié par HarperPress, une marque de Harper-
Collins Publishers, Londres

À ma famille, parfaitement imparfaite,
Jamie, Oscar, Violet et Édith

Ce livre est une œuvre de fiction. Les person-
nages et les lieux sont le fruit de l'imagination de
l'auteur. Toute ressemblance avec des événements
réels, des lieux ou des personnes – vivantes ou
mortes – relève de la simple coïncidence.

Édition du Club France Loisirs,
avec l'autorisation des Éditions Belfond

Éditions France Loisirs
123, boulevard de Grenelle, Paris
www.franceloisirs.com

ISBN : 978-2-298-05952-6

Le monsieur nerveux sourit méchamment :

— Et alors ? Vous dites que le mariage se fonde sur l'amour, et quand j'émets un doute sur l'existence d'un amour autre que l'amour sensuel, vous me prouvez l'existence de l'amour par le mariage. Mais de nos jours, le mariage n'est qu'une violence et un mensonge.

Léon TOLSTOÏ, *La Sonate à Kreutzer*

Le métro conduisit Agatha dans un de ces quartiers dont les habitants, il y a quelques années, mentaient lorsqu'on leur demandait leur code postal. Qu'on puisse avoir eu honte de vivre ici dépassait complètement Agatha. Les rues étaient larges et des bouquets d'arbres montaient la garde devant chacune des maisons victoriennes qui s'élançaient vers le ciel dans toute leur gracieuse splendeur, un peu comme si Dieu les avait placées là lorsqu'il avait créé l'univers en sept jours, l'une des histoires préférées de la jeune fille lorsqu'elle était enfant. On atteignait ces demeures sévères et majestueuses par une allée de briques orange qui ressemblaient à des pastilles contre la toux ; les vitraux des portes d'entrée reflétaient la lumière des chandeliers qu'on trouvait devant chaque seuil, tandis que les heurtoirs en cuivre et les portails en fer forgé semblaient aussi chic qu'un nœud papillon sur un col de chemise. Il y avait même des bow-windows évoquant, aux yeux d'Agatha, une succession de ventres fièrement arrondis par la maternité. Rien de tout ça n'existait là où la jeune fille avait grandi.

L'adresse griffonnée sur le morceau de papier qu'elle tenait à la main correspondait à une porte dotée d'une étrange sonnette, une boule en métal qu'il fallait soulever de son applique ouvragée avant de la tirer, sans doute aussi ancienne que la maison. Cette sonnette plaisait à Agatha tant par son audace à sortir de l'ordinaire que par son air de ne pas se laisser intimider. Elle enclencha donc le mécanisme et le tintement distinctif d'un carillon se fit entendre à l'intérieur.

Pendant qu'elle attendait, Agatha se concentra, s'entraîna à sourire et se rappela de ne pas agiter les mains, de réduire ses mouvements au minimum. Ce n'était pas qu'elle ne maîtrisait pas son personnage ni que tout reposait sur un mensonge. Non. Simplement, elle allait jouer un rôle de composition.

L'homme qui lui ouvrit paraissait exaspéré, comme s'il avait vécu une journée atroce. Derrière lui, une fillette pleurait et il tenait dans ses bras un petit garçon apparemment trop âgé pour téter le biberon vissé à sa bouche. Une chaleur écœurante s'échappait de cette maison et dans l'entrée traînaient un fouillis de manteaux, diverses paires de chaussures et même... un vélo !

« Désolé, lui dit celui qu'elle identifia comme Christian Donaldson. C'est un peu le chaos mais rien de dramatique pour l'instant.

— Ne vous inquiétez pas. »

D'expérience, Agatha savait que, consciemment ou non, les gens comme lui aimaient avoir l'air dépassé.

Il lui tendit sa main libre.

« Vous devez être Annie…

— Agatha… » Cette erreur énerva prodigieuse-ment la nouvelle venue, mais elle fit de son mieux pour le cacher. « Mais tout le monde m'appelle Aggie.

— Désolé. Excusez-moi. Je pensais que ma femme m'avait dit… Elle n'est pas encore rentrée. »

Sa gêne rassura la jeune fille. Toutes les mêmes, ces familles !

« Pardonnez-moi. Ne restez pas dehors, reprit-il en reculant pour la laisser passer. Entrez. »

La cuisine semblait avoir été prise d'assaut par une armée de mutinés qui se seraient déchaînés sur les placards avant d'en déverser le contenu aux quatre coins de la pièce.

« Papa, pleurnicha la fillette, c'est pas juste. Pourquoi je dois manger des brocolis alors que Hal a le droit de manger qu'avec le biberon ? »

Comme l'enfant, Agatha attendit une réponse qui ne vint pas. Elle détestait cette façon qu'ont les adultes de considérer le silence comme une réponse suffisante. Observant celui qui, elle l'espérait, allait l'embaucher, elle remarqua un voile de transpiration sur son visage, ce qui lui donna le culot d'intervenir.

« Quelle est ta couleur préférée ? »

La fillette cessa de vagir pour la fixer. Cette question était trop intéressante pour ne pas y répondre.

« Le rose. »

Que c'est original ! songea Agatha. Ses filles à elle aimeraient le bleu.

« Eh bien, tu as de la chance parce que j'ai une boîte de Smarties dans mon sac et je déteste les roses. Si tu veux, tu manges un peu de brocolis et je te donne tous mes Smarties roses. »

La fillette resta interloquée. « C'est vrai ? »

Agatha se tourna vers Christian qui, fort heureusement, souriait.

« Eh bien, oui. Si ton papa est d'accord. »

Il éclata de rire.

« Pas de problème ! Quelques Smarties n'ont jamais fait de mal à personne ! »

Christian ne supportait pas les nounous de ses enfants. Qu'est-ce que celle-ci pouvait bien penser de lui ? Il aurait aimé se justifier, lui expliquer que, en règle générale, il ne se trouvait pas à la maison à cette heure-ci. C'était le cas aujourd'hui parce qu'il s'était violemment disputé avec Ruth le week-end précédent. Quelque chose à propos des enfants et de sa propre responsabilité, et du fait que si Ruth prenait une journée de congé supplémentaire elle risquait de perdre son emploi. Tout ça pour en arriver à la conclusion habituelle : en substance, elle se sacrifiait pour tout le monde et lui n'était qu'un égoïste. Pour couronner le tout, après avoir passé la journée à s'occuper de ses enfants, il se sentait le dos au mur, trop épuisé pour dire quoi que ce soit. Que fichait Ruth, bon sang ?

La jeune fille refusa le thé que Christian lui proposa mais accepta de suivre Betty dans la partie du salon envahie par les jouets en plastique tandis qu'il faisait semblant de s'activer dans la cuisine et déplaçait diverses piles de vaisselle que Ruth rangerait plus tard dans les placards.

La maison, d'après lui, rétrécissait lorsqu'ils recevaient des visiteurs car il la voyait avec leur regard. Deux petites pièces coincées l'une contre l'autre à l'avant et une cuisine agrandie sans la moindre imagination. Des chambres surchargées et une minuscule mansarde sous le toit. Il se sentait alors comme un obèse qui aurait trop mangé, souffrirait d'une crise de goutte et aurait du mal à se déplacer.

À l'époque où il voyait Sarah, ils se retrouvaient toujours chez elle, pour des raisons évidentes, mais là-bas c'était pire. Allongé sur le grand lit grinçant, il se trouvait vieux au milieu des affiches de chanteurs qu'il ne connaissait même pas punaisées sur des murs aux couleurs ternes. Il s'était même surpris à regretter – quelle perversité ! – les tons délicats et l'élégante beauté de son propre domicile. C'était d'autant plus retors qu'il avait sincèrement haï Ruth quand elle avait fondu en larmes à cause du retard que prenaient les travaux ou lorsqu'elle s'était montrée plus excitée par la couleur d'un carrelage que par ses caresses.

Un banc lui avait également souvent fait penser à son épouse au cours de cette période. Il y retrouvait parfois Sarah. Toutes les liaisons n'ont-elles pas besoin d'un banc dans un parc ? Une inscription ornait celui-ci, sur laquelle on pouvait lire : *Pour Maude qui aimait ce parc autant que je l'aimais, elle*. Christian avait imaginé un vieillard gravant les lettres au couteau, le visage inondé de larmes tandis qu'une vie de souvenirs heureux se succédaient dans sa mémoire. Une illusion, bien évidemment, puisque de nos jours plus personne n'a de souvenirs heureux. L'inscription avait dû être gravée à la machine par des employés municipaux.

De toute façon, rien ne l'aurait retenu. Tromper Ruth avait été si facile que ça avait failli gâcher son plaisir. Christian avait toujours eu des horaires de travail imprévisibles et son métier à la télévision l'obligeait souvent à s'absenter, si bien que découcher faisait partie de l'ordinaire. Cela dit, il s'était surtout senti dans son bon droit. Ruth n'avait cessé de l'étouffer, se répétait-il, elle avait nié sa vraie personnalité ; en fait, il n'avait jamais voulu s'engager, il préférait s'amuser et n'avoir aucune responsabilité. Finalement, quelqu'un comme Sarah lui convenait beaucoup mieux.

Pour être honnête, ce n'était sans doute pas vrai. Même si cela restait encore confus dans son esprit et s'il peinait à avoir une vision claire sur une situation qui lui nouait toujours le ventre, il aurait eu du mal à dénouer ses sentiments. Deux femmes enceintes au même moment mais un seul enfant à la clé... Un étrange petit garçon qui, à presque trois ans, ne mangeait toujours aucun aliment solide, parlait à peine et vous suivait des yeux comme les regards sur certains tableaux. Hal aurait-il absorbé la douleur de sa mère dans l'utérus, comme certains bébés naissent accro à l'héroïne ? Une clé tourna dans la serrure et Christian sortit de sa rêverie.

Ruth savait depuis le départ qu'elle ne pourrait pas quitter le bureau avant dix-huit heures mais se sentait tout de même prise en faute. Christian ne comprendrait pas qu'elle ait programmé l'entretien à dix-neuf heures. Et il y avait cette pluie, en plus, qui avait poussé les gens à emprunter un métro si bondé qu'on suffoquait dès les tourniquets. C'était perturbant, cette façon dont la pluie s'était abattue sur la ville après que les nuages avaient assombri si brusquement et si furieusement l'atmosphère, sans crier gare. *Dans le temps, c'était différent*, songea-t-elle, en réfléchissant à ce qu'elle dirait un jour à ses enfants de ce monde dans lequel ils grandissaient.

Apparemment, la jeune fille était arrivée, et l'état de la maison avait encore empiré. Ruth s'était habituée à quitter son domicile le matin en fermant les yeux pour ne pas voir les draps entortillés sur les lits, l'explosion de vêtements dans le panier à linge, les piles de vaisselle sale débordant de l'évier, les empreintes de petites mains sur les vitres, les moutons de poussière chaque jour plus nombreux sur le tapis de l'escalier, les DVD éparpillés autour du lecteur, les sacs de recyclage accumulés près de la poubelle, les étiquettes à coudre sur l'uniforme de Betty. La liste interminable de ces corvées la retenait en esprit à la maison lorsqu'elle partait au bureau. Mais ce soir, l'état de désordre de la maison confinait au sordide. Christian l'avait-il fait exprès pour la punir ? Parce qu'elle l'avait empêché de se rendre à son imbécile de travail à responsabilités ? Là où, du lundi au vendredi, il faisait semblant d'être indispensable. *Petite participation aux tâches ménagères*, avait-elle écrit dans l'annonce. Qu'y inclure ? Elle se décida pour les lessives, afin de se donner au moins l'impression de garder le cap aux yeux du monde. Et les courses. Il fallait bien qu'ils mangent, après tout.

De l'entrée, Ruth aperçut la jeune fille assise par terre avec Betty. Elle paraissait si juvénile qu'elles auraient pu être camarades de jeux. Dans le métro, Ruth avait eu une crise d'angoisse. Retourner au bureau après deux semaines passées à s'occuper des enfants l'avait ébranlée. Ses doutes avaient resurgi. L'ultime épreuve de force avec leur dernière nounou était encore profondément inscrite dans sa mémoire. En larmes, valises en mains, la jeune femme s'était tenue sur le seuil de la maison résolue à s'en aller car elle ne s'imaginait pas passer une nuit supplémentaire à supporter les hurlements de Betty. « *Il faut que je dorme* », avait-elle expliqué, oubliant apparemment que ce n'était pas elle mais Ruth qui se levait toutes les heures, nuit après nuit, dans une interminable fuite en avant.

La semaine précédente, Ruth avait consulté les sms de Christian, ce qui ne lui était pas arrivé depuis plus d'un an. Plus grave, elle avait presque envie de découvrir quelque chose. Ce serait tout de même plus excitant que de lancer une énième lessive de chaussettes ou de préparer à dîner avec ce qui se trouvait dans le réfrigérateur. Et puis, n'était-elle pas trop vieille pour occuper les fonctions de rédactrice en chef adjointe ? Elle n'aurait jamais dû refuser le poste de rédac' chef que Harvey lui avait proposé l'année précédente.

« Je ne comprends pas, lui avait répondu Christian quand elle lui avait annoncé sa décision, en sanglots. Où est le problème ? Si ce poste te plaît, accepte-le. On se fera davantage aider, ce n'est pas grave.

— Ce n'est pas grave ? avait-elle répété, les larmes ruisselant sur ses joues malgré elle. Tu crois que pour nos enfants, ce n'est pas grave ?

— Comment ça ? Qu'est-ce que les enfants viennent faire dans cette histoire ?

— Il va de soi que si je refuse ce poste, ce n'est pas pour moi.

— Oh ! c'est pas vrai, avait-il soupiré. Tu ne vas pas recommencer à jouer les victimes… Quel est le rapport entre ce poste et les enfants ? »

Cette question avait si violemment agacé Ruth qu'elle avait été saisie d'une brutale envie de poignarder son mari.

« Si j'accepte cette promotion, je ne les verrai quasiment jamais.

— Certes ! Les moments que vous partagez sont d'une telle qualité !

— Comment peux-tu dire une chose pareille ? Je suis une mauvaise mère ? »

Ruth avait failli s'emporter et Christian s'était versé du vin.

« Tout ce que je dis, c'est que nous avons fait un choix, Ruth. Nous avons décidé de poursuivre tous les deux notre carrière. Je ne dis pas que c'est une bonne idée, je ne dis pas que c'est une erreur. Je dis simplement qu'on ne peut pas avoir le beurre et l'argent du beurre.

— Toi si, apparemment.

— Pas du tout. J'adorerais passer plus de temps avec eux mais nous avons acheté une maison au-dessus de nos moyens parce qu'elle te plaisait et nous devons rembourser un emprunt énorme.

— Je ne t'ai pas forcé à acheter cette maison.

— Je me serais parfaitement contenté d'un endroit plus petit. »

D'après Ruth, Christian s'en sortait mieux qu'elle. Il se concentrait sur sa carrière et, par conséquent, gravissait régulièrement les échelons. Il ne culpabilisait pas quand il ne passait pas la journée à la maison et, du coup, savourait les moments partagés avec les enfants. Pour quelque raison atavique, ce n'était apparemment pas dans ses attributions de savoir si leurs vaccins étaient à jour ni même s'ils étaient nécessaires. Il ne se sentait pas obligé ne serait-ce que de feuilleter le moindre livre traitant de l'éducation des enfants et ne s'inquiétait pas que ses absences répétées puissent entraîner des troubles du comportement chez sa progéniture. Il ne prenait jamais une demi-journée de congé pour assister aux concerts de Noël ou aux rencontres sportives mais si, exceptionnellement, il était dans le quartier et passait à l'improviste, tout le monde s'extasiait. Quel père fantastique !

Toutes ces petites injustices avaient usé Ruth qui considérait désormais son mariage comme un affleurement rocheux sur lequel les rouleaux d'une mer déchaînée venaient s'abattre. En parler à Christian ? Impossible. Ils avançaient donc comme ils pouvaient, à l'aveuglette, se blessant parfois gravement mais parvenant en général à s'en tenir à quelques hématomes ou égratignures.

« Tu t'es trompée de nom, lança Christian en guise d'accueil lorsque Ruth pénétra dans le salon. Elle s'appelle Aggie. »

Ruth s'assit sans prendre le temps d'ôter son manteau car Hal et Betty se disputaient son attention.

« Oh, désolée. J'ai dû mal comprendre ce que vous m'avez dit au téléphone. Je n'ai pas pu partir plus tôt, ajouta-t-elle, s'excusant tant auprès de Christian que d'Aggie. Vous savez ce que c'est, ma première journée de retour au bureau… » Elle sourit à Aggie et articula silencieusement par-dessus la tête de Betty : « Un vrai cauchemar ! » À quoi jouait-elle ? « Pourquoi ne leur mettrais-tu pas un DVD ? suggéra-t-elle à Christian avant de se sentir obligée de s'expliquer auprès d'Aggie : En général, ils n'ont pas le droit de regarder la télévision après dix-sept heures mais on n'arrivera jamais à finir une phrase s'ils restent dans nos pattes. »

Celle-ci acquiesça d'un signe de tête pendant que les enfants se chamaillaient quant au choix du DVD. Christian finit par s'énerver.

« Ça suffit, vous allez regarder *Toy Story*. C'est le seul que vous appréciez tous les deux. »

Lorsque Betty se mit à hurler, tout le monde garda le sourire.

« C'est ça ou rien ! cria Christian en insérant le disque dans l'appareil.

— Bien, reprit Ruth en se tournant vers Aggie. Désolée... Où en étions-nous ? J'imagine que mon mari vous a expliqué ce qu'on attend de vous. »

La jeune femme rougit, incapable de répondre.

« Je n'ai pas eu le temps, se justifia Christian. Betty se l'est instantanément accaparée. »

La partie semblait perdue d'avance.

« Tu ne lui as pas parlé de Hal ?

— Non, je t'attendais. »

Et voilà, jolie pirouette ! Ruth garda son calme.

« Excusez-nous, Aggie. Je vais donc vous expliquer la situation. Hal approche des trois ans et il n'a encore jamais consommé de nourriture solide. Il se nourrit exclusivement de biberons. J'ai consulté divers médecins qui m'ont tous dit qu'il était en parfaite santé. Peut-être un peu en retard au niveau du développement... Ce que je veux dire, c'est qu'il parle à peine mais, apparemment, il n'y a pas de quoi s'inquiéter. Sauf qu'on ne sait plus quoi faire. J'ai rendez-vous avec un célèbre nutritionniste dans quelques semaines, mais une question me brûle les lèvres à votre propos : quel est votre rapport à la nourriture ? »

Agatha contempla Hal. L'idée de s'occuper d'un phénomène lui plaisait. Elle avait suffisamment gardé les enfants de ces mères ridicules pour connaître la réponse à la question qu'on lui posait. Elle imaginait parfaitement l'intérieur du réfrigérateur des Donaldson. Les clayettes supérieures remplies de légumes bio verdoyants, le freezer regorgeant des plats cuisinés trop salés et trop gras que, secrètement, tout le monde préfère.

« Eh bien, selon moi, le comportement des enfants est le reflet de leur alimentation. J'essaie bien évidemment de leur faire manger cinq fruits et légumes par jour mais je ne suis pas une extrémiste et, d'après moi, un bonbon ou un biscuit de temps en temps ne peut pas leur faire de mal. »

Ruth approuva d'un air soulagé tandis que Christian avait la tête tournée vers la fenêtre, le regard dans le vide.

« C'est à peu près notre mode de fonctionnement mais nous avons rencontré tellement de problèmes avec Hal ! Le médecin préconise de le laisser boire ses biberons pour l'instant. Elle m'a même recommandé de lui donner du chocolat pour l'habituer à l'idée de la nourriture solide. N'importe quoi ! »

Non. Agatha trouvait au contraire cette suggestion assez sensée. Elle avait été essentiellement nourrie de steaks hachés surgelés, de frites au four et de chocolat, des Bolino les jours fastes, et elle s'en était très bien remise. Ce qui ne l'empêcha pas de secouer la tête d'un air désapprobateur.

« Et pour la discipline ? Comment fonctionnez-vous ?

— Je suis pour les grands principes éducatifs. » Agatha revoyait sa dernière employeuse hurler sur ses enfants après avoir répété au cours de l'entretien d'embauche qu'élever la voix ne servait à rien. Impayables, ces bonnes femmes ! « Mais je pense qu'ils doivent se résumer aux fondamentaux : rester poli, être gentil, ne pas en venir aux mains, ce genre de choses. Je préfère éviter les menaces quand je sais que je ne pourrai pas les mettre à exécution. » Agatha prenait un risque en tenant de tels propos à Ruth, sans doute une de ces femmes à qui on retirerait ses enfants si elle vivait dans une HLM mais qui s'en sortait bien puisqu'elle habitait une maison d'un demi-million de livres et s'exprimait avec de grands mots. Cela dit, ces bourgeoises, en général férues d'émissions de puériculture, connaissaient sur le bout des doigts les théories qu'elles peinaient à appliquer.

« Dans mon annonce, j'ai mentionné quelques tâches ménagères. Ça ne vous dérange pas, j'espère ? Une lessive de temps en temps, un peu de rangement et peut-être les courses.

— Oui, bien sûr, c'est normal. Pas de problème. »

C'était même ce qu'Agatha préférait. Remettre chaque objet à sa place, trier, faire en sorte que ses employeurs s'émerveillent de son efficacité. Elle avait souvent travaillé dans le nettoyage et s'était toujours rendue indispensable. Bon nombre de ces familles vivaient dans des conditions déplorables, dignes des pires taudis. D'expérience, Agatha savait que, de loin, on mourait d'envie de prendre leur place, on convoitait leurs vêtements, leurs maisons, leurs machines à espressos, leurs aspirateurs à trois cents livres et leurs réfrigérateurs colorés, mais la plupart d'entre eux n'étaient même pas capables de tirer la chasse d'eau après être passés aux toilettes. Ils ne comprenaient ni l'importance de l'ordre dans la vie ni l'intérêt de dominer le chaos.

« Comme vous le savez, Christian et moi rentrons tard du travail. J'essaie d'être à la maison vers dix-neuf heures mais, pour Christian, c'est impossible. Ça ne vous dérange pas ? Vous devrez sans doute les coucher de temps en temps.

— Aucun problème. J'ai l'habitude. »

Agatha préférait de toute façon les parents absents. Que leurs névroses les atomisent ! C'était tellement plus simple de s'occuper d'enfants que d'adultes.

« Bien, Aggie. Parlez-nous de vous. »

Agatha savait désormais quoi répondre à cette question. Ces gens faisaient seulement semblant de s'intéresser à elle, elle le savait, mais la jeune fille n'en ressentit pas moins un léger pincement au cœur. Jusqu'à présent, elle n'avait pas vraiment menti. Elle ne prévoyait pas de gaver les enfants de saletés ni de les rouer de coups avant de cacher la poussière sous les canapés. Elle allait faire du bon travail mais ne pouvait certainement pas leur avouer sa situation. Au cours de ses entretiens précédents, elle s'était essayée à certaines réponses. Lorsqu'elle disait que ses parents étaient morts, on lui exprimait trop de pitié, et quand elle disait qu'ils étaient partis s'installer à l'étranger, on s'attendait tout de même à ce qu'ils téléphonent de temps à autre. Elle tenta donc sa nouvelle version :

« J'ai grandi à Manchester et je suis fille unique. Mes parents sont très vieux jeu et, lorsque j'ai été acceptée en fac de philosophie, mon père a vu rouge. Il est très croyant, voyez-vous, et selon lui la philosophie est la cause de tous les maux, la main du diable, en quelque sorte. »

Cette idée chipée dans un feuilleton télévisé lui avait semblé plausible, ou du moins assez invraisemblable pour qu'on n'envisage pas qu'elle ait pu l'inventer.

Ruth et Christian réagirent exactement comme prévu : ils se redressèrent, prêts à exprimer leurs opinions libérales.

« Il m'a dit que si je partais, il me renierait.

— Vous vous êtes tout de même inscrite à l'université ? »

Agatha baissa les yeux. La douleur était encore si vive que les larmes lui montèrent aux yeux.

« Non. Je m'en veux à un point que vous ne pouvez pas imaginer. »

Ruth porta la main à sa bouche d'une façon si théâtrale qu'Agatha douta de sa spontanéité.

« Quelle horreur ! Comment a-t-il pu vous priver d'une telle opportunité ? »

Elle-même n'oserait jamais faire ça à ses enfants.

« Je suis restée quelque temps à la maison après ça, mais la situation est vite devenue insupportable. On se disputait sans arrêt. »

En prononçant ces mots, Agatha visualisait parfaitement une maison impeccable dans une banlieue résidentielle. Un homme aux lèvres pincées lui agitait un index furieux sous le nez. La maison sentait le vinaigre. Soit sa mère cuisinait très mal, soit c'était une maniaque de la propreté, impossible à dire. À l'instar de ce gentil couple, elle se demandait comment son père avait pu se montrer aussi méchant.

« Je suis partie il y a cinq ans et je ne leur ai pas reparlé depuis.

— Votre mère n'a jamais essayé de reprendre contact avec vous ?

— Elle est sous l'emprise de mon père et je pense qu'ils ont déménagé, à présent. »

Sa future employeuse se félicitait sans doute déjà d'avoir réussi à dénicher au prix d'une nounou normale une fille assez intelligente pour être acceptée à l'université.

Agatha rentra épuisée dans sa chambre minable de King's Cross. Qu'est-ce qui lui avait pris de raconter aux Donaldson qu'on l'appelait Aggie alors que personne n'employait ce diminutif ? Le portable de sa colocataire sonna et cette dernière répondit d'un ton sec avant de se mettre à faire de grands signes à l'intention de la jeune fille.

« Oh ! Elle est fabuleuse. Nous avons été tellement tristes de nous en séparer… Oui, parfaitement, elle s'occupait d'eux à temps complet car je travaille… Non, c'est parce que nous avons décidé de quitter Londres afin que les enfants bénéficient d'un jardin pour y jouer librement. »

Lisa leva les yeux au ciel pour signifier qu'elle racontait vraiment n'importe quoi, ce qui agaça prodigieusement Agatha. Elle avait intérêt à suivre son texte à la lettre !

« D'ailleurs, nous avons bien failli renoncer à déménager pour qu'elle reste à notre service, poursuivit Lisa en riant aux éclats tout en feignant de boire une flûte de champagne. C'est tellement difficile, n'est-ce pas, de jongler entre notre métier, nos enfants, notre vie de couple... » Sur ces mots, elle couvrit le combiné de sa main. « Quelle conne ! » articula-t-elle à destination d'Agatha qui lui sourit froidement. Si Lisa fichait tout en l'air, elle aurait bien cherché sa rouste. « Non, non, pas du tout. N'hésitez pas à m'appeler. Je vous la recommande chaude-ment. » Après avoir raccroché, Lisa jeta son portable sur le lit et émit un petit bruit moqueur. « Bon sang, que ces bourges sont crédules ! Elles mériteraient presque qu'on les roule, tu ne crois pas ?

— Merci de ton aide », conclut Agatha en lui tendant le dernier billet de vingt livres que conte-nait son portefeuille.

« Quand on veut quelque chose de toutes ses forces, ça finit toujours par arriver », lui avait-on dit un jour. À moins qu'il ne s'agisse d'une réplique de film. Peu importait, l'essentiel, c'était de quitter ce trou à rats le plus vite possible pour s'installer chez les Donaldson.

« Tu veux manger indien ou chinois ? » demanda Ruth en fouillant le tiroir fourre-tout de la cuisine qui débordait de papiers d'emballage, de vieux paquets de graines, d'une boîte d'épingles à moitié vide, d'un nuancier de peinture et de tout un tas de saletés qui ne leur serviraient vraisemblablement plus jamais.

« Je m'en fiche, répondit Christian en remplissant deux verres de vin. Je suis crevé. »

Les enfants n'étaient couchés que depuis vingt minutes et Betty allait bientôt redescendre en prétextant vouloir un verre d'eau, ce qui exaspérerait Ruth. De fait, les seuls instants qu'elle passait avec sa fille étaient de piètre qualité. Combien de temps tiendrait-elle en dormant si peu ? Ce n'était pas un euphémisme : le manque de sommeil est une véritable torture et les prisons devaient regorger de détenus qui dormaient davantage qu'elle. Christian avait appris à ne plus entendre les pleurs nocturnes de Betty, et Ruth ne cherchait même plus à le réveiller. Elle se surprit à penser au darwinisme et à la théorie de l'évolution des espèces. Pas étonnant que Betty passe des journées à pleurer. Si elle le pouvait, Ruth ne ferait pas autre chose.

Vers vingt et une heures, Christian ne put s'empêcher de penser qu'il avait gâché sa journée. Il avait menti à Ruth en prétendant avoir réussi à travailler un peu, alors qu'il n'était parvenu qu'à valider un projet de spot télévisé. Il se sentait vidé. Anéanti. Pourquoi Betty pleurait-elle autant ? Pourquoi Hal refusait-il de manger ? Il aurait fallu en discuter mais l'épuisement l'empêchait d'aborder des sujets si explosifs car

Ruth ne manquait jamais d'énergie pour se lancer dans une dispute ! Jamais.

« Alors, que penses-tu d'elle ? lui demanda-t-elle.

— Elle est bien. Et toi ?

— Je l'ai trouvée épatante et ses précédents employeurs n'ont pas tari d'éloges à son sujet.

— Tant mieux. »

Christian s'assit à la longue table de ferme, vraisemblablement fabriquée pour une pièce beaucoup plus vaste, et qui par conséquent faisait autant d'effet dans leur cuisine qu'une minijupe sur une vieille dame. Ruth l'avait achetée dans une brocante du Sussex : un gigantesque pré dans lequel des Belges vendaient des meubles qu'on aurait brûlés dans leur pays mais qu'on s'arrachait ici pour des centaines de livres.

« Tu crois qu'on devrait l'engager ? »

Christian tenta de trouver des arguments en faveur d'une solution ou d'une autre. La précédente nounou leur avait paru parfaite jusqu'à ce qu'elle parte du jour au lendemain. Il n'aurait même pas pu décrire la nouvelle candidate mais cette jeune fille était parvenue à faire taire Betty.

« Elle a l'air super. A-t-on vraiment le choix ? »

Ruth le contempla d'un air morne.

« Non, mais je ne suis pas certaine que ce soit une raison suffisante pour engager quelqu'un qui va s'occuper de nos enfants à plein temps.

— Eh bien, si. Si elle ne nous convient pas, on avisera. »

Sur ces mots, il posa la main sur celle de sa femme et, au seul contact de sa peau, un élan de passion l'électrisa brusquement. Elle avait parfois cet effet sur lui.

Ruth tira ses cheveux derrière ses oreilles.

« D'accord, bonne idée, Batman. »

C'était ce qu'elle répondait souvent à Hal, ce qui coupa instantanément l'élan de Christian.

La chambre que les Donaldson avaient attribuée à Agatha était si parfaite qu'elle en eut les larmes aux yeux en la découvrant. Elle se trouvait sous les toits, véritable cocon protégé du monde par la famille qui dormait à l'étage du dessous. Elle était peinte d'un bleu pâle qu'on appelait bleu grisé (elle avait lu cela quelque part), une couleur qu'elle se plaisait à imaginer très prisée des mères américaines soucieuses du bien-être de leur progéniture. Contre le mur du fond trônait un grand lit en bois blanc recouvert de gros oreillers moelleux qui vous donnaient la sensation de voguer parmi les nuages lorsque vous vous endormiez. En ouvrant ce qu'elle avait cru être un placard, elle avait sauté de joie : elle bénéficiait également de sa propre salle de bains, aux étagères remplies de lotions et de crèmes apparemment luxueuses. Cerise sur le gâteau, les fenêtres, des Velux, s'ouvraient de part et d'autre du toit, si bien qu'elle ne voyait pas la rue mais le ciel changeant, ce qui lui donnait une impression d'ailleurs. C'était le genre de chambre dont Agatha avait toujours rêvé sans jamais oser croire qu'elle en occuperait une un jour.

Ruth et Christian semblaient inquiets de son confort et immensément reconnaissants qu'elle ait accepté ce poste, alors que ç'aurait dû être l'inverse. Elle passa le week-end à sourire et à rire, mais elle avait hâte qu'ils partent travailler le lundi matin afin de commencer sérieusement. Elle avait de grands projets pour la maison et les enfants. Dans un premier temps, elle rangerait et remettrait tout en ordre ; ensuite, elle trouverait le moyen de mettre un terme aux pleurs incessants de Betty ; enfin, elle parviendrait à faire manger Hal normalement. La vie est tellement plus simple quand on se fixe des objectifs clairs !

La maison était encore plus sale qu'elle ne l'avait cru. La femme de ménage des Donaldson s'était payé leur tête : les recoins n'avaient pas été nettoyés depuis des années ; le dessous des canapés et des lits regorgeait d'objets perdus dont Agatha n'imaginait pas qu'ils aient pu servir à qui que ce soit. L'intérieur du réfrigérateur était dégoûtant et gluant tandis que le filtre du sèche-linge contenait tant de fibres qu'il aurait aisément pu prendre feu. Les vitres étaient sales et les encadrements de fenêtre en bois noirci paraissaient pourris alors qu'en fait ils n'attendaient qu'un coup de chiffon humide. La huche à pain était pleine de miettes et de croûtons durcis ; le congélateur débordait de boîtes vides et de plats cuisinés antédiluviens. Au fond du panier à linge se trouvaient des vêtements dégageant une telle odeur de moisi que, Agatha en était certaine, Ruth avait dû oublier leur existence. Les placards collaient sous les doigts : un pot de confiture ou de miel renversé, sans doute ; le four, recouvert de graisse, fumait lorsqu'on l'allumait. Agatha ne laisserait jamais sa maison se dégrader à ce point. Elle ne la quitterait jamais pour aller travailler comme le faisait Ruth. Elle ne la confierait jamais à des inconnus.

« Alors ? Comment est la nouvelle nounou ? » demanda Sally, la rédactrice en chef, lorsque Ruth arriva au bureau le lundi suivant.

Ruth se montra tout à fait honnête :

« Elle a l'air parfaite. »

C'était vrai au début, et ça l'était toujours une semaine plus tard. Agatha avait l'air parfaite. Le problème ? Par comparaison, Ruth se sentait minable. C'était ridicule, évidemment, mais la nounou était trop bien. La maison n'avait jamais tant brillé, le réfrigérateur n'avait jamais été si rangé, les dîners si appétissants et les enfants si joyeux. Le rêve de toute mère salariée, en somme. S'en plaindre relevait certainement de la folie, mais, avant l'arrivée d'Aggie, Ruth avait toujours trouvé un plaisir et un réconfort pervers à critiquer les nounous, à se persuader qu'elle aurait pu mieux faire qu'elles. Désormais, elle devait se rendre à l'évidence : c'était mission impossible.

Ruth avait cessé de travailler pendant un an à la naissance de Betty et se souvenait d'ailleurs amèrement de cette période. Plutôt du genre à vouloir tout régenter, elle savait faire face et elle était fière d'avancer dans la vie, d'être capable de prendre des décisions, de ne craindre ni les risques ni les échecs. Mais, avec Betty, tout avait changé.

Elle avait commencé avec tellement d'enthousiasme, d'espoirs et d'attentes ! Il y aurait toujours des fleurs fraîches dans les vases ; elle cuirait son pain et des gâteaux ; elle lirait une histoire à Betty tous les soirs ; elle l'emmènerait faire de longues promenades au parc ; elle lui apprendrait à reconnaître le cri des animaux et la couvrirait de baisers. Au début, sa fille avait agi comme une drogue.

L'instant qui suit la naissance est divin. Quand on en a fini avec la merde, le sang, le vomi, l'impression d'avoir été écartelée puis retournée comme une peau de lapin, cet instant-là n'est que béatitude ; à la fois spirituelle et profane. Vous savez où vous situer dans l'univers et vous acceptez votre place, pour la première fois de votre vie. Vous devenez une femme parmi les femmes et vous vous éloignez des hommes. Cette impression dure pendant des mois.

Mais, comme avec toute drogue, la descente est atroce et la sienne prit Ruth par surprise. Elle se souvenait du moment précis où elle était survenue. Elle coupait des carottes dans la cuisine en se disant qu'elle en mettrait un peu de côté pour le déjeuner du lendemain de Betty lorsqu'elle avait basculé. Une sensation physique l'avait traversée, un soubresaut. L'instant précédent, elle vivait tranquillement, à présent, ses mains lui avaient paru déconnectées de son corps. Elle les avait contemplées mais elles ne lui appartenaient plus. Elle avait rempli une casserole d'eau. Toujours la même sensation. Elle avait cru s'évanouir, puis avait couru vers Christian qui regardait un match de football à la télévision et n'avait rien compris à ce qui lui arrivait.

« Tu devrais aller te coucher, lui avait-il conseillé. Tu dois être épuisée, tu te lèves sans arrêt la nuit. Je vais m'occuper du repas et je t'apporterai ton dîner sur un plateau. »

Le sommeil n'y avait rien changé. Elle s'était éveillée le lendemain matin en sueur, le cœur affolé. Lorsqu'elle s'était redressée dans son lit, elle avait eu un violent étourdissement ; elle s'était levée pour se rendre dans la salle de bains, et la chambre s'était mise à tournoyer. Elle avait supplié Christian de rester à la maison, elle devait être très malade, mais il s'était contenté de la regarder comme si elle divaguait et lui avait rappelé qu'on diffusait le pilote de sa nouvelle émission le soir même.

Ruth avait pris sur elle car les bébés se fichent éperdument des maladies qui ne les affectent pas personnellement, mais son univers était resté bancal. À partir de ce moment fondateur, les obstacles qu'elle aurait surmontés sans effort la veille lui avaient paru infranchissables et aussi pénibles que d'abandonner un nouvel amant dans un lit chaud un jour d'hiver glacial. Elle s'était mise à donner des petits pots à Betty, à ne plus préparer les repas de Christian et à négliger le ménage. Les promenades au square étaient devenues sa hantise, comme les voyages en avion l'avaient longtemps été. Les autres mères lui étaient soudain étrangères. Elles semblaient lui parler dans une langue inconnue. Elle ne parviendrait jamais à faire aussi bien qu'elles ; les journées ne se succéderaient plus comme avant. La peur la pétrifiait. Elle avait atteint ses limites.

Ruth avait eu l'impression de disparaître. Son cœur lui avait paru mollir, au point qu'elle craignait parfois de s'évanouir dans la rue ou de tomber dans les escaliers en portant Betty. Elle s'inquiétait constamment de ce qui pourrait arriver à sa précieuse fillette qu'elle aimait comme une lionne. Elle avait calculé que, si elle mourait juste après le départ de Christian pour le bureau, Betty devrait passer douze heures toute seule. Au mieux, elle serait traumatisée à vie ; au pire, elle se blesserait ou se tuerait. Lorsque Christian travaillait toute une nuit sur une émission, Ruth angoissait tellement qu'elle ne trouvait pas le sommeil. Il lui semblait s'enfoncer dans son lit vers un trou noir alors qu'en réalité elle souffrait tout bêtement d'épuisement.

Les choses avaient empiré au point qu'elle redoutait d'aller au supermarché. Quelle ironie ! Elle qui avait sillonné l'Asie sac au dos, passé une année dans une université américaine, rejoint Christian à Londres après leur première rencontre et monté rapidement les échelons dans la revue où elle travaillait se retrouvait paralysée à la simple évocation de quelques rayons de nourriture.

Ruth avait tenté de se raccrocher à celle qu'elle avait été mais, malgré des efforts de titan, elle ne se reconnaissait plus. Impossible de redevenir elle-même. Après avoir passé neuf mois à la maison, elle s'était rendu compte que la situation ne pouvait que se dégrader. Au square, elle s'émerveillait du dévouement des autres mères, véritable armée ayant accepté le sacrifice ultime : s'oublier soi-même au profit des autres. Respect.

Le premier jour de travail d'Aggie aurait dû être un jour comme les autres pour Christian. Il priait pour que la nouvelle nounou fasse l'affaire car, dans le cas contraire, il ne supporterait pas l'angoisse de Ruth. La question se poserait alors de nouveau : valait-il mieux que Ruth reste à la maison ? Tous deux savaient pertinemment qu'elle n'y parviendrait pas. Être mère à plein temps ne lui avait pas du tout convenu. Comment Ruth pouvait-elle continuer de leur faire perdre un temps précieux en conversations stériles de ce genre ? Elle s'inquiétait pour tout et rien avec la même véhémence, si bien qu'il en avait parfois le tournis, comme sur des montagnes russes.

Mais ce matin-là sa femme lui avait semblé satisfaite lorsqu'il était parti. Aggie préparait déjà le petit-déjeuner de Betty tout en se désintéressant de Hal, une technique que, en son for intérieur, Christian avait toujours considérée comme la meilleure, contrairement à Ruth qui s'obstinait à chaque repas. Où trouvait-elle l'énergie et l'optimisme de démarrer chaque journée persuadée que Hal mangerait ne serait-ce qu'une bouchée de céréales, de s'affairer autour de lui avec la cuillère et de le supplier encore et encore pour qu'il avale quelque chose ? Si on lui avait demandé son avis, Christian aurait suggéré qu'on arrête de déposer une assiette devant Hal tous les matins et que, après une ou deux semaines, on lui tende quelques biscuits. Pourquoi Ruth n'avait-elle jamais envisagé de suivre les conseils de leur généraliste ? Christian préférait ne pas se mêler de cette affaire car non seulement il en découlerait immanquablement de nouvelles disputes, mais cela créerait également une jurisprudence domestique et on attendrait alors davantage de lui.

Dès son arrivée au bureau, Carol, sa directrice de production, lui rappela qu'ils allaient devoir s'occuper des entretiens d'embauche de la nouvelle assistante administrative. Il allait vraisemblablement s'ennuyer mais s'en remettrait.

« J'en ai sélectionné trois. Tu veux que je te montre leurs CV avant que tu fasses leur connaissance ?

— Non merci, répondit-il, déjà occupé à consulter ses mails. Sauf si je dois absolument être au courant d'un détail essentiel, si l'une d'elles est unijambiste, par exemple. »

Carol éclata de rire.

« Non, rien de tout ça. Elles ont toutes les trois l'air très bien. »

Christian avait rendez-vous à dix heures avec le P.-D.G., soucieux de savoir comment le contrat avec Sky se présentait, point qui leur prit deux minutes et leur laissa amplement le temps de se moquer de la nouvelle émission de téléréalité diffusée le week-end avant de vaquer à leurs occupations respectives. Lorsqu'il revint, Carol fulminait car la première candidate, qu'il avait visiblement oubliée, l'attendait depuis un quart d'heure.

« D'accord, d'accord », s'excusa-t-il en attrapant une tasse de café.

Ils s'installèrent derrière un bureau en formica, dans une pièce qu'un architecte avait voulue gaie en lui ajoutant deux fenêtres rondes encadrées de couleurs acidulées. Ce genre de détail déprimait Christian. Sa vie professionnelle restait supportable mais, contrairement à ce que croyait Ruth, s'il avait eu le choix, il s'en serait passé. Elle n'arrêtait pas de lui rabâcher qu'il préférait son bureau à sa maison, qu'il s'entendait mieux avec ses collègues qu'avec ses amis et qu'il devait probablement travailler à des émissions non pas parce qu'on l'y obligeait mais parce que ça lui plaisait. Christian trouvait cette dernière accusation injuste. D'une part, c'était faux ; d'autre part, qu'y aurait-il de répréhensible à ce qu'il prenne un peu de plaisir ? Apparemment, Ruth portait le poids du monde sur ses épaules, auquel s'ajoutait une tonne de ressentiment, elle ne supportait pas qu'il soit plus épanoui qu'elle. Il envisageait parfois de remplir un tableau sur lequel Ruth et lui cocheraient les minutes passées à s'amuser dans une journée ; le perdant de la semaine bénéficierait d'un après-midi libre. Le problème, c'est qu'ils devraient tous deux se montrer honnêtes et partager la même conception du plaisir. Par exemple, Ruth clamait que, déjeuner avec Sally, c'était plutôt sympa, mais que ce n'était pas du plaisir à proprement parler. *Bon sang*, avait envie de rétorquer Christian, *c'est mieux que rien. Quand tu as l'occasion de passer un bon moment, profites-en sans te poser de questions !*

La porte s'ouvrit et Sarah entra. Ils en furent l'un et l'autre si stupéfaits que Christian n'eut pas la présence d'esprit de rester impassible. Sarah avait-elle pu manigancer cette rencontre ?

« Vous vous connaissez ? s'étonna Carol.

— Désolé. Je ne savais pas que tu venais, s'excusa Christian en se levant. Oui, nous avons travaillé ensemble chez Magpie. »

Fort heureusement, Carol ne se laissait jamais démonter pour si peu.

« Je t'avais dit de lire les CV. »

Sarah avait changé. Elle avait beaucoup minci, sa peau était plus pâle et sa tenue plus sage. Elle était également revenue à sa couleur de cheveux naturelle, plus sombre que Christian ne l'aurait soupçonné. Elle avait embelli, si bien qu'il se mit à transpirer. Les mots lui manquaient. Ce fut donc Carol qui mena l'entretien, un exercice qu'elle affectionnait assez pour ne pas remarquer le silence de son collègue. Sarah bafouilla ses réponses en se frottant le cou couvert de rougeurs qui ramenèrent Christian à des souvenirs qu'il aurait préféré garder enfouis.

Lorsqu'elle quitta la pièce, Christian eut la peur de sa vie. Et si Sarah était embauchée ? Carol le rassura vite.

« Désolée, je me suis trompée. Elle paraissait tellement sûre d'elle la dernière fois. Là, c'était une catastrophe. Comment était-elle chez Magpie ?

— Aucun souvenir. On ne travaillait pas dans la même équipe et je ne crois pas qu'elle soit restée très longtemps. »

Carol jeta le CV dans la poubelle.

« Dans ce cas, je pense qu'on peut l'oublier. »

La deuxième candidate réussit bien mieux son entretien et la troisième était trop négligée. Une fois ces formalités accomplies, Christian annonça qu'il devait partir en rendez-vous et quitta aussitôt le bureau, tandis qu'une migraine lancinante commençait à l'assaillir. Il appela Ruth.

« Ça va ?

— Pas mal. Je suis débordée.

— C'est vrai ?

— Pas la peine de prendre ce ton étonné.

— Tu te trompes, je… »

Il chercha ses mots sans les trouver.

« Bon, que voulais-tu me dire ? » lui demanda-t-elle. Il la visualisait parfaitement, le téléphone coincé entre l'oreille et l'épaule, en train de pianoter sur son clavier d'ordinateur.

« Non, non, rien. Tout va bien. »

En raccrochant, il pensait déjà à Sarah.

Avril était le mois préféré d'Agatha. Prometteur, il ne portait encore en lui aucune déception. Elle avait déjà tenté d'emmener Betty à l'école à pied mais la fillette s'était plainte avec tant de force de ses chaussures mouillées, de son nez qui coulait et de ses gants trop fins que la nounou avait abandonné mais, désormais, elle pouvait en faire une aventure extraordinaire en passant à travers le square et des rues de conte de fées. Betty n'était pas bien difficile à cerner : elle manquait de « renforcement positif », un terme qu'Agatha avait relevé dans l'un des nombreux ouvrages dédiés à la puériculture et au développement infantile qu'elle avait lus. Il fallait anticiper les réactions de la fillette, la surveiller et, lorsque sa lèvre inférieure se mettait à trembler, lui dire quelque chose du genre : « Tu ne trouves pas que les bottes de cette petite fille sont affreuses ? », « Ce rose est vraiment trop laid », ou : « Est-ce que je t'ai déjà dit que, d'après Cendrillon, seuls les gloutons mangeaient deux glaces à la suite ? », ou encore : « Quand on se lave les cheveux, ils poussent plus vite. »

Hélas, on n'arriverait à rien tant que la fillette ne dormirait pas correctement. Incapable de fermer l'œil depuis son arrivée chez les Donaldson, Agatha écoutait chaque nuit le drame inutile qui se rejouait à l'étage du dessous. Betty se réveillait systématiquement à minuit tapant et tirait vraisemblablement d'un profond sommeil Ruth qui se précipitait dans la chambre de sa fille. Chaque nuit, elle se montrait d'abord tolérante, mais, au troisième ou quatrième réveil, elle se mettait à hurler des remarques ridicules. Qu'elle allait mourir si elle ne dormait pas très vite, par exemple. Le genre d'idées qui ne risquaient pas d'aider Betty à s'abandonner à un sommeil réparateur... Il lui arrivait également de l'emmener aux toilettes, d'allumer toutes les lumières et de l'obliger à se laver les mains. De la folie pure, selon Agatha qui se retenait d'intervenir, persuadée qu'elle pourrait résoudre le problème de Betty en moins d'une semaine.

Ce matin-là, il faisait doux ; l'air lui caressait la peau et, lorsque la jeune femme ouvrit la fenêtre, elle huma l'odeur de sève.

« Ça vous dirait de créer un jardin potager ? » se surprit-elle à demander à Betty et à Hal.

Elle avait depuis bien longtemps perdu l'habitude de parler de manière spontanée.

« Qu'est-ce que c'est ? l'interrogea Betty.

— Eh bien, c'est comme un jardin ordinaire mais au lieu d'y faire pousser des fleurs, on y fait pousser des légumes.

— Pour quoi faire ?

— Pour les manger, pardi ! » Agatha commençait à transpirer. Employée depuis un mois seulement au service des Donaldson, elle dépassait sans doute ses fonctions en se proposant de réorganiser leur jardin.

Mais Betty jubilait déjà.

« On pourra planter des tomates ? Et des carottes ? Et des frites ? »

Agatha éclata de rire.

« Pour obtenir des frites, il faudra faire pousser des pommes de terre. Tu sais ce que je vais faire ? Je vais téléphoner à ta maman et lui demander la permission. Si elle accepte, on commencera.

— Je peux l'appeler ? Je peux l'appeler ? » cria Betty en se précipitant vers l'appareil.

Le message dont Ruth prit connaissance en quittant les entrailles du métro était inaudible, si bien qu'elle ne comprit pas ce que lui disait Betty. Une histoire de carottes qu'on ferait pousser dans la cour. Zut ! Ruth aurait-elle oublié un projet scolaire quelconque ? L'année précédente, elle avait affiché sur le réfrigérateur la liste de ce dont Betty avait besoin pour participer au spectacle de Noël de l'école avant que ça ne lui sorte complètement de la tête. Le matin de la représentation, Gail l'avait appelée pour lui annoncer que Betty pleurait à gros sanglots car elle avait besoin d'un tee-shirt et d'un pantalon marron à midi. Du coup, au lieu de participer à la réunion éditoriale, Ruth avait passé une heure d'hystérie chez H&M où elle avait fini en larmes en apprenant que la taille de sa fille n'était plus disponible.

Elle appela chez elle. Dès qu'elle décrocha, Betty se mit à la supplier :

« Tu nous autorises, dis, maman ? Allez, dis, accepte.

— Qu'est-ce que tu veux que j'accepte ? Je n'ai pas compris le message que tu m'as laissé.

— Aggie va faire pousser des légumes. Pour qu'on les mange. Mais seulement si tu veux bien. »

Ruth visualisa aussitôt Aggie en train de retourner la pelouse pour la transformer en jardin ouvrier.

« Où ça, ma chérie ? »

Betty se mit à pleurnicher.

« Je ne sais pas. Je t'en prie, maman, dis oui. Tu n'es pas drôle. »

Ruth ressentit immédiatement une pointe d'agacement envers la nounou.

« Tu peux me passer Aggie, ma puce ? Je veux simplement savoir où elle compte faire ça.

— Désolée Ruth, s'excusa la jeune fille dès qu'elle prit le combiné. Je sais que j'aurais dû commencer par vous en parler mais en ouvrant la fenêtre ce matin, l'odeur printanière était tellement agréable ! J'ai lu que quand les enfants cultivent un jardin, ils mangent plus facilement leur production. J'ai évidemment aussitôt pensé à Hal ; je voulais vous en parler. »

L'enthousiasme d'Aggie était si communicatif que Ruth oublia son agacement. D'autant que le rendez-vous chez le nutritionniste approchait. Ce serait certainement une bonne chose de parler de cette initiative. « Excellente idée, répondit-elle en arrivant au bureau. Achetez ce dont vous avez besoin ; je vous rembourserai. »

Elle envisagea d'appeler Christian pour connaître son avis sur la question mais tout s'accéléra dès qu'elle s'installa à son bureau. Elle se promit toutefois de lui téléphoner plus tard dans la journée.

Agatha était très satisfaite de son improvisation. Elle n'avait lu nulle part que les enfants qui cultivent un jardin se nourrissent plus facilement mais si personne n'avait songé à formuler cette théorie, c'était regrettable, et il était grand temps que quelqu'un s'en charge. Dénicher une jardinerie dans l'ouest de Londres relevait du défi mais Agatha ne s'arrêta pas à ce détail. Elle demanda aux enfants de réfléchir à ce qu'ils souhaitaient faire pousser puis rédigea la liste : des tomates, des carottes, des pommes de terre, des betteraves et du céleri. Une bonne base pour commencer. Elle consulta un livre de cuisine rangé dans le buffet dont la peinture s'écaillait et auquel elle songeait à redonner une couche de blanc. Elle montra à Hal les photos des légumes et lui annonça qu'il devrait goûter à sa production parce que c'était un miracle de planter une petite graine et de récolter une plante comestible. Ces explications intéressèrent assez l'enfant pour qu'il lâche un instant son biberon.

Betty se conduisit parfaitement dans le bus et à la jardinerie. Elle se comporta en vraie demoiselle du début à la fin et fut si adorable qu'Agatha l'autorisa à choisir une barre de chocolat bio aux caisses.

« C'est tellement agréable de se promener avec toi », félicita-t-elle la fillette, qui rougit de plaisir.

Sur le chemin du retour, elles discutèrent jardinage. Agatha avait acheté un petit manuel au rayon librairie de la jardinerie et le lut aux enfants dans le bus. Un véritable conte de fées ! Il suffisait de bêcher un carré de terre et d'y incorporer du compost. Ensuite, il fallait tracer des rangées puis planter les graines peu profond en les espaçant un peu les unes des autres. Il fallait également les protéger des insectes et les arroser abondamment. Elles vous récompensaient ensuite généreusement de leurs productions juteuses qui vous coulaient sur le menton lorsque vous les croquiez et vous redonnaient goût à la vie.

« Les bonnes choses exigent de la patience », décréta Agatha lorsque Betty lui demanda combien de temps serait nécessaire.

L'endroit qu'ils choisirent se trouvait au fond du jardin à gauche, parce qu'on le voyait de la

fenêtre de la cuisine. Agatha s'empressa de déli-
miter l'espace puis de creuser une tranchée,
tâche beaucoup plus physique qu'elle ne l'avait
imaginé, mais elle n'allait tout de même pas
baisser les bras au premier obstacle. Les enfants
étaient tellement excités qu'ils ne réclamèrent
pas la télévision. Hal apporta ses petites voitures
et les fit rouler sur le sol meuble afin qu'Agatha
les voie traverser des montagnes. Quant à Betty,
armée de sa petite pelle d'ordinaire rangée dans
la cabane, elle entreprit de retourner la terre. Il
leur fallut deux longues heures mais, à midi, leur
potager n'attendait plus que les graines.

Agatha prépara des sandwichs au thon pour
Betty mais décida de ne rien proposer à Hal
pendant un certain temps, même si c'était
contraire aux instructions de Ruth. Elle céda
toutefois très vite lorsqu'il lui demanda un
biberon. Elle avait lu dans un de ses livres qu'il
valait mieux ne pas faire sentir aux enfants que la
nourriture est un problème. Idem quand ils refusent de dormir. Comme ils recherchent l'attention des adultes, quelle que soit la forme qu'elle
prend, si on s'énerve parce qu'ils refusent d'obéir
à une règle précise, ils persévéreront dans cette
voie pour rester au centre de votre attention.
C'était logique, d'ailleurs, et Agatha avait résolu
de ne pas montrer son agacement lorsque Hal
refusait de s'alimenter mais de faire preuve d'un
enthousiasme débordant pour tout ce qu'il pourrait porter à sa bouche qui ne soit pas son
biberon. Et si jamais on lui confiait les enfants
pour une nuit, elle autoriserait Betty à la

rejoindre dans son lit et à se pelotonner contre elle.

Assises au soleil dans la cour, Agatha et Betty mâchaient leurs sandwichs tandis que Hal tétait son biberon en contemplant leurs progrès. Agatha s'imaginait en Amérique. Tels des pionniers, ils avaient découvert un territoire inconnu où tout restait à construire. Hal se rapprocha d'elle et posa la tête sur les genoux de sa nounou, signe indéniable de fatigue. Elle lui caressa les cheveux tandis qu'il tétait et, quelques minutes plus tard, il sombra dans les bras de Morphée et laissa tomber son biberon par terre.

« C'est pratique, déclara Agatha à Betty. Maintenant qu'il dort, on va pouvoir poursuivre notre travail. »

Betty jubilait car elle n'aimait rien tant que se sentir préférée à son frère. Agatha porta le petit garçon abandonné à l'intérieur. Elle enfonça le visage dans son cou et respira profondément son odeur de coton et de yaourt avant de l'allonger sur le canapé et de déposer un baiser sur sa joue rouge et humide. L'émotion lui serra le cœur.

Agatha ne s'arrêtait jamais avant d'avoir atteint son objectif. Ces années passées au service de toutes les femmes qui lui avaient confié leurs enfants l'avaient convaincue que, lorsqu'elle aurait une famille à elle, elle ne travaillerait pas à l'extérieur. Cela n'irait pas sans poser problème car elle devrait épouser un homme aux revenus suffisants pour subvenir aux besoins d'une famille. Elle n'avait pas encore déterminé comment rencontrer un tel homme, vu qu'elle n'avait pas d'amis et ne sortait jamais sans les enfants. Sans compter qu'elle n'appréciait pas trop la gent masculine.

En fin de journée, ils installèrent une clôture autour de leur potager et se prirent pour des géants dominant le pays qui allait les nourrir. Agatha prévoyait de le recouvrir d'un filet afin de le protéger des oiseaux et des escargots. Betty et Hal sautaient de joie à l'idée de pouvoir enfin planter leurs graines. La nounou creusa elle-même les trous nécessaires puis resta à côté des enfants pendant qu'ils déposaient leurs offrandes dans la terre. Impossible de convaincre Hal de s'occuper d'une seule rangée à la fois ou de lâcher les graines une par une, mais Agatha n'en éprouva pas moins une immense fierté quand leur tâche fut accomplie. Elle laissa donc les enfants regarder la télévision pendant qu'elle installait le filet protecteur et notait au bout de chaque sillon quelles graines y avaient été plantées.

Christian tenta de joindre Ruth par téléphone sur le chemin du retour. En sortant de sa réunion mensuelle avec la direction, il avait trouvé un Post-it collé sur l'écran de son ordinateur le prévenant que sa femme avait complètement oublié la remise des prix MTS du soir même et qu'elle rentrerait tard à la maison. Il obtint sa messagerie. Il lui arrivait parfois, rarement il est vrai, de se demander si Ruth lui rendrait un jour la monnaie de sa pièce et le tromperait à son tour. La simple pensée d'un autre homme posant ses mains sur elle le rendait malade mais il devait admettre qu'il n'aurait d'autre choix que de faire bonne figure si jamais ça arrivait. Il ne s'inquiétait guère, pour tout dire, car, même en matière de vengeance, Ruth avait l'habitude de se comporter dignement.

En ouvrant la porte d'entrée, il s'étonna du calme qui enveloppait la maison comme une fine couche de poussière. Apparemment, il n'y avait personne. Il abandonna sa serviette dans l'entrée et se rendit dans la cuisine, où la table n'avait pas encore été débarrassée après le repas de Betty. Des bruits provenant du jardin, il s'aventura à l'extérieur et découvrit Agatha, Betty et Hal penchés sur un carré de terre. Les enfants parlaient en même temps. Lorsqu'elle aperçut son père, la fillette traversa la pelouse comme une fusée. Elle était dégoûtante et Christian ne put s'empêcher de redouter l'état dans lequel elle allait mettre son costume en se jetant dans ses bras. Les enfants n'ont décidément aucune idée des limites à ne pas dépasser. Ils n'hésitent pas à vous annexer en pressant leur visage contre le vôtre, en tripotant vos vêtements et en parlant pendant que vous leur dites quelque chose. Christian se retint toutefois de tout commentaire et fit de son mieux pour feindre une joie à la hauteur de celle de sa progéniture.

« Viens, papa ! piailla Betty. Viens voir ce qu'on a fait ! »

Sa fille le tirait de toutes ses forces vers un carré de terre qui, il l'aurait juré, était encore de la pelouse le matin même. Sans oublier l'affreuse barrière bon marché qui délimitait l'endroit...

« On va bientôt les manger », lui expliqua Betty.

Ce dont Christian rêvait, c'était d'une bière.

« Qu'est-ce qu'on va bientôt manger ?

— Les légumes, évidemment.

— Les tom... »

Christian fit un effort pour écouter ce que son fils tenait à lui dire mais la tirade s'arrêta aussi vite qu'elle avait commencé.

Christian jeta un regard implorant à Agatha qui éclata de rire.

« Nous avons créé un jardin potager. Ruth est d'accord. Les enfants ont choisi ce qu'ils souhaitaient faire pousser, nous sommes allés acheter les graines et ça nous a pris la journée pour obtenir ce résultat », dit-elle en adoptant un geste de présentatrice de jeu télévisé. Christian s'étonna même qu'elle n'ajoute pas : *Tada !*

« Waouh ! Génial ! »

Sa réponse manquait d'enthousiasme, il le savait, mais il ne parvenait jamais à montrer l'exaltation que les femmes attendaient de lui.

« J'ai lu beaucoup de choses sur les enfants qui refusent de se nourrir, expliqua Agatha. Un médecin suggère de leur faire cultiver leur propre jardin car leur production les attire davantage que celle des magasins. Je me suis dit que ça valait la peine d'essayer pour Hal.

— Excellente idée. Ça paraît logique, la félicita Christian, sincèrement impressionné. Bravo ! »

Agatha rougit. Avec les reflets du soleil, ses cheveux semblaient plus roux que bruns, ce que ne manqua pas de remarquer Christian.

La nounou ébouriffa Betty.

« Cette demoiselle m'a offert une aide si précieuse que, je dois l'admettre, sans elle, je ne m'en serais pas sortie.

— J'ai été tellement sage qu'Aggie m'a acheté du chocolat.

— Eh oui ! Allez, c'est l'heure du bain », annonça Agatha en prenant Betty et Hal par la main.

Christian savait qu'il aurait dû donner le bain à ses enfants qu'il n'avait pas vus de la journée. Du moins aurait-il dû le proposer, mais ils avaient tous deux l'air si contents de suivre Agatha que c'en était même trop facile. *Si je parvenais à me débarrasser de mon sentiment de culpabilité*, se dit-il en ouvrant une bière qu'il emporta dans le jardin plongé dans la sublime lumière du soleil couchant, *ce serait parfait.*

Indéniablement laid, le potager lui restait bêtement en travers de la gorge. Il composa à nouveau le numéro de Ruth mais obtint une fois encore la messagerie.

« Je viens de rentrer, pesta-t-il, et je découvre que les enfants ont saccagé le jardin. Tu aurais pu me prévenir que tu avais donné ton accord pour qu'ils retournent la pelouse. »

Pathétique ! Il ressemblait de plus en plus à son propre père.

Agatha apparut dans l'encadrement de la porte.

« Ils veulent que vous alliez leur souhaiter une bonne nuit. Ah, au fait, j'ai préparé du poulet pour le dîner.

— Parfait, lui répondit Christian en se levant, mais j'ai oublié de vous dire que Ruth assiste ce soir à une importante remise de prix. Je mangerai devant la télévision, il y a un match que je veux regarder.

— Entendu. »

Agatha fit de son mieux pour rester enjouée malgré sa rancœur. N'avait-il aucune idée du temps nécessaire pour insérer la farce à l'ail et au citron sous la peau du poulet sans la déchirer ?

Toute la matinée, Ruth s'était étonnée de l'ambiance festive au bureau, jusqu'à ce que Sally lui demande s'il valait mieux qu'elle porte ses escarpins rouges ou les noirs. La cérémonie de remise des prix prévue le soir même lui était alors enfin revenue à l'esprit et elle avait couru s'acheter une robe pendant l'heure du déjeuner, ce qui l'énervait car ils ne pouvaient pas se le permettre ce mois-ci et parce qu'elle possédait déjà une tenue pour ce genre d'occasion. Depuis quelque temps, elle oubliait tout. Sa vie s'apparentait à un train en pleine accélération et elle restait sur le quai de la gare. Elle devrait peut-être consulter un médecin. Ou investir dans un agenda plus détaillé. Ou encore utiliser celui qu'elle avait déjà. Elle avait d'ailleurs aussi oublié d'appeler le plombier au sujet de la chaudière qu'il fallait impérativement réenclencher pour obtenir de l'eau chaude.

Vers seize heures, les jeunes du magazine buvaient. Sally participait à la fête tout en gardant ses distances tandis que Ruth restait collée à son ordinateur, prétextant qu'elle devait finir un article. Lorsqu'elle se changea enfin, dans les toilettes, sa robe ne lui allait pas bien, elle l'avait choisie trop vite et le bleu ne seyait pas à son hâle. Elle essaya de relever ses cheveux mais ça accentuait ses traits anguleux et son anticerne hors de prix ne masquait nullement les poches sous ses yeux.

Ils avaient réservé un car pour se rendre à Alexandra Palace, où se déroulait la cérémonie. Le bruit qui l'assaillit lorsqu'elle mit le pied à bord lui rappela celui des goûters d'anniversaire qui vous submerge complètement. Betty et Hal étaient-ils déjà couchés ? Personne n'ayant répondu à ses appels à la maison cet après-midi, une boule d'angoisse commençait à lui nouer l'estomac, d'autant que Christian restait injoignable et qu'elle n'avait plus de réseau. En tout cas, Carol lui avait assuré qu'elle avait transmis le message et, bien évidemment, Agatha pouvait parfaitement s'en sortir toute seule. Elle trouverait une cabine téléphonique en arrivant si elle n'avait pas récupéré de réseau entre-temps.

Elle s'assit à côté de Sally, près de la vitre, à l'avant du car. Son amie lui tournait le dos pour participer à la conversation et rire avec son équipe, comme elle les appelait, ce qui arrangeait Ruth, finalement, car une migraine commençait à lui battre les tempes et la douleur progressait insidieusement vers le reste de son corps. Elle se massa les épaules et sentit la tension s'y nicher comme une meute de chiens prêts à vous sauter à la gorge. La soirée allait être longue.

Lorsqu'ils arrivèrent, le réseau était enfin disponible et elle resta un peu en arrière. Kate, la seule collègue de travail également mère de famille, l'imita, en fronçant les sourcils d'un air soucieux avant d'expliquer à son interlocuteur que le Calpol se trouvait sur l'étagère du haut dans le troisième placard à droite de la cuisinière.

Le symbole annonçant un message en absence clignotait. Christian déplorait l'état du jardin. Une vague de colère submergea Ruth, si forte qu'elle eut envie de rentrer immédiatement à pied pour lui mettre le nez et son exaspérante suffisance dans cette terre retournée dont il se plaignait tant. Se méfiant de ce qu'elle serait capable de lui dire, elle préféra lui écrire un sms lapidaire : *Si tu étais disponible quand tes enfants t'appellent pour te parler d'un jardin potager, tu aurais toi aussi certainement accepté et, venant de toi, l'idée aurait paru géniale.*

Christian reçut ce message au moment où Arsenal égalisait. Il finissait sa troisième bière. Il avait envisagé d'envoyer un sms pour s'excuser de s'être montré si désagréable mais, après avoir lu à Betty trois aventures de *Charlie et Lola*, il ne songeait plus qu'au suicide.

« Est-ce que tu savais, avait-il demandé au chat en redescendant après cette lecture rituelle, que Charlie a une petite sœur qui s'appelle Lola ? Elle est petite et très drôle. Sauf que, évidemment, elle ne l'est pas vraiment. Elle est pénible et précoce et, à cause de ses parents qui la négligent complètement, elle a déplacé tous ses complexes d'attention négative sur ce pauvre Charlie, qui mériterait de recevoir une médaille pour sa patience. »

Le ton moralisateur de Ruth l'agaça. Il se félicita de ne pas s'être excusé et répondit aussitôt : *Remets-toi. Le jardin est affreux.* Son téléphone bipa. *Il n'y a pas que l'esthétique dans la vie.* Il pianota : *Amuse-toi bien à ta soirée. Je suis trop épuisé pour me disputer avec toi car je viens d'aller coucher notre fille.* Il hésita à lire le message suivant : *Félicitations ! Ne m'attends pas.* Arsenal marqua à nouveau mais Christian n'eut pas le cœur d'applaudir. Sa vie, en ce moment même, lui semblait effroyablement pathétique.

Ruth sut qu'elle était ivre bien avant de s'effondrer dans le taxi et de sentir sa tête lui tourner. Les secousses des virages pris trop vite et l'odeur épicée qui envahissait l'habitacle se liguaient pour la rendre malade. Le chauffeur avait placé une figurine représentant un dieu indien sur son tableau de bord. Hélas, elle ne connaissait ni son nom ni la religion qu'il représentait. Et pourtant, bizarrement, ce petit objet la rassurait, l'apaisait. Elle observa la minuscule statuette en plastique fluorescent et envia immédiatement la sérénité qu'elle exhalait. On avait prié et avoué tant d'espoirs, tant de rêves et tant d'aspirations à ce dieu qu'un sourire vint éclairer le visage de Ruth.

Viva avait remporté les prix de la meilleure maquette et du meilleur rédacteur en chef de l'année ; le champagne avait donc coulé à flots toute la nuit. Sally évoluait dans ces sauteries comme un poisson dans l'eau et Ruth avait ressenti une pointe de jalousie inavouable lorsque son amie avait gracieusement reçu son prix avant de se lancer dans un discours très drôle et expliqué qu'à la question de Roger, son mari, elle avait répondu : « Je me suis contentée de lui dire qu'il était mon époux mais que *Viva* était mon bébé. Je me suis bien gardée d'ajouter que les femmes préfèrent toujours leurs enfants à leur époux, n'est-ce pas ? » Sally n'avait pas d'enfants.

Le téléphone de Ruth vibra mais le message de Christian qu'elle découvrit datait de quelques heures : *Tu as appelé le plombier ? Il n'y a plus d'eau chaude, bordel.*

« Non ! s'écria-t-elle. Je ne l'ai pas appelé, bordel !

— Pardon ? s'étonna le chauffeur de taxi.

— Excusez-moi. Je ne m'adressais pas à vous. »

Sur quoi Ruth jeta son portable sur la banquette et s'abîma dans le spectacle des rues grises qui défilaient derrière la vitre comme un rêve bien morne. Elle trouvait étrange de songer à tous les gens endormis derrière ces portes et ces façades protectrices si familières qui, dans le meilleur des cas, les rassuraient mais qui, elle, l'effraieraient. Ça lui rappelait les vacances. La première fois qu'on pénètre dans l'appartement, le cottage ou la chambre de location, on se sent si étranger qu'on a envie de rentrer chez soi. Mais, après quelques jours, ces quatre murs semblent aussi confortables que si on y vivait depuis toujours, ce qui lui fit penser à ce vieux cliché, *Home, Sweet Home – on n'est bien que chez soi –*, qu'elle imaginait brodé au point de croix et encadré dans la cuisine de sa grand-mère.

« Trente-quatre livres soixante », annonça le chauffeur en s'arrêtant devant chez elle. Elle lui fourra deux billets de vingt dans la main et ne se rappela avoir laissé son téléphone sur la banquette du taxi qu'une fois dans la maison. De toute façon, elle était trop fatiguée pour en être contrariée.

En pénétrant dans l'obscurité du salon, Ruth aperçut l'assiette de Christian ainsi que quatre bières abandonnées à côté du canapé. Cette découverte déclencha en elle un spasme de défaite. Elle ramassa et emporta le tout à la cuisine. Christian ne s'était pas demandé qui s'en chargerait. Il avait la fâcheuse habitude de laisser les portes de placard entrouvertes, les tiroirs béants, pour faciliter les chocs sans doute, les serviettes mouillées sur les lits, les pantalons sales amoncelés par terre. « *De quoi est mort ton dernier esclave ?* » hurlait-elle régulièrement. Dommage, elle aurait voulu éviter de devenir comme ça.

Après avoir déposé l'assiette dans le lave-vaisselle, Ruth remarqua la barrière qui ceignait ce qui devait être le nouveau potager. Une brusque envie d'aller y jeter un coup d'œil inonda son cœur, si bien qu'elle sortit dans le jardin voilé de pollution urbaine. Ce carré de terre était parfaitement rectangulaire et elle devinait les sillons tracés sous le filet protecteur. Au bout de chacun d'eux se trouvait un bâtonnet en plastique blanc sur lequel on avait écrit quelque chose. Elle s'agenouilla dans l'herbe et attrapa un des bâtonnets. D'une main malhabile, Betty avait rédigé *carottes* et, juste en dessous, Hal avait gribouillé en orange.

Son cœur se contracta tellement qu'elle se vit mourir pour avoir, contrairement à ses habitudes, trop bu et trop fumé ce soir-là. En fait, une image obsessionnelle lui trottait dans la tête : ses deux enfants, nouveau-nés, accrochés à son sein. Elle les admirait pendant la tétée et s'émerveillait du sérieux et de l'urgence de leur succion. Sa poitrine lui semblait reliée à son cœur par une série de liens robustes qui, jusqu'à ce moment précis, étaient restés lâches. Chaque tétée les tendait davantage, si bien que son cœur finit par lui paraître libéré. Betty et Hal avaient tous deux refusé de faire leurs nuits, et quand elle les prenait dans ses bras, encore somnolents et parfumés de l'odeur si particulière des nourrissons, ils soupiraient avec un contentement si intense qu'elle s'était juré de ne jamais laisser quoi que ce soit de mal leur arriver.

Quelle magie ! Regarder un visage s'éclairer d'un sourire pour la première fois devait être plus merveilleux que les jardins suspendus de Babylone ou les pyramides d'Égypte. Quoi de plus beau, après tout ? Entendre un gargouillis devenir son, sentir la force de membres encore faibles le jour précédent. En tant que mère, dès le premier jour, on attend encore et encore les minuscules miracles qui font frémir d'excitation. Mais, très vite, ces petits corps menus acquièrent une telle autonomie que les raisons de vous émerveiller surviennent en cascades si rapides qu'il est facile d'en manquer quelques-unes. Progressivement, ces détails de la vie quotidienne deviennent moins précieux et vous finissez par ne plus les remarquer jusqu'à ce qu'un événement tel que la création de ce potager ravive votre mémoire et vous les fasse tous revivre pendant un instant.

Comment Ruth avait-elle pu rater l'occasion de voir prendre forme quelque chose d'aussi fondamentalement merveilleux que ce jardin ? La vie n'était-elle pas mesquine, de l'obliger à choisir entre elle-même et ses enfants ? Le bâtonnet lui échappa des mains ; Ruth se laissa tomber lourdement sur la pelouse humide et se mit la main devant la bouche pour étouffer les sanglots qui la secouaient et éviter de réveiller la maisonnée.

Ses pleurs ne durèrent pas. S'apitoyer sur son sort ne lui ressemblait pas ; elle se força à se lever et monta se coucher. Plus ivre qu'elle ne l'avait cru, elle trébucha en passant péniblement ses vêtements par-dessus sa tête et redouta l'état dans lequel elle se réveillerait le lendemain matin. Malgré la fraîcheur bienfaisante de son oreiller, elle avait le tournis lorsqu'elle ferma les yeux.

Christian se tourna vers elle et enroula son bras autour de son ventre, geste qu'elle détestait.

« Tu as gagné ? lui demanda-t-il.

— Pas personnellement, non. Sally oui, en revanche.

— Du coup, vous avez fêté ça. »

Ruth comprenait parfaitement son sous-entendu.

« Inutile de me faire la morale sur l'abus d'alcool.

— Loin de moi cette idée. » Sa main s'était aventurée plus bas et lui caressait la cuisse. « J'adore quand tu as bu. »

Ce serait tellement plus simple de se laisser aller contre lui, de lâcher prise et de profiter du moment. Hélas, un trouble à la fois physique et mental s'empara d'elle. L'effort lui parut trop important. Depuis quelque temps, le sexe lui évoquait une perte, sans savoir de quoi, cependant. Elle repoussa la main.

« Je suis crevée. »

Son mari lui tourna le dos en poussant un profond soupir.

Christian, ayant un rendez-vous matinal, se leva et partit avant que sa famille se réveille. Il découvrit le portable de Ruth sur le paillasson, accompagné d'une carte de l'entreprise de taxis. Pas besoin d'avoir fait une grande école pour comprendre ce qui s'était passé. Pourquoi diable Ruth ne payait-elle jamais les conséquences de ses soirées trop arrosées, alors que lui endossait systématiquement le rôle de l'alcoolique irresponsable lorsqu'il rentrait ivre ?

En cette matinée printanière, il souffrait d'une migraine et le soleil qui se réverbérait sur les carrosseries des voitures de luxe lui donnait la nausée. Il n'était plus lui-même depuis son entrevue avec Sarah. Il avait perdu ses repères.

Leurs situations étaient tellement différentes que ça frisait le grotesque. Au cours des trois années écoulées depuis leur dernière rencontre, il avait changé d'emploi et obtenu une promotion, eu un magnifique fils pour accompagner sa superbe fille et remis sur les rails un mariage qui battait de l'aile. Sarah, en revanche, posait sa candidature pour un poste inférieur à celui qu'elle occupait à l'époque et semblait avoir traversé un passage à vide. D'après son CV, elle était célibataire. Christian n'était pas suffisamment mufle pour s'en flatter.

Deux jours auparavant, elle l'avait appelé. D'une voix à peine audible, elle lui avait demandé s'ils pouvaient se voir, rien de grave mais ç'avait été tellement bizarre de le revoir dans ces circonstances qu'elle ne voulait pas rester sur cette entrevue bâclée. La situation présentait trop de risques mais, se sentant vaguement responsable de ce qu'elle était devenue, il avait fini par céder et devait la retrouver le lendemain.

Il arrivait rarement que Christian perde le contrôle. En général, il savait quoi faire ou il demandait l'avis de Ruth. Il envoya un sms à Toby, le seul ami d'enfance qu'il continuait à voir régulièrement, et lui proposa de boire un verre le soir même. Il fut soulagé de recevoir une réponse positive et ne protesta pas lorsque Toby suggéra un pub de Notting Hill affreusement tendance où il se sentirait complètement déplacé.

La journée tirait en longueur. Il avait dû subir une longue conférence téléphonique mortellement ennuyeuse avec des Américains guindés ;

Carol était de mauvaise humeur et les sushis qu'il avait commandés pour le déjeuner s'étaient révélés hors de prix et insipides. Il avait téléphoné à Ruth à seize heures pour la prévenir : Toby l'avait appelé afin de discuter d'une crise qu'il traversait avec sa dernière conquête et ils iraient prendre un verre ensemble. Elle ne pourrait pas lui en vouloir car c'était exactement ce qu'elle avait fait la veille.

Toby était déjà installé à une table lorsque Christian arriva. Il était comme un poisson dans l'eau et semblait connaître tout le monde. Christian regrettait amèrement que le mode de vie glamour de son meilleur ami lui renvoie une image si négative de lui-même. Impossible de se souvenir ni quand Toby s'était lancé dans l'industrie musicale ni comment il avait si bien réussi. Peu importe, d'ailleurs. Il n'en demeurait pas moins que, accoudé à l'angle du comptoir en bois ciré après avoir commandé deux pintes de Guinness à la serveuse, Christian se sentait mal à l'aise.

Toby pianotait furieusement sur son iPhone.

« Merde, il faut que je file dans une heure, déclara-t-il d'emblée. On a un groupe en show-case ce soir et rien ne va.

— D'accord. »

Christian se retint de demander à l'accompagner.

« Bref. Qu'est-ce qui t'arrive ? C'est quoi l'urgence ? »

Christian ne savait pas avec qui Toby couchait en ce moment mais il aurait parié qu'il s'agissait d'une bombe, pour reprendre une expression de son ami. La vie passait trop vite. On ne pouvait jamais savoir si on faisait le bon ou le mauvais choix, si on se montrait imbécile ou futé, pathétique ou subtil.

« Tu te souviens de Sarah ?

— Évidemment. Ne me dis pas que tu la revois. »

Christian secoua la tête. « Non, non, mais un truc incroyable m'est arrivé…

— Il va me falloir une cigarette pour entendre ça », annonça Toby en se levant. Ils filèrent donc sur le trottoir et Christian se servit dans le paquet de son ami.

« Je croyais que tu avais arrêté.

— Seulement en présence de Ruth.

— Ah ! Bon, je t'écoute. »

Toby s'appuya contre le mur crasseux du pub et, pendant un instant, Christian se demanda ce qu'il faisait là.

« Elle est venue passer un entretien à l'agence.

— Merde ! C'est toi qui l'as reçue ?

— Oui. Comme je n'avais pas pris la peine de consulter le CV des candidats, je n'étais pas du tout préparé à la revoir. Carol était avec nous et ç'a été plutôt glauque. Elle avait une mine épouvantable. » En l'évoquant, Christian visualisa Sarah. Parfois sa vie lui semblait défiler sur un écran de télévision, comme une fiction. « Enfin, non. Elle était superbe mais elle avait l'air dans les vapes.

— Elle se drogue ?

— Non, non. La vie ne l'a apparemment pas épargnée.

— Et toi, tu penses que c'est ta faute ? Qu'elle a passé les trois dernières années à se languir de toi ?

— Non, mais tu sais, entre le bébé et le reste... »

Le téléphone de Toby bipa de nouveau.

« Excuse-moi, il faut absolument que je prenne cet appel. »

Il décrocha et, d'une démarche enfantine, fit les cent pas en équilibre sur le bord du trottoir jonché de détritus. En consultant son portable, histoire de s'occuper, Christian constata que Ruth lui avait envoyé un sms pour lui demander d'acheter du lait en rentrant.

« Désolé. On retourne à l'intérieur ? » proposa Toby dès qu'il eut terminé sa conversation.

Les deux amis retrouvèrent leur table sur laquelle les éclaboussures de bière reflétaient la lumière électrique. Christian avait espéré qu'on les aurait nettoyées en leur absence.

« Elle m'a appelé il y a quelques jours et je déjeune avec elle demain.

— Tu es fou ? » Christian fut stupéfait de lire de la colère sur le visage de son ami, rictus que celui-ci fit bien vite disparaître. « Tu sais parfaitement que Ruth te quittera si tu lui fais revivre ce genre d'épreuve. J'ignore comment tu as fait pour la retenir la première fois mais elle ne te pardonnera pas deux fois.

— Je n'ai pas l'intention de recommencer mais je ne pouvais pas dire non. Je me sens coupable. »

Toby se frotta les yeux. Christian, lui, mourait d'envie de fumer une deuxième cigarette.

« Écoute, ce n'est pas comme si elle ne savait pas ce qu'elle faisait. Ce qui s'est passé, c'est triste mais c'est la vie. Des femmes font des fausses couches tous les jours. Je n'arrive pas à croire que, trois ans plus tard, elle ne s'en soit toujours pas remise. Si tu veux mon avis, elle considère votre rencontre comme une aubaine et elle est bien décidée à retenter sa chance. Et toi, mon ami, tu devrais la rembarrer poliment mais fermement.

— Je ne sais pas. Ce n'est pas son genre de faire ce genre de truc. » Christian ne savait plus où il en était. Toby pouvait parfaitement avoir raison. « Tu ne te demandes jamais si tu es vraiment toi ?

— Non. Si. »

Christian ressentait de la colère, pas forcément envers Toby mais c'était lui qui se trouvait là.

« Tu ne comprends pas ce que je veux dire.

— Je t'en prie, ne commence pas à rabâcher ton discours sur les difficultés du mariage. Ces histoires d'amours chiennes, d'amitié, de gosses, je n'en peux plus. »

Christian serra son verre.

« Aucune vie sexuelle, des disputes constantes et un prêt immobilier monstrueux.

— Il y a pire.

— Certes. Tu échangerais nos vies sans la moindre hésitation.

— Ce n'est pas ce que j'ai dit. Je dis que Ruth et les enfants sont géniaux et qu'il m'arrive parfois de partir de chez vous en me sentant... vide. »

Christian éclata de rire.

« Écoute, reprit Toby, je ne prétends ni que ma vie est un cauchemar ni que je rêve de me ranger, mais la tienne est pas mal non plus. »

Christian se redressa, vaincu. Comment Toby et lui pouvaient-ils avoir le même âge, venir du même milieu et mener des existences si différentes ? La vie n'est qu'une succession de choix... Quel moyen de savoir si on fait le bon ?

« On remet ça ?

— Non, il faut que j'y aille, répondit Toby en se levant. Déjà à l'école, tu étais comme ça. Tu t'inquiétais toujours qu'un tel obtienne de meilleurs résultats ou que la boum à laquelle tu n'avais pas participé ait été la meilleure de l'année. On ne peut pas tout avoir. Nous sommes adultes désormais, et la vie d'adulte n'est pas une promenade de santé. Personne ne s'amuse vingt-quatre heures sur vingt-quatre et, pour être honnête, ceux qui s'éclatent ne serait-ce qu'un peu ont bien de la chance. Si j'étais toi, j'annulerais le déjeuner avec Sarah et j'emmènerais Ruth dîner au restaurant. »

Agatha espérait réussir à intéresser Hal au concept d'alimentation avant que Ruth l'emmène chez cet imbécile de nutritionniste, mais les vacances de mi-trimestre avaient été si occupées, entre le potager, une visite au musée et la piscine, qu'elle n'avait pas eu le temps de s'y atteler. De toute façon, elle doutait de l'impact du médecin sur le petit garçon.

Le vendredi de la consultation, lorsqu'elle descendit déjeuner en jean et en chemise, les traits tirés et l'air épuisé, Ruth n'en claironnait pas moins sa joie de prendre une journée de congé. Agatha aurait pu lui expliquer que ce n'était guère malin car, évidemment, les lèvres de Betty se mirent à trembler au-dessus de ses Rice Pops.

« Je veux venir avec vous, maman.

— Ce sera très ennuyeux, tu sais. Hal et moi, nous allons chez le docteur.

— J'aime bien aller chez le docteur.

— Tu sais parfaitement que c'est faux.

— Si, j'adore ça, rumina Betty entre deux sanglots. Ce n'est pas juste. Hal va passer toute une journée avec toi ! Moi, je ne passe jamais de journée avec toi ! »

Ruth reposa sa tasse de café et, pendant quelques secondes, Agatha se demanda si elle aussi n'allait pas fondre en larmes.

« Je suis certaine qu'Aggie a prévu des activités super pour aujourd'hui.

— Ce n'est pas Aggie que je veux, c'est toi ! »

Aggie prit le parti de ne pas se vexer car les enfants sont toujours impulsifs. Elle entreprit de charger le lave-vaisselle et, bien que de dos, sentit le vent tourner. Ruth allait céder. Selon Agatha, ce genre de situation justifiait à elle seule de ne pas retravailler après avoir accouché : on se sent tellement coupable qu'on ne dit jamais non et les enfants comprennent rapidement qu'ils peuvent obtenir ce qu'ils veulent en geignant suffisamment longtemps. Si Ruth avait planté des graines avec les deux petits, si elle avait observé des dinosaures avec eux et les avait félicités de les voir nager comme des petits chiens, sans brassards, elle aurait pu se permettre de refuser.

Les hurlements de Betty devenaient stridents et leur perçaient les oreilles. Même Hal plaqua les mains contre les siennes.

« D'accord, d'accord, s'écria Ruth pour couvrir ce vacarme. C'est bon, tu as gagné, tu viens avec nous. »

Betty se tut instantanément et monta sur les genoux de sa mère pour organiser méticuleusement leur journée.

« Une journée de congé vous fera sans doute le plus grand bien, Aggie, ajouta Ruth, et pour moi ce sera très agréable de passer un peu de temps avec eux. Nous pourrions déjeuner à Hyde Park après le rendez-vous, voire donner à manger aux canards.

— Je préparerai le dîner pour ce soir, proposa Agatha, prête à tout pour rester utile.

— Non, ce n'est pas nécessaire. Prenez un jour de repos, allez voir des amis. Vous travaillez sans répit depuis votre arrivée. Vous devez nous prendre pour des négriers. »

Malgré son sourire, Agatha sentait les larmes lui monter aux yeux. Elle avait fini par se convaincre que les Donaldson ne remarqueraient pas qu'elle ne réclamait jamais de congé, ne recevait jamais d'appels et n'allait jamais voir personne. Il lui faudrait désormais acheter un nouveau portable, prétendre recevoir des coups de téléphone et passer la soirée toute seule au cinéma.

Non qu'Agatha n'ait jamais eu d'amis. Elle avait entretenu deux relations sérieuses, voire intenses, des amitiés qu'elle avait crues éternelles, mais elle s'était trompée sur la véritable personnalité des filles en question qui n'avaient jamais compris qui elle était vraiment.

La meilleure amie qu'elle ait jamais eue s'appelait Laura. Elle l'avait rencontrée dans l'entreprise de nettoyage pour laquelle elle avait travaillé à son arrivée à Londres. Dès qu'elle l'avait aperçue dans ce bureau impeccable de Kensington, elle avait su qu'elles seraient amies pour la vie. Il y avait quelque chose de si sophistiqué dans son balayage blond, son col relevé et son accent cristallin qu'Agatha avait immédiatement voulu qu'elle lui appartienne, un peu comme un sublime vase qu'on exhiberait sur une étagère inaccessible sans oser s'en servir.

Le temps de traverser le bureau, Agatha avait réussi à masquer son accent traînant du Nord et fut très impressionnée du résultat qui sortit de sa bouche. Elle s'était armée de courage pour paraître sûre d'elle et avait inventé une histoire convaincante selon laquelle elle avait besoin d'argent pour financer le voyage en Argentine qu'elle avait prévu avant d'entrer à l'université. Et devinez quoi ? Laura aussi travaillait pour financer un voyage. Elle projetait de se rendre aux États-Unis avec des amis.

Agatha avait facilement trouvé des excuses pour passer dans le bureau, faire rire Laura ou s'exclamer sur leurs nombreux points communs car on devine sans difficulté bien des choses sur les gens en observant le genre de livres ou de magazines qu'ils lisent ou ce qu'ils mangent le midi. Dans l'ordre, *Orgueil et préjugés*, *Heat* et un sandwich au thon acheté chez Prêt à Manger.

Les parents d'Agatha étaient partis en croisière aux Bahamas et son frère, étudiant à Saint Andrews, ne rentrait jamais à la maison. Détestant vivre sans eux dans leur maison d'Oxford, elle squattait chez une amie le temps de gagner un peu d'argent. Elle aurait adoré inviter Laura mais la mère de son amie, une grande dépressive, passait son temps au fond de son lit et se montrait obsessionnelle sur la propreté, si bien qu'elle ne pouvait pas prendre ce risque.

« Pour être honnête, avait-elle avoué à Laura autour d'un café, mon amie commence à m'agacer car elle a un nouveau fiancé et semble avoir oublié l'existence du reste du monde. Ce qui tombe mal vu que tout Londres est en vacances.

— À qui le dis-tu ! s'était exclamée Laura. Cet été devient tellement mortel que j'attends avec impatience de partir en fac à Bristol.

— Tiens, Bristol ! C'est amusant, moi je suis inscrite à Exeter, c'est juste à côté. »

C'est ainsi qu'Agatha s'était convaincue qu'à la rentrée suivante, elle commencerait certainement des études dans cette université parce que, si elle y réfléchissait, elle en rêvait depuis toujours.

Laura fréquentait des gens fabuleux et participait à des fêtes incroyables auxquelles elle emmena Agatha. Celle-ci savait pertinemment que, pour être acceptée, elle devrait se montrer drôle, enjouée, disponible et toujours dire ce qu'il fallait. Le problème, c'est que, très vite, elle comprit que pour dire ce qu'il fallait, il était indispensable de connaître les gens dont on parlait sans cesse. Laura et ses amis commençaient en effet toutes leurs conversations par « Tu sais que... », « Comme le disait Connie... » ou « La dernière fois que je suis allée dans la maison de campagne de Tom... ». Ces inconnus, ces présences fantômes se mirent à faire partie de la vie d'Agatha au point d'envahir ses rêves. Il devint pénible de ne pas connaître qui que ce soit et Agatha sentait l'intérêt qu'elle suscitait décroître chaque fois qu'elle avouait ne pas avoir la moindre idée de qui on parlait. Du coup, un soir, sans doute après le verre de chardonnay de trop, elle fut stupéfaite de s'entendre dire qu'elle connaissait Vicky, Vicky de Hammersmith, celle qui faisait le tour de l'Europe cet été-là et dont les parents vivaient dans le Hertfordshire. La blonde au corps de rêve. Le monde était petit, non ?

Manque de chance, cette saleté de Vicky était sortie de nulle part une semaine plus tard, toute bronzée et magnifiquement belle, exactement comme on la lui avait décrite. Elle n'avait, évidemment, jamais entendu parler d'Agatha. C'était regrettable car la jeune fille avait passé une soirée entière à raconter à qui voulait l'entendre les vacances passées avec leurs parents en

Cornouailles et leur passion pour les concours hippiques. Laura ne la recontacta plus jamais.

Ce souvenir en fit resurgir un autre, plus ancien. À l'école, Sandra, une amie, avait cessé de lui parler après avoir vérifié auprès de la mère d'Agatha qu'elle connaissait vraiment Billie Piper[1]. Sa mère n'en avait jamais entendu parler, ce qui en disait long sur cette abrutie. Même après avoir été démasquée, Agatha avait eu envie de hurler que, si, elle la connaissait. Elle savait par cœur tout ce qui avait été écrit sur elle et suivait sa carrière depuis le début, avant qu'elle ne devienne célèbre, en tout cas bien avant que cette imbécile de Sandra ne découvre son existence. Dans la cour de récréation, elle avait dû écouter Sandra commenter les problèmes d'anorexie de Billie et, intérieurement, l'alternative était simple : soit elle rétablissait la vérité, soit elle frappait Sandra. N'ayant convaincu personne, elle avait dû prétendre que leurs mères étaient amies, qu'elle connaissait depuis l'enfance Billie qui ne souffrait nullement d'anorexie mentale. Des années plus tard, il faudrait encore lourdement insister pour qu'elle admette que c'était faux.

La journée que Ruth passa avec ses enfants démarra magnifiquement bien. Betty avait eu une excellente idée et Ruth s'en voulut de ne pas y avoir pensé elle-même. La grisaille qui plombait en général l'horizon avait été remplacée par un

---

1. Actrice et chanteuse britannique. (N.d.T.)

soleil resplendissant dans un ciel bleu layette. Si on oubliait que la journée devait commencer par un rendez-vous chez le nutritionniste à cent vingt livres de l'heure, on pouvait espérer que tout se déroulerait divinement. Ruth ferait ce qu'il faudrait pour que tout se passe le mieux du monde, d'ailleurs. Elle n'avait peut-être pas assisté à la création du potager mais les moments privilégiés pouvaient revêtir mille et une formes.

En route vers le métro, elle songea qu'il serait judicieux de parler à Betty des conditions dans lesquelles la consultation chez le spécialiste allait devoir se passer.

« Il faudra te montrer très très sage dans le cabinet du médecin, n'est-ce pas ?

— Oui, maman.

— Tu devras rester assise et me laisser lui parler tranquillement. Tu comprends ? Pas de bêtises. C'est très important que maman entende tout ce que le docteur dira. Ensuite, nous irons au parc et si tu t'es montrée très sage je t'offrirai la glace la plus grosse de toute ta vie. »

Ruth angoissait toujours lorsqu'elle prenait le métro avec ses enfants Elle imaginait d'innombrables scénarios dans lesquels un terroriste poserait une bombe, ses enfants tenteraient de sauter ensemble devant une rame, on enlèverait Betty et il faudrait abandonner Hal pour espérer rattraper le kidnappeur. Sans oublier les problèmes habituels, car rares étaient les stations équipées d'ascenseurs et personne ne vous aide jamais à porter votre poussette dans les escaliers. Pour calmer sa panique, elle tenta de visualiser Christian au bureau, avant de se moquer d'elle-même aussitôt. Étrangement, il demeurait son point de repère, tel un talisman à caresser au fond d'une poche.

La rame de métro entra dans la station en rugissant et la bourrasque d'air chaud qui l'accompagna donna envie à Ruth de fermer les yeux pour se projeter dans une plaine africaine et oublier le vieux quai défraîchi qu'ils retrouveraient au retour, bien des heures plus tard. Ruth craignait d'ailleurs que les moments à partager avec ses enfants se déroulent toujours de cette manière : une série d'obstacles à franchir avant de les mettre au lit sans culpabiliser.

« Venez », cria-t-elle en tirant Betty dans le wagon d'un geste brusque. La main de la fillette heurta la poignée de la poussette et lui tira des larmes.

« Ma Bratz ! » hurla-t-elle au moment où les portières se refermaient automatiquement.

Ruth fit volte-face pour voir la grotesque poupée tomber sur les rails.

« On va tuer ma Bratz, sanglota Betty tandis que la rame se mettait en branle.

— Ne t'inquiète pas, ma chérie, je t'en achèterai une autre », lui promit Ruth, secrètement ravie car ces poupées pouvaient donner de sacrés complexes aux fillettes, même si elle avait lu quelque part que c'étaient les jouets les plus vendus dans le monde. Par comparaison, Barbie et Sindy avaient des airs de nonnes. Leurs corps ridicules et provocants ne pouvaient avoir été imaginés que par un fétichiste et leurs traits n'étaient ni plus ni moins qu'une incitation à la chirurgie esthétique. Sans parler de leurs tenues, à faire rougir une tapineuse.

Toby avait raison mais Christian savait qu'il ne pourrait pas éviter de déjeuner avec Sarah. Il arriva avant elle dans le restaurant italien situé à quelques rues de son bureau et s'installa au fond. La table était trop étroite et trop intime avec sa déprimante toile cirée à carreaux rouges et blancs et l'inévitable verre rempli de gressins. La photo du pape encadrée au-dessus de l'entrée des toilettes aurait beaucoup fait rire Ruth. Elle aurait dit que ça ne présageait rien de bon quant à la qualité de la nourriture.

Sarah arriva avec dix minutes de retard, ce qui était acceptable mais elle semblait gênée et rougissante. Lorsqu'elle se mit de profil pour se faufiler sur le siège en face de lui, Christian remarqua à nouveau qu'elle avait beaucoup minci. Elle avait presque la silhouette d'un top-modèle. Elle portait un pantalon et un tee-shirt noirs ainsi qu'un foulard léopard noué autour du cou. Ses cheveux autrefois blonds lui tombaient sur les épaules en vagues brunes et elle était à peine maquillée. Il n'aurait pas dû, mais il la trouvait terriblement attirante.

« Je regrette de t'avoir appelé, précisa-t-elle d'emblée, mais c'était trop bizarre.

— Ne t'excuse pas, tu as eu raison. C'était ce qu'il y avait de mieux à faire. »

Sur ces mots, il commanda une bouteille de vin car il ne surmonterait pas cette épreuve sans alcool.

Nerveuse, Sarah n'arrêtait pas d'ajuster son foulard : les rougeurs s'étendaient jusqu'à son menton, comme du lierre grimpant.

« Bref, reprit-elle en cassant un gressin qu'elle ne consomma pas. Tu as changé d'emploi ?

— Oui, ça fait deux ans que je travaille là-bas.

— Ça te plaît ?

— Euh... oui, c'est un boulot comme un autre, ça va.

— Tu as a été promu, quand même. »

Christian tenta en vain de distinguer une pointe de sarcasme dans la voix de la jeune femme et se contenta de répondre d'un hochement de tête avant de relancer la balle comme un joueur de tennis professionnel :

« Et toi ? Qu'est-ce que tu deviens ?

— Eh bien, j'ai passé pas mal de temps en Australie », annonça-t-elle, les yeux baissés, en continuant d'émietter son gressin.

Le vin arriva et Christian leur en servit un verre à chacun.

« En Australie ? Waouh ! »

Il n'avait qu'une envie : fuir. Il détestait les gens qui partent s'installer en Australie.

« C'était génial. » Sentant qu'elle voulait ajouter quelque chose, il laissa le silence s'installer. Sarah ne parvenait pas à maintenir une mèche rebelle derrière son oreille. « Après mon... euh... après ma fausse couche, je suis retournée quelque temps chez mes parents et un jour je me suis dit : "Allez, choisis une destination au hasard et monte dans l'avion." C'est comme ça que je me suis retrouvée à Sydney où j'ai rencontré quelqu'un et où je suis restée deux ans. »

Ouf ! elle avait rencontré quelqu'un. Elle ne s'était pas languie pendant trois ans, comme Christian l'avait bêtement cru.

« Super. Tu as trouvé du travail en Australie ?

— Oui, j'ai travaillé dans des bars, ce genre de truc. C'est beaucoup plus facile de s'en sortir là-bas. »

Elle poursuivit avec le climat, le rythme de vie et les plages, sujets dont on avait déjà rebattu les oreilles de Christian à maintes reprises. Comment avait-il pu envisager de quitter Ruth pour cette femme ? Un simple coup de dés peut faire prendre à votre destin un bien singulier tour. S'il avait vécu avec Sarah, ils auraient à présent un enfant de deux ans et vivraient vraisemblablement dans un minuscule appartement à cause de la pension alimentaire qu'il verserait à Ruth. Celle-ci le détesterait avec raison et aurait peut-être rencontré quelqu'un d'autre. Il se sentirait abandonné et épuisé parce que, évidemment, tous leurs amis se seraient détournés de lui. Il aurait deux enfants qu'il connaîtrait à peine dont l'un avec lequel il n'aurait jamais vécu, et il devrait les emmener passer des journées plus mornes les unes que les autres au zoo, où tout le monde n'aurait qu'une envie : pleurer. Quand Betty aurait été plus grande, elle aurait dit à ses petits amis qu'elle se méfiait des hommes parce que, quand elle avait trois ans, son père avait

74

engrossé une fille avant d'abandonner sa mère qui les avait élevés, Hal et elle, toute seule.

Sans compter que rien n'aurait été différent avec Sarah. Il en aurait mis sa main au feu. Ils auraient passé les deux dernières années à se disputer à propos de la poubelle à sortir, du temps qu'il passait à regarder du football à la télévision ou pour déterminer qui était le plus fatigué des deux. C'est bien triste de se rendre compte que personne n'est unique et que votre sort dépend davantage des circonstances que de vos intentions. Christian mourait d'envie de rentrer chez lui, de se laisser tomber dans l'un des canapés moelleux au sujet desquels il taquinait souvent Ruth, l'accusant de les avoir choisis uniquement pour leur design, de retrouver les querelles de Betty et Hal, de lire l'harmonie de leur vie dans les yeux de Ruth, ne serait-ce que l'espace d'un instant.

« Qu'est-ce que c'est finalement ? »

Christian avait décroché de la conversation. Ses pâtes lui coupaient l'appétit : il y en avait trop, dans une trop petite assiette, ce qui leur donnait l'air d'être trop cuites alors qu'elles étaient *al dente*.

« Excuse-moi. Tu disais ?

— C'est une fille ou un garçon ? »

La question consterna Christian. Comment Sarah pouvait-elle la lui poser ?

« Oh, pardon. Désolé. Un garçon.

— Pour aller avec ta fille. La famille parfaite, en somme. »

Le sarcasme était intentionnel, cette fois. Devrait-il lui présenter ses excuses ? Lui dire tout ce qui s'était passé dans sa vie depuis leur séparation ? C'était ça qu'elle attendait ? Soudain, il se sentit las. Ce déjeuner lui sembla inutile. Ce qui était fait était fait ; elle pouvait tempêter tant qu'elle voulait, ça n'y changerait rien. D'un autre côté, elle avait peut-être tout simplement besoin de vider son sac.

Mais non, elle se reprit et lui sourit gentiment.

« Excuse-moi. Je suis heureuse pour toi. »

Christian envisagea de lui avouer que Betty ne faisait toujours pas ses nuits et que, à trois ans, Hal ingurgitait une vingtaine de biberons par jour et refusait de manger quoi que ce soit de solide. Il renonça par crainte de trahir sa famille. Comme si déjeuner avec Sarah ne suffisait pas.

« Bref, dit-il en consultant sa montre, ça m'a fait plaisir de te revoir mais j'ai un rendez-vous à quinze heures et, tu sais…

— Oui, d'accord. »

Ils se montrèrent empruntés au moment de se séparer. Ni l'un ni l'autre ne savait comment se comporter. Lorsqu'ils prirent congé, Christian aperçut un pigeon avec une patte cassée dans le caniveau. L'oiseau semblait si malheureux que Christian aurait voulu abréger ses souffrances. Ses plumes grises collées et sa tête déplumée faisaient craindre que ses congénères l'aient abandonné à son triste sort. En regardant Sarah s'éloigner d'un pas incertain, il espéra qu'elle quittait sa vie à jamais.

En chemin, Christian consulta sa messagerie. Il avait manqué quatre appels de Ruth. Quelle ironie si un malheur était survenu dans sa famille pendant qu'il déjeunait en tête-à-tête avec son ancienne maîtresse ! Il rappela immédiatement Ruth qui décrocha après deux sonneries.

« Ruth, que se passe-t-il ? Un problème ? »

Sa voix se brisa dès qu'elle entendit celle de son mari.

« Oh, mon Dieu, c'était affreux. J'essaie de te joindre depuis des heures.

— Qu'est-ce qui était affreux ? »

Un vent de panique s'empara de lui. Quel destin funeste avait pu accabler ses enfants ? Chaque accélération de son cœur lui évoquait un sort plus tragique que le précédent.

« La visite chez le nutritionniste. »

Il se détendit aussitôt.

« Ah mais oui, j'avais oublié. Qu'a-t-il dit ?

— Je ne peux pas t'en parler maintenant à cause des petits espions qui m'entourent, répondit-elle d'une voix tremblante, dans un effort visiblement surhumain pour se maîtriser devant les enfants. Je n'aurais pas dû y aller, en fait. Ç'a été une catastrophe. Je ne suis pas certaine de pouvoir continuer.

— À quoi faire ?

— À être mère.

— Calme-toi, Ruth. Et si on allait au restaurant tous les deux ce soir pour en parler tranquillement ? Aggie garderait les enfants.

— Je suis épuisée. Je ne sais pas si j'aurai la force de ressortir.

77

— Allez, un petit effort. On restera dans le quartier. Ça te fera du bien. »

Ruth renifla bruyamment. « D'accord. »

La mort de la Bratz avait été de mauvais augure. Plus ils s'éloignaient de la scène de crime, plus la crise de larmes de Betty devenait insupportable. Rien de tout ce que Ruth put lui dire ne réussit à la calmer, si bien que, à mi-chemin, Ruth crut avoir une crise d'angoisse. Les parois du métro étaient trop proches des tunnels et elle ne supportait plus les cahots et les crissements des rails. Qu'est-ce qui lui avait pris d'emmener ses enfants dans les entrailles de Londres ? Tout lui paraissait terrifiant.

Betty se résolut à ne pousser que des gémissements sourds lorsqu'ils arrivèrent à Oxford Circus mais elle resta irritable et s'accrocha à la poussette en marchant d'un pas traînant. Dans la rue, une foule de jeunes filles se pressaient pour entrer et sortir en se dandinant de chez TopShop, leurs hanches étroites ayant échappé aux ravages de la maternité. Elles auraient toutes pu être mannequins pour *Viva*, qui s'adressait aux femmes du genre de Ruth. Enfin, pas tout à fait. La femme *Viva* jonglait avec son métier, son homme et ses enfants tout en affichant une plastique irréprochable.

Le cabinet du nutritionniste se trouvait dans un immeuble tout en hauteur et très intimidant situé entre Oxford et Regent Street. La réceptionniste adressa à Ruth un sourire radieux digne des publicités que l'on trouve dans les dernières pages des magazines, et Ruth se sentit crasseuse et mal à l'aise en prononçant le prénom de son fils.

Plus spacieux que le salon des Donaldson, le cabinet du Dr Hackett était un cliché de la réussite à lui tout seul : des tableaux dans des cadres dorés, un vaste bureau en bois massif ciré et deux profonds fauteuils en cuir positionnés de chaque côté. Le nutritionniste était assis devant deux portes-fenêtres qui s'ouvraient sur un jardin privé, insensé en pleine capitale, d'autant que Ruth ne distinguait aucun bruit de circulation.

Avant de le rencontrer, Ruth croyait que le Dr Hackett serait un homme sympathique, vaguement hippy mais très chic, avec des cheveux grisonnants un peu longs, un échalas qui ne cesserait de croiser et décroiser les jambes. Elle n'aurait jamais imaginé un vieux monsieur bedonnant, avec des lunettes en équilibre au bout du nez et un costume trois pièces vraisemblablement hors de prix. De plus, il n'aurait pas dû rester assis derrière son bureau, et encore moins prendre cet air d'ennui mortel pendant tout l'entretien.

En s'asseyant, Ruth se vit, elle et ses enfants, à travers les yeux du nutritionniste. Quelle honte ! Betty avait le visage rouge, sale et gonflé par les larmes ; coincé sur la hanche de sa mère, un biberon vissé à la bouche, Hal semblait dérouté par la situation ; et elle était trop maigre, avec ses mèches rebelles et l'air de névrosée qu'elle traînait derrière elle comme d'autres femmes laissent le sillage de leur parfum. *Ce n'est pas vraiment moi*, eut-elle envie de s'écrier. *Ce n'est pas le jour, voilà tout.*

« Bien, madame Donaldson, dit le Dr Hackett sans préambule, quel problème rencontre votre fils ? »

Ruth se raidit. « Je ne sais pas si c'est un problème. »

Le médecin poussa un profond soupir. « Dans ce cas, puis-je vous demander ce que vous faites ici ? »

Elle se sentit stupide. C'était le but. Comment ce type était-il devenu nutritionniste ?

« Excusez-moi, ce n'est pas ce que j'ai voulu dire. C'est juste que nous ne savons pas quoi penser.

— Pose ça, s'il te plaît ! » s'écria le médecin. Ruth sursauta. Betty poussait dangereusement un énorme presse-papier en verre vers le bord du bureau.

« Bon sang, Betty, qu'est-ce que tu fais ? » s'exclama-t-elle. La fillette se décomposa. « Désolée. Hal n'a jamais rien mangé de solide. Jamais. Il se nourrit exclusivement de biberons.

— Combien en consomme-t-il par jour ? »

Dans ce bureau parfait, la vérité lui sembla soudain indéfendable, si bien que Ruth mentit sans raison.

« Une dizaine.

— Au moins, c'est nourrissant.

— Certes, mais il a presque trois ans. »

Le silence n'était rompu que par les bruits de succion de Hal. C'en était risible.

« Lui proposez-vous des aliments solides ?

— Tous les jours. À tous les repas.

— Mangez-vous avec lui ?

— Non. Pas souvent », admit-elle en se frottant le cou.

Le médecin prenait quelques notes. « Travaillez-vous ?

— Oui, mais ma nounou est très compétente. Elle sait y faire avec les enfants. Elle a d'ailleurs récemment eu l'idée de créer un potager parce qu'elle avait lu que les enfants qui font pousser des légumes sont susceptibles d'en manger plus facilement.

— Je dois avouer que cette théorie m'est inconnue.

— Ce jardin n'est pas uniquement à Hal. Moi aussi, j'ai aidé à le faire », précisa Betty en quittant sa chaise pour se mettre à pleurnicher, ce que Ruth feignit d'ignorer.

« Qu'en est-il de son développement par ailleurs ? »

Ruth calcula qu'il lui restait montre en main quatre minutes avant que Betty ne pique une colère des plus sonores.

« Ce n'est pas fameux. Il est très en retard par rapport à Betty au même âge. Il s'exprime difficilement et n'a pas beaucoup d'amis. »

Ruth était près de craquer. Son estomac noué la faisait souffrir.

« Avez-vous songé que le refus de s'alimenter peut être le symptôme d'un trouble psychologique beaucoup plus grave ?

— Non. Vous pensez que c'est le cas de mon fils ? demanda-t-elle d'une voix trop haut perchée.

— Je n'en ai pas la moindre idée. Je n'ai aucune raison de l'envisager pour l'instant. Je vous dis simplement qu'il se peut que nous devions explorer plus avant cette hypothèse à un moment ou un autre.

— Je veux rentrer, annonça Betty, allongée sous sa chaise.

— Y a-t-il des tests que nous devrions lui faire passer ? s'inquiéta Ruth.

— Pas pour l'instant, madame Donaldson. Une chose à la fois. »

Vous n'avez pas le droit de vous comporter comme ça, eut envie de hurler Ruth. *Vous ne pouvez pas me balancer une chose pareille à la figure sans me donner plus d'explications.* Elle eut envie de se lever et de secouer cet imbécile jusqu'à ce qu'il lui expose toutes les options concernant le cas de son fils.

« Avez-vous essayé de ne pas lui donner de biberons ?

— Non. Mon mari me l'a suggéré mais ça m'a paru trop cruel. »

Le Dr Hackett l'observa de derrière ses lunettes, son regard n'exprimant que du mépris.

« C'est votre gentillesse qui est cruelle, si vous voulez mon avis.

— Je veux qu'on s'en aille, maman. Tu m'as promis de m'acheter une nouvelle Bratz. »

Ruth baissa les yeux sur sa fille étendue par terre. Écarlate, elle s'apprêtait à hurler. En cet instant précis, Ruth la détesta.

« Pas maintenant, Betty, je suis en train de parler. Tu n'auras pas de nouvelle Bratz tant que tu ne te comporteras pas correctement.

— Travaillez-vous à temps complet, madame Donaldson ?

— Oui.

— Avez-vous entendu parler de l'angoisse de la séparation ?

— Vaguement. »

Évidemment. Évidemment. Qu'elle avait été bête de ne pas s'attendre à ce que tout finisse par être de sa faute !

« Quel âge avait Hal lorsque vous avez repris votre travail ?

— Cinq mois. »

Ruth faillit s'en excuser mais se retint à temps. Quelle chaleur, dans ce cabinet.

« Cinq mois, c'est un mauvais âge pour être séparé de sa mère, déclara le Dr Hackett. Il y a des étapes-clés du développement qui peuvent, de fait, passer à la trappe. »

Ruth avait la bouche sèche.

« Vraiment ? »

Pourquoi ce médecin ne lui demandait-il pas quand Christian avait repris le travail et combien de temps il passait à la maison ? Ou s'il avait eu une aventure avec sa secrétaire pendant la grossesse de Ruth ?

Betty vagissait. Ruth fut prise d'une irrépressible envie de la frapper. Quand Betty et Hal étaient bébés, elle dormait avec eux et s'était parfois demandé comment elle parvenait à se retenir de les étouffer sous un oreiller ou de les jeter contre un mur. Non qu'elle ait vraiment souhaité passer à l'acte, mais elle se sentait incapable d'endosser la responsabilité d'autres vies que la sienne. Pour l'heure, Hal s'était endormi sur son épaule et la transpiration de son crâne imprégnait son chemisier.

« Allez-vous la faire taire ? demanda le médecin.

— Elle pique sans arrêt des colères de ce genre. Il n'y a pas grand-chose à faire. »

Le médecin les abandonna à leur sort.

« Mon conseil est simple : commencez par limiter le nombre de biberons. Arrêtez de lui proposer à manger. Lorsqu'il aura faim, donnez-lui des aliments qu'il aime. Des biscuits ou des barres de céréales, par exemple. L'essentiel, c'est qu'il mange. On s'inquiétera plus tard de la qualité nutritionnelle de ce qu'il ingurgite », précisa-t-il, obligé de hausser la voix pour se faire entendre.

Ruth se leva. Très compréhensif, son généraliste lui avait dit la même chose, mais elle ne parvenait pas à suivre un conseil judicieux, même gratuit. Reconnaître ses propres limites a quelque chose d'étouffant. Elle installa et sangla prestement Hal dans sa poussette puis attrapa Betty par le bras et la tira vers la sortie. Un effort surhumain lui fut nécessaire pour se retenir de gifler sa fille.

« C'est logique. Je m'y mets dès à présent. »

Vu la mine ébahie du Dr Hackett, Ruth en déduisit qu'il n'avait jamais rencontré pareille famille.

« Revenez me voir dans un mois, conclut-il en reprenant ses esprits. Verity vous donnera un rendez-vous.

— D'accord. Parfait. » Ruth manœuvra pour quitter la pièce, poussant Hal d'une main et tirant Betty de l'autre. « Une fois encore, excusez-nous de notre conduite.

— La prochaine fois, il vaudrait sans doute mieux que vous confiiez votre fille à votre nounou si compétente », rétorqua le Dr Hackett tandis qu'elle refermait la porte.

Sans prendre la peine de s'adresser à la trop souriante Verity, Ruth quitta l'immeuble. Betty réclamait désormais sa nouvelle Bratz à grands cris et Ruth s'agenouilla à côté d'elle pour s'expliquer d'un ton sifflant :

« Tu n'auras pas de Bratz. Je t'ai demandé de rester sage et tu n'as pas obéi. Du coup, on rentre à la maison. »

Betty se mit à striduler plus bruyamment encore.

« Je te déteste, maman. Je te déteste. »

Des points blancs se mirent à danser devant les yeux de Ruth, soudain consciente des battements de son cœur. *Moi aussi, je te hais*, eut-elle envie de répondre. Des bus à impériale passèrent dans un affreux vrombissement et les portes vitrées des magasins bruissaient en s'ouvrant et se refermant sans arrêt tandis que les badauds entraient et sortaient en une véritable marée humaine. La foule grouillante jetait des regards désapprobateurs à cette femme incapable de contrôler ses enfants. Un grand homme-sandwich vantant une « vente de matériel de golf » la frôla, le regard sincèrement empreint de pitié. Le trottoir se mit à vibrer sous ses pieds ; les bruits de la rue lui parvenaient du ciel, du sol ; ils l'encerclaient. Elle n'était plus qu'un point sur une carte, un minuscule point dans le dédale des rues grises. Elle imaginait toutes les chaudières en marche dans toutes les maisons, toutes les roues de toutes les voitures roulant sur le macadam, tous les bébés en pleurs, toutes les poubelles à vider, toutes les vies à vivre. Elle avança au milieu de la chaussée et héla un taxi.

Arrivée à la maison, Ruth avait les épaules nouées. Betty s'était calmée et gémissait faiblement tandis que Hal dormait paisiblement dans sa poussette. Ils étaient rentrés en un seul morceau, ce qui constituait l'unique bonne nouvelle de la journée.

Assise à la table de la cuisine devant une tasse de café et un magazine, Agatha prit un air interloqué.

« Je croyais que vous deviez aller donner à manger aux canards, s'étonna-t-elle. J'allais sortir. »

L'horloge indiquait treize heures dix. Ruth n'avait donc pas passé plus d'un quart d'heure dans le bureau du nutritionniste.

« Pourriez-vous mettre un DVD à Betty, s'il vous plaît ? » demanda-t-elle.

Il lui fallait absolument un café mais elle restait pétrifiée. À leur arrivée, Agatha lisait un article sur un présentateur de télévision soi-disant harcelé par un fan : un cauchemar selon le magazine mais, comparée à la matinée d'horreur qu'elle venait de passer, Ruth trouvait cette aventure plutôt morne et rafraîchissante.

Agatha revint dans la cuisine d'un air affairé.

« Betty me dit qu'elle a faim. Vous n'avez pas déjeuné ?

— Non.

— Je vais lui préparer du pain grillé avec du fromage. Vous en voulez ? »

Ruth contempla la jeune fille efficace qui se tenait devant elle, prête à embrasser le monde. Il faudrait peut-être se remettre à avoir des enfants à seize ans, quand on est encore optimiste et débordante d'énergie.

« Non merci, Aggie », articula-t-elle avant de fondre en larmes.

La nounou s'assit à côté d'elle. « Que se passe-t-il, Ruth ? Qu'est-ce qui ne va pas ? »

L'inquiétude qui pointait dans la voix d'Agatha était particulièrement touchante quand on considérait l'âge de la jeune fille.

« Tout, répondit Ruth. Je suis une mauvaise mère.

— Mais non, la rassura Agatha en posant une main apaisante sur les siennes. Vous êtes super. Qu'est-ce qui vous fait dire ça ?

— Le nutritionniste m'a accusée d'être responsable de tous les maux. Il n'a posé aucune question sur Christian. Pourquoi faudrait-il que je sois coupable pour deux ?

— Ne l'écoutez pas. Reprenez-vous, Ruth, les enfants vous adorent.

— Pourquoi Hal refuse-t-il de manger normalement ? Pourquoi Betty n'arrête-t-elle pas de pleurer ? Pourquoi refuse-t-elle de faire ses nuits, bon sang ? »

En levant les yeux, Ruth aperçut deux étourneaux voletant derrière la vitre de la cuisine. Elle leur envia leur liberté, leur absence de responsabilités, puis se tourna vers Aggie qui cherchait une réponse adéquate.

« Vous pouvez me dire que je me mêle de ce qui ne me regarde pas, Ruth, mais je vous ai entendues, Betty et vous, la nuit, et... je ne vous blâme pas évidemment mais... vous savez, lorsque l'on subit trop longtemps une situation pénible, on n'est plus tout à fait objectif et trouver une solution devient difficile... »

Le cœur de Ruth se serra. « Je vous écoute.

— Eh bien, ce n'est qu'une idée, mais vous pourriez peut-être la prendre dans votre lit.

— Elle a dormi avec nous pendant un an, elle n'avait d'ailleurs pas de berceau, jusqu'au jour où Christian a décidé qu'elle ne devait plus dormir dans notre chambre. »

Agatha rougit.

« Elle ne se réveille jamais avant minuit. Elle pourrait démarrer la nuit dans son lit et vous rejoindre plus tard. D'après moi, elle a peur. Du moins, c'est ce qu'il me semble.

— Comment ça, elle a peur ? » Ruth se remémora les pleurs nocturnes de sa fille en essayant de les percevoir de la même manière qu'Aggie.

« Oui, elle est prisonnière d'un cercle vicieux. Elle sait qu'elle déclenche votre colère et maintenant, elle a peur. Je ne suis pas certaine que mon idée marche, mais ça vaudrait la peine d'essayer.

— Il n'y a rien à perdre, en effet.

— J'espère que vous ne m'en voulez pas de vous avoir soumis mon avis. »

Ruth recouvrit la main d'Agatha de la sienne. Elle s'en voulait d'avoir pensé du mal de sa nounou. C'était une gentille jeune fille qui ne voulait que leur bien.

« Ne vous inquiétez pas, Aggie. C'est tellement adorable de votre part de vous soucier de nous. C'est moi qui devrais vous présenter mes excuses pour vous empêcher de dormir. »

Agatha secoua la tête.

« Ne dites pas de bêtises. Vous allez essayer ?

— Oui, répondit Ruth en souriant. Dès ce soir. » Elle écarta sa main et éclata de rire. « Bien ! Maintenant que nous avons trouvé une solution au problème de Betty, qu'allons-nous faire pour Hal ? Il va fêter ses trois ans dans quelques semaines et ne mange toujours pas de nourriture solide.

— C'est bientôt son anniversaire ?

— Oui, et je n'ai encore rien organisé.

— Oh Ruth ! Vous me laisseriez m'en charger ? J'adorerais m'en occuper.

— Non, Aggie, vous en faites déjà bien assez. Je ne peux pas accepter.

— Je vous assure, ça me ferait très plaisir, insista Agatha avec l'ardeur d'un jeune chiot. J'adore organiser des fêtes. J'ai d'ailleurs travaillé dans l'événementiel.

— Vraiment ?

— Oui, je me suis occupée de nombreux goûters d'anniversaire. J'adore. Je serais ravie de faire ça pour vous. »

Ruth partit d'un grand rire et écarta une mèche de cheveux qui lui voilait le visage. Elle était épuisée et cette proposition la tentait terriblement.

« N'avez-vous donc aucun défaut, Aggie ? Que ferions-nous sans vous ? »

Lorsque Christian rentra à la maison, Ruth avait l'air abattue. Dans la pénombre, elle lisait une histoire à Betty qui n'écoutait pas mais se plaignait qu'elle ne voulait pas qu'ils sortent sans elle. Quant à Hal, il tétait tranquillement en dormant. Ruth persévéra malgré tout dans sa lecture de *La Princesse au petit pois*, une des histoires que Christian aimait le moins. Il devait l'admettre, il préférait ses enfants lorsqu'ils dormaient... Il pouvait alors admirer leurs visages poupins, si sérieux et si satisfaits, et une foule d'émotions lui parcouraient le corps. Il avait cru que c'était la forme d'amour la plus profonde : être capable d'aimer quelqu'un qui n'attend rien de vous, mais, penché au-dessus du berceau de son fils, il se disait qu'il s'était peut-être trompé.

Il se rendit dans leur chambre. La serviette humide qu'il avait abandonnée le matin même sur les draps n'avait pas bougé. Ruth essayait-elle de lui transmettre un message ? Avant qu'il puisse poursuivre son raisonnement, elle le rejoignit et, de l'encadrement de la porte, se déclara trop épuisée pour sortir.

Il la dévisagea, avec les cernes qui noircissaient ses yeux, ses cheveux rebelles, ses traits livides, sa tenue débraillée. Il s'inquiéta un peu car elle commençait à ressembler à ce qu'elle était l'année de la naissance de Betty. Ruth était tellement compliquée qu'il en avait le vertige. Certaines de ses nombreuses qualités découlaient de cette complexité, laquelle interférait toutefois tant avec la simplicité du quotidien que Christian en venait parfois à la détester. Comment supportait-elle l'inquiétude et l'angoisse qui ne la quittaient plus ?

« Allez, insista-t-il, ça te fera du bien. On peut dîner chez Lemonas. »

Assise au bord du lit, Ruth faillit éclater en sanglots. Inutile de chercher de qui Betty tenait sa lèvre tremblante.

« J'ai tout fichu en l'air. »

Christian vint s'asseoir à côté d'elle.

« Comment ça ? » lui demanda-t-il, sachant pertinemment de quoi elle parlait.

Les larmes roulaient sur ses joues.

« Toi aussi, tu penses que c'est ma faute ? » insista Ruth en levant les yeux vers son mari.

Le désespoir que Christian y lut lui donna envie de la protéger pour toujours, de mettre un terme à ses idées noires et d'éloigner la douleur. Il envisagea de lui avouer qu'il craignait que ce ne soit sa faute à lui, mais il hésitait à amener Sarah dans la conversation.

« Bien sûr que non. Où vas-tu chercher des idées pareilles ? Des millions de femmes travaillent tout en étant mères. »

Ruth se passa les mains dans les cheveux.

« Je n'en sais rien. C'est cet imbécile de nutritionniste, pour commencer. »

Christian se leva.

« Allez, on va au restaurant et on en parlera là-bas. Je meurs de faim. »

Il fut agréablement surpris de voir Ruth se lever et ouvrir la porte de son armoire.

De l'extérieur, le restaurant ne payait pas de mine et, en emménageant dans le quartier, Ruth et Christian avaient failli ne pas le remarquer. Ils s'y rendaient désormais le plus souvent possible et s'y sentaient chez eux. L'atmosphère y était vraiment réconfortante, avec ses tables en bois massif, ses pots de confiture anciens faisant office de photophores, ses tresses de citrons en plastique qui s'entrecroisaient au plafond. La nourriture était digne d'un pique-nique de roi : des pitas tièdes, du houmous et du tarama maison, de la feta au goût ni trop prononcé ni trop salé et des olives si juteuses que l'huile vous coulait immanquablement sur le menton.

En chemin, Ruth lui fit part d'une voix désespérée de la suggestion d'Aggie : qu'ils prennent Betty dans leur lit pour tenter de réguler son sommeil. Christian s'étonna de ne pas avoir pensé lui-même à cette solution, apparemment si sensée. Toutefois, le sujet avait longtemps alimenté une vraie polémique et il lui avait fallu lutter d'arrache-pied pour convaincre Ruth de ne plus faire dormir Betty dans leur lit… Un an sans sexe, un vrai sujet de magazine féminin ! Avec le recul, ça paraissait moins grave et, comme l'avait fait remarquer Aggie, Betty ne se réveillait jamais avant minuit.

« Bonne idée, s'entendit-il dire, essayons dès ce soir. »

Il aurait fait n'importe quoi pour venir à bout de la détresse qui était en train de les engloutir.

Au second verre de vin, Ruth se relaxa. Ses épaules se détendirent et un demi-sourire vint éclairer son visage à la lumière vacillante des bougies. Malgré sa pâleur, elle était jolie.

« Alors, raconte-moi cette histoire de nutritionniste », dit-il. Il envisagea de lui prendre la main mais, alors qu'il y réfléchissait encore, elle serra son châle contre son corps menu.

« C'est un médecin à l'ancienne, j'imagine. Je ne sais pas pourquoi je me suis laissé atteindre à ce point. C'était vraiment une journée pourrie. Betty a laissé tomber sa fichue Bratz sur les rails du métro avant de s'époumoner dans une colère qui a duré tout le trajet. Les voyageurs qui se trouvaient dans notre rame auraient sûrement préféré une bombe plutôt que notre fille. Tu aurais dû voir les regards qu'ils m'ont jetés. »

Christian éclata d'un rire si franc que Ruth ébaucha un sourire.

« Ensuite, je m'attendais à rencontrer un gentil docteur et je me suis retrouvée face à un monstre. »

Christian se remit à rire.

« Je te jure, c'était une parodie de docteur chic. Tout ce qu'il a trouvé à me demander, c'est combien de temps après mon accouchement j'étais retournée travailler, avant de m'assener qu'à cinq mois les bébés entrent dans une phase critique et de me demander si j'avais déjà entendu parler d'un phénomène qu'on appelle l'"angoisse de séparation". J'aurais voulu lui demander pourquoi il ne m'interrogeait pas sur le moment où toi tu as repris le travail, mais je n'ai pas arrêté de me justifier et de m'excuser. Puis, Betty a piqué une crise, nous avons dû nous en aller avant la fin de la consultation et, au moment de partir, il m'a lancé une remarque narquoise du genre : *Et si vous la confiiez à votre nounou si compétente la prochaine fois ?*

— On devrait se plaindre.

— Arrête. Il n'a commis aucune erreur. Il avait même sans doute raison.

— Comment ça ? »

Ruth ramena une mèche derrière son oreille. Elle avait à peine picoré le délicieux plat qu'on lui avait servi.

« Eh bien, pour Betty, j'ai attendu un an avant de retourner au bureau et elle mange très bien. J'ai fait des recherches sur Internet cet après-midi et le sujet est très documenté.

— Tous les sujets sont très documentés.

— C'est vrai, mais est-ce que je retravaille pour moi ou pour Hal ?

— Est-ce important ?

— C'est fondamental. L'année qui a suivi la naissance de Betty, j'ai cru devenir folle. Du coup, je me suis empressée de retourner travailler après la naissance de Hal. Certes, nous avions besoin d'un second salaire, mais nous aurions pu ne pas déménager.

— Notre maison était minuscule.

— Oui, mais nous nous serions arrangés et je n'aurais pas eu besoin de retourner au bureau. »

Christian commençait à perdre le fil de la conversation. Il se sentait au cœur d'un labyrinthe.

« C'est toi qui voulais reprendre le boulot !

— Je sais. C'est ce que je dis. Pourquoi est-ce que je voulais retourner au bureau ? Pourquoi est-ce que je ne parviens pas à m'occuper de mes gosses ? Est-ce que je suis une mauvaise mère ? »

On y était. Évidemment. Le nœud du problème.

« En quoi retravailler ferait de toi une mauvaise mère contrairement aux millions d'autres femmes dans ta situation ?

— Elles ne valent peut-être pas mieux.

— Certes, comme toutes celles qui restent à la maison et deviennent folles en silence ou construisent jour après jour un ressentiment qui finit par les étouffer. D'après moi, il y a autant de bonnes que de mauvaises mères. Peu importe leur situation professionnelle.

— Mais… »

Ruth traçait un dessin sur la toile cirée avec une gouttelette de vin.

« Ce n'est pas en restant à la maison et en préparant des gâteaux que tu seras une bonne mère, Ruth. »

Elle leva vers lui ses yeux embués de larmes.

« Qu'est-ce que je dois faire, alors ? Je suis à court d'idées. »

Agatha n'enviait nullement la vie de Ruth. Pour être honnête, se dit-elle en cherchant des recettes de gâteau le lendemain, elle éprouvait même un délicieux sentiment de supériorité en voyant son employeuse s'écrouler alors qu'elle-même faisait face sans la moindre difficulté. La pauvre femme était au bout du rouleau. En virevoltant d'une pièce à l'autre pour ranger et nettoyer la maison, la nounou imaginait les conversations qu'elle aurait avec la mère de Ruth, qu'elle n'avait jamais rencontrée et dont Ruth parlait rarement. Tant mieux ; un gêneur de moins dans la nouvelle vie qu'Agatha s'était créée. Tout de même, on ne pouvait sans doute pas avoir une fille telle que Ruth sans s'inquiéter pour elle, et si la grand-mère rencontrait Agatha, elle serait rassurée de découvrir que les choses étaient enfin ce qu'elles auraient toujours dû être. *Oui, c'est assez alarmant*, reconnaîtrait la jeune femme en réparant un jouet cassé ou en retapant les coussins affaissés, *mais je m'en occupe, restez chez vous. Ne vous faites pas de souci, ce n'est pas bien grave, je veux juste vous rendre service.*

Elle avait décidé de préparer des sandwichs à l'œuf ou au jambon, des biscuits, des saucisses cocktail sur des cure-dents, des cookies fondants au chocolat et, bien sûr, l'inévitable gâteau d'anniversaire. Tout serait fait maison. Elle hésitait entre ajouter des zestes d'orange aux biscuits et confectionner les cookies au citron que Betty adorait. Après tout, il s'agissait de l'anniversaire de Hal. Le gâteau ne devait-il pas être au chocolat ? Elle cherchait le glaçage parfait : le beurre et la vanille lui semblaient des ingrédients vus et revus.

Le menu n'était qu'un détail parmi tant d'autres. Agatha essayait d'imaginer un thème pour la fête mais ce n'était pas évident car Hal ne s'intéressait qu'à sa maison en plastique et à Thomas le petit train. Comme tous les gamins de son âge l'adoraient aussi, ce ne serait guère original de le choisir. Agatha souhaitait par-dessus tout époustoufler les invités, convaincre Ruth de ne jamais se séparer d'elle et obtenir l'amour inconditionnel et éternel des enfants. L'idée faisait son chemin mais les détails restaient à définir.

Elle réclamait depuis des jours et des jours la liste des invités à Ruth, toujours trop occupée. Il ne restait désormais plus que douze jours et il fallait prévenir les gens.

« Ne vous inquiétez pas pour les invitations, lui avait dit Ruth, j'appellerai tout le monde. »

Cette remarque avait prodigieusement agacé Agatha, qui avait passé trois soirées dans sa chambre à fabriquer vingt invitations aussi brillantes et scintillantes que de véritables œuvres d'art.

« Combien de gens comptez-vous convier ? » avait-elle insisté.

Ruth s'était contentée de froncer les sourcils, un tic qui lui ridait le front, la rendait presque laide et signifiait qu'elle tentait de se remémorer un détail.

« Mon Dieu… »

Agatha l'avait noté, Ruth entamait ainsi la plupart de ses phrases, implorant vraisemblablement le Sauveur de lui venir en aide. « Eh bien, Toby. C'est le parrain de Hal, après tout et, euh… Sally. Ce sera aussi l'occasion rêvée d'inviter des amis qui ont des enfants, sinon on ne les voit plus. On fera d'une pierre deux coups. Évidemment, je vais appeler mes parents. Ceux de Christian sont en vacances, inutile de s'en occuper. Je vous rédigerai une liste mais on sera vraisemblablement une vingtaine d'adultes et autant d'enfants. Ça ira ? Vous pourrez tout organiser pour autant de monde, Aggie ? »

Bien sûr, aucune liste ne s'était matérialisée mais, partant du principe qu'il y aurait certainement davantage d'invités, Agatha avait ajouté des toasts au saumon fumé à son menu. En pleine nuit, une pensée l'avait réveillée en sursaut : fallait-il envisager de servir du vin ? Lorsqu'elle l'avait suggéré à Ruth, cette dernière lui avait promis que Christian s'en chargerait. Une autre question la taraudait et elle avait dû prendre sur elle pour la poser à Ruth.

« Puis-je inviter le petit garçon du groupe d'éveil ? Ces deux-là semblent très bien s'entendre…

— Évidemment, avait répondu Ruth d'un ton enchanté en filant travailler. Plus on est de fous, plus on rit ! »

L'association se réunissait tous les mardis dans une salle paroissiale tout en courants d'air située en face de l'école de Betty. Les activités enfantines étaient fréquemment reléguées au sous-sol, loin des regards, souvent dans des pièces sombres et mal chauffées, quand elles n'étaient pas parcourues d'odeurs inquiétantes. Les animations étaient immanquablement assurées par des femmes surmenées qui n'arrêtaient pas de réclamer mille choses à tout le monde, à commencer par de l'argent et des services. Il fallait que quelqu'un se charge des activités artistiques et, jusqu'à présent, Agatha s'était proposée à trois reprises. La première séance avait été la plus réussie. Pendant des semaines, elle avait accumulé les boîtes à œufs qu'elle avait coupées en deux pour figurer des mille-pattes. Ensuite, elle avait acheté des cure-pipes, fabriqué de minuscules pompons à partir de chutes de laine et utilisé la colle et la peinture disponibles au club. Tout le monde l'avait félicitée. Une dame avait même pris ses coordonnées au cas où elle déciderait de quitter les Donaldson.

C'était cette dame qu'Agatha avait entendue bavarder avec une amie alors que, assises en cercle, elles s'apprêtaient à chanter à la fin de la séance.

« Ces chansons me fichent la frousse, avait-elle avoué. J'ai l'impression de flotter dans la pièce, de me voir en surplomb et de me dire : "Waouh ! Qu'est-ce que je fiche là à bondir d'un bout à l'autre de cette pièce en faisant semblant de monter en haut d'une colline ?" Dans le temps, je sauvais des vies en salle d'opération et maintenant je chante des histoires qui parlent de lapins malades.

— Arrête d'y penser, sinon tu vas devenir folle. Ne perds pas de vue que c'est bientôt fini.

— Sauf si on en fait un second.

— Certes, mais il faudrait être complètement dingue.

— Tu as vraiment envie que Barney reste fils unique ?

— Tu sais, le choix est simple : soit il reste fils unique, soit il devient orphelin. Parce que, si j'ai un deuxième enfant, on finira par m'interner. »

Là, elles avaient gloussé comme s'il s'agissait d'une bonne blague, ce qu'Agatha n'avait pas du tout apprécié. Elle avait serré contre elle le corps potelé de Hal, respiré son parfum sucré et caressé ses cheveux blonds pour remettre quelques mèches en place. Comment pouvait-on ne pas s'émerveiller d'une telle beauté, ne pas mourir d'envie de combler d'amour son enfant ? Au spectacle de ces extraordinaires petits et de leurs mères indignes, les larmes lui montaient aux yeux. Certaines images se bousculaient devant ses yeux : Barney et ses copains collés devant des téléviseurs ronronnants, nourris de pizzas bon marché et envoyés au lit sans le moindre câlin tandis que leurs mères restaient assises à la cuisine où elles buvaient du vin et se plaignaient de leur sort. Ruth était l'une de ces mères. *Dans ces conditions, vaut-il vraiment mieux retourner travailler ?*

Étrange, non ? Quand le téléphone sonne, il arrive qu'on sache d'instinct l'identité de son correspondant avant même d'avoir décroché. Certaines personnes (Christian détestait ces gens) en déduisaient qu'ils avaient des dons de voyance. Christian n'y aurait jamais songé mais, à la première vibration de son portable, il devina qu'il s'agissait de Sarah. Il envisagea brièvement de ne pas répondre, pariant qu'elle ne laisserait aucun message et ne le rappellerait sans doute jamais, mais la curiosité l'emporta et il décrocha.

« Allô, Christian ?

— Tiens, Sarah. Bonjour, répondit-il d'un ton faussement étonné.

— Désolée de te rappeler. C'est juste que... » Elle hésita. Durant ce court instant, le temps s'arrêta. Diverses options se mirent à virevolter devant les yeux de Christian, comme des manèges de fête foraine trop éclairés. Il n'aurait pas dû répondre. Trop tard. Il se sentait dépassé. Son libre arbitre l'avait abandonné.

« Je voudrais te parler et je me demandais si on pourrait se revoir.

— Tu penses vraiment que ce serait une bonne idée ?

— Sans doute pas, non. Mais euh... Écoute, pour être honnête, je suis en thérapie et mon psy pense que ça me ferait du bien.

— Ah, répondit-il en sentant le sol se dérober sous ses pieds.

— Ce n'est pas aussi terrible que ça en a l'air. »

Aucune échappatoire, Christian se retrouvait dos au mur.

« D'accord. Quand es-tu disponible ?

— Quand tu veux.

— Bien. » Il feuilleta son agenda pour déterminer un soir où il pourrait dire à Ruth qu'il travaillait tard. « Je peux me libérer vendredi après le bureau. Vers dix-neuf heures.

— Parfait. On se donne rendez-vous au Ram ? »

L'endroit où ils se retrouvaient autrefois...

« D'accord. À vendredi, donc. »

Et si Christian finissait par perdre sa famille par négligence ? Sans même l'avoir vraiment voulu ?

Ruth regardait par la fenêtre. Une ombre flottait sur l'immeuble d'en face. La forme était fascinante, complètement inexplicable. Le bureau se trouvait à un étage élevé et pourtant cet ovni fluide virevoltait, telle une plume, sur la masse de béton d'en face. De quel objet cette mystérieuse ombre pouvait-elle être la projection ? La vie telle que Ruth la connaissait allait-elle se dissoudre au profit d'un ordre nouveau ? Si seulement ! Ruth aurait aimé muer comme un serpent et tout recommencer. Hélas, c'est à ce moment-là qu'un sac en plastique apparut dans les airs. Une bourrasque avait tout bêtement soulevé de terre ce déchet qui voletait si haut dans le ciel qu'il avait bien failli faire basculer Ruth dans une autre dimension.

Elle composa le numéro de téléphone de sa mère. À l'heure du déjeuner, le bureau était à moitié vide, et la salade plus très fraîche qu'elle avait apportée se révélait immangeable. Pendant que la sonnerie lui vrillait les oreilles, elle imagina la maison si propre et si bien rangée de ses parents dans le Gloucestershire. Vêtue d'un ensemble impeccable, sa mère entendrait le téléphone depuis son jardin si bien tenu et remonterait l'allée pour savoir qui avait besoin d'elle. Par principe, Ruth s'arrangeait pour n'avoir jamais besoin d'elle.

« Allô ? demanda sa mère, le souffle court.

— Désolée, maman. Ce n'est que moi. Tu étais dans le jardin ?

— Oui. J'oublie systématiquement d'emporter le téléphone avec moi. Ça rend ton père fou.

— Comment va-t-il ?

— Très bien. Il est parti jouer au golf.

— Et toi, comment vas-tu ?

— Magnifiquement, ma chérie. D'ailleurs, tu as de la chance de me trouver à la maison car, cette semaine, ça n'arrête pas. C'est ce samedi qu'a lieu la *fête*[1].

— Non ? Déjà ?

— Nous espérions que tu pourrais peut-être descendre pour l'occasion. Je te l'avais dit lors de notre dernière conversation téléphonique.

— Je t'avoue que ça m'était complètement sorti de la tête. J'en parle à Christian et je te tiens au courant. »

Quand la véritable vie de Ruth allait-elle commencer ? Quand ressemblerait-elle à sa mère ? Quand se souviendrait-elle de tout ? Quand aurait-elle le temps de tout faire, coudre, jardiner, s'amuser ?

1. En français dans le texte. *(N.d.T.)*

« Et sinon, comment vas-tu, Ruth ? »

Pas bien, aurait voulu répondre la jeune femme. *Je me transforme en marmelade et j'ai peur de me liquéfier d'une minute à l'autre. Je perds pied mais j'ai une supernounou qui prendra le relais en cas de problème. Tu crois que ça suffit ? Tu crois que mes enfants s'apercevront de ma disparition ? En plus, je doute que ça change quoi que ce soit pour Christian.*

« Je vais bien, mais je suis épuisée.

— Tu travailles trop dur.

— Ce n'est pas si grave que ça.

— Tu es trop perfectionniste. »

Sa mère était si franche et directe que Ruth ne savait jamais si elle lui adressait une remarque standard ou un avis adapté à sa situation personnelle.

« Un peu comme tout le monde, j'imagine ?

— Non. D'ailleurs, d'après moi, le secret d'une existence réussie, c'est d'être le moins exigeant possible. »

Ruth partit d'un grand éclat de rire. Seule sa mère pouvait croire qu'elle détenait le secret d'une vie réussie.

« Je t'appelais pour t'inviter au goûter d'anniversaire de Hal. Ce sera chez nous samedi en huit. Vous pourrez passer le week-end à la maison si vous le souhaitez.

— Quelle bonne idée ! Tu as besoin d'aide ? Je peux arriver tôt et préparer un gâteau, par exemple.

— Non, c'est gentil. Aggie s'occupe de tout.

— Aggie ? »

Ruth perçut la désapprobation de sa mère mais l'ignora de son mieux car elle faisait écho à ses propres réticences à l'égard de la nounou.

« Elle est géniale, maman, je t'assure. Je ne sais pas ce que je ferais sans elle.

— Tu te débrouillerais parfaitement, j'imagine. »

Après chaque conversation avec sa mère, Ruth finissait immanquablement par se sentir minable, un peu comme si elle avait commis un péché impardonnable, une faute inexcusable. Comme si elle accumulait les bévues. Sa mère croyait dur comme fer avoir toujours raison et, ce qui était très agaçant, elle n'avait jamais accepté que sa fille voie les choses autrement. Tous les enfants craignent-ils que leurs parents n'aient raison ? Ruth souffrait lorsqu'elle imaginait Betty endurant les mêmes problèmes qu'elle plus tard.

La confiance en soi coûte que coûte est-elle la clé du bonheur ? Suffit-il de s'en convaincre ? Ruth tentait parfois d'adopter cette vision des choses mais ça l'énervait. Le ton de Madame Je-sais-tout de sa mère lui donnait envie de se pelotonner sous sa couette et de déclarer forfait.

Reconnaître qu'on panique devant quelqu'un qui n'a jamais éprouvé ce genre de sentiment n'est pas aisé. Certes, lorsqu'elle avait déprimé après la naissance de Betty, sa mère n'avait émis aucun jugement mais Ruth ne s'était pas sentie épaulée. La fille de Stella Douglas aurait dû hériter de la volonté de fer maternelle.

D'autant que la désapprobation de sa mère était certainement fondée, cette fois-ci. On doit en effet organiser soi-même l'anniversaire de ses enfants. On doit au moins en avoir envie. Mais tout déléguer à Aggie était tellement facile. Ruth se voyait d'ailleurs parfaitement lui confier l'achat des cadeaux de Hal. D'une part, elle s'en sortirait certainement mieux qu'elle-même ; d'autre part, c'était rassurant de faire entièrement confiance à la personne qui s'occupe de ses enfants. Certes, mais n'y a-t-il pas un problème quand une mère se laisse entraîner sur cette pente savonneuse ?

Kirsty fit son apparition près du bureau de Ruth qui dérivait depuis trop longtemps dans son monde parallèle.

« J'ai un service à te demander, Ruth. Tu sais que je ne me le permettrais pas si ça n'était pas hyper important mais j'ai épuisé mes autres solutions et… euh… j'ai demandé à tout le monde sauf à toi.

— Je t'écoute, de quoi s'agit-il ? » Depuis quelques années, Ruth ne savait plus dire non.

« Tu sais, les interviews qu'on doit faire pour le prochain numéro. Sur les femmes qui vivent leur rêve ?

— Oui. » À la simple évocation du sujet, Ruth avait envie de bâiller.

« Eh bien, il y a cette Margo Lansford, qui a quitté son emploi à la City pour acheter une ferme et élever des cochons, ou je ne sais quoi…

— Pour fabriquer du savon.

— C'est ça. Bref, elle ne peut nous recevoir que ce samedi et, moi, je pars en Écosse assister au mariage de mon amie Emma et il est hors de question que je rate cette cérémonie. J'ai demandé à tout le monde. Tout le monde ! Je pourrais appeler un journaliste free-lance mais je préfère t'en parler d'abord, surtout après les longs discours fumeux dont Sally nous rebat les oreilles sur les réductions budgétaires.

— Tu veux que je le fasse à ta place ?

— Eh bien, euh… si tu peux.

— OK, c'est bon.

— Elle vit dans le Surrey et elle a quatre enfants. Tu pourrais emmener les tiens. »

Kirsty vivait sans doute au pays des Bisounours. C'était étrangement rafraîchissant.

Plus tard, beaucoup plus tard, Ruth était allongée au côté de Christian. La journée ne lui avait laissé aucun répit et elle avait trop longtemps attendu cet instant. Son corps s'enfonçait dans le matelas, ses membres las s'abandonnaient sous le drap. Ruth et Christian autorisaient Betty à les rejoindre dans leur lit depuis quelques jours et le miracle semblait sur le point de se produire. Leur fille se réveillait chaque nuit un peu plus tard et arrivait dans leur chambre à pas feutrés avant d'enjamber leurs corps endormis pour se blottir entre eux. Ce matin-là, lorsque son réveil avait sonné, Ruth ne se souvenait pas d'avoir entendu Betty arriver.

« Je ne comprends pas pourquoi on n'y a pas pensé plus tôt.

— Moi non plus, admit Christian en lâchant par mégarde le document professionnel qu'il lisait.

— C'est grâce à Aggie.

— On aurait bien fini par en avoir l'idée nous-mêmes. »

Ruth éclata de rire.

« J'en doute ! »

Christian écarta une mèche du visage de sa femme.

« Tu te sens mieux, maintenant que la petite fait ses nuits ?

— Pas encore, mais j'ai lu sur Internet qu'il faut parfois plusieurs jours pour qu'un corps long-temps privé de sommeil récupère. On peut même se sentir moins bien avant d'aller beaucoup mieux.

— Ça paraît logique. »

Christian lui embrassa le bout du nez. *Si seule-ment les moments qu'on partage étaient toujours de cette qualité !* songea Ruth.

« Dans quelques années, poursuivit son mari, ils seront tous les deux scolarisés et ce sera plus facile. Ce n'est qu'une étape.

— Tu as raison, reconnut-elle. J'ai tendance à l'oublier. »

Christian s'allongea et éteignit la lumière.

« Il faut que je dorme, j'ai une dure journée au bureau demain.

— À propos, risqua Ruth dans l'obscurité, samedi prochain, je dois aller interviewer quelqu'un dans le Surrey. Une femme qui fabrique du savon. Elle vit avec ses quatre enfants dans une grande ferme et elle accepte que j'emmène les nôtres. Tu veux nous accompagner ?

— Pourquoi pas ? marmonna Christian d'une voix endormie. Comme tu veux. C'est toi qui vois. »

Les légumes commençaient à pousser dans le jardin. Agatha reconnaissait qu'il était ridicule de s'extasier devant ce qui fait partie de l'ordre des choses mais lorsqu'ils avaient planté ces minuscules graines quelques semaines auparavant, elle n'avait pas imaginé qu'elles donneraient vraiment naissance à quoi que ce soit. Au cours des deux derniers mois, la nounou avait entraîné les enfants au jardin tous les jours en quête d'un infime signe de vie. Au départ, ils s'accroupissaient pour se coller le nez dans la terre et Betty se mettait en colère car ça n'allait pas assez vite à sa guise. Puis, un beau jour, de la porte de la cuisine, Agatha avait remarqué que ce qui ressemblait à une fine pellicule verte recouvrait leur parcelle de terrain. Ils avaient traversé la pelouse en courant, le cœur battant, et de minuscules pousses les avaient accueillis. À ce stade initial, elles se ressemblaient toutes : une tige délicate agrémentée de deux feuilles ovales qui s'ouvraient de part et d'autre. Certaines peinaient encore à sortir de terre et Agatha aurait volontiers passé la journée dans le potager dans l'espoir de voir les légumes grossir.

Les jeunes pousses étaient devenues de vraies plantes. Les pommes de terre les menaçaient de leur hauteur, les fanes clairsemées des carottes restaient aériennes et les tomates perdaient leurs fleurs pour laisser place à des pépites vertes.

Agatha avait appris aux enfants à les caresser pour libérer leurs délicieux parfums, qui les enveloppaient d'une façon si émouvante qu'Agatha en avait les larmes aux yeux.

Le comble, c'était que Hal s'intéressait à ce projet plus que sa nounou n'aurait osé l'espérer. Les minuscules plantes le fascinaient et il pouvait passer des heures à jouer dans le potager en attendant que les légumes poussent. Son émerveillement lorsque Betty arracha la première pomme de terre fut tellement attendrissant qu'Agatha laissa la fillette extirper du sol quelques carottes qui n'avaient pas encore atteint leur maturité. Hal demanda même à les toucher, lui qui d'ordinaire se mettait à pleurer dès qu'on lui mettait un légume sous le nez. Il caressa la peau rugueuse et la débarrassa de sa terre avant de tenir la pomme de terre à la lumière pour l'observer telle une pierre précieuse.

« Ça se mange, tu sais, lui expliqua Agatha. Betty en aura ce midi, avec des beignets de poisson.

— Et des carottes, précisa la fillette.

— J'allais les oublier ! Si tu veux, Hal, poursuivit la nounou d'un air dégagé, tu pourras goûter. »

Son cœur s'accéléra en prononçant ces mots, mais elle feignit l'indifférence et rapporta sa récolte à la cuisine.

Hal et elle partageaient un secret. Un secret que même Betty ignorait. Agatha avait fait jurer au petit de garder le silence. Mais... avait-il compris la gravité de la situation ? S'il oubliait sa promesse ? Dès son entrée en fonction, Agatha avait cessé de lui proposer de manger. Elle ne supportait pas l'angoisse qu'elle lisait dans le regard du petit garçon dès qu'elle ouvrait la porte du réfrigérateur ou mettait la table. Elle lui avait donc rapidement avoué qu'elle se fichait pas mal qu'il ne s'alimente qu'en buvant ses biberons et qu'elle lui en préparerait autant qu'il en voudrait, quand il en voudrait. Elle le laissait même parfois rester dans sa maison en plastique, assis à regarder *Thomas le petit train* à la télévision pendant qu'elle s'occupait du repas de Betty.

Quelques semaines auparavant, elle avait acheté un paquet de pépites de chocolat et l'avait ouvert à un moment où, assis à côté d'elle sur le canapé, Hal tirait activement sur la tétine de son biberon, les yeux rivés à l'écran. Elle s'était arrangée pour que les pépites soient à température ambiante et que leur parfum envahisse l'atmosphère dès l'ouverture du sachet. Comme de bien entendu, Hal avait aussitôt tourné la tête pour la regarder avaler les bonbons et elle avait fait semblant d'être prise en flagrant délit.

« Oh, Hal ! Tu m'as fait sursauter ! Ne le dis à personne mais ces friandises sont mes préférées. »

L'enfant avait lâché le biberon qui lui pendait aux lèvres.

« Tu veux toucher ? lui avait-elle proposé en lui tendant une pépite posée à plat dans sa main. On croirait du velours. »

Hal ignorait ce qu'était le velours, elle le savait, mais il s'approcha.

« L'avantage avec les pépites de chocolat, avait poursuivi Agatha, c'est qu'on n'a pas besoin de les croquer. Il suffit de les laisser fondre sur sa langue. Tu veux essayer ? »

À sa grande stupéfaction, Hal s'était emparé de la pépite et l'avait portée à sa bouche. Il en dévorait désormais régulièrement et avait même goûté un biscuit au chocolat et une cuillerée de jelly. Agatha projetait de lui faire manger du yaourt lorsque les premières pommes de terre lui étaient tombées dessus.

Elle les fit longuement cuire, les réduisit en purée, y ajouta de grandes quantités de beurre et de lait, puis en versa la majeure partie sur l'assiette de Betty avec les beignets de poisson et les carottes. Après quoi, elle appela à table la fillette qui, ravie de consommer les légumes de son jardin, n'arrêtait pas de vanter leur bon goût, si bien que Hal apparut rapidement à la porte.

« Ton DVD est terminé ? » s'étonna Agatha.

Il se glissa jusqu'à elle et lui enlaça les genoux d'un geste affectueux. Elle le prit dans ses bras et l'installa sur ses cuisses pour le câliner.

« Betty mange les pommes de terre du jardin », lui expliqua-t-elle avant de laisser le silence s'installer. Il fallait trouver le moment idéal. Elle attendit donc que le corps du petit garçon se détende et que Betty quitte la table.

« Tu peux goûter, si tu veux. C'est un peu comme les pépites de chocolat », lui murmura-t-elle dès que les conditions furent réunies.

Devant son silence, elle lui tendit une microscopique cuillerée de purée : la plus minuscule des offrandes pour le plus minuscule des dieux. La cuillère hésita devant la bouche de Hal. Pendant quelques secondes, Agatha crut s'être trompée ; un voile de transpiration humecta sa lèvre supérieure et ses jambes flageolèrent. Mais lorsque Hal ouvrit grand la bouche, elle y enfourna la cuillère dont il avala aussitôt le contenu. Elle ne lui en offrit pas une seconde et il n'en réclama pas. Il descendit immédiatement de ses genoux et retourna dans sa maison en plastique.

Lorsque Ruth rentra à la maison, Agatha comptait partager ce triomphe avec elle, mais la jeune mère était d'une humeur massacrante. Elle se plaignit d'avoir la migraine et se lamenta à propos d'une interview prévue le lendemain qui était pourtant un samedi. Elle écouta à peine Betty lui parler des légumes et se déclara trop épuisée pour donner elle-même leur bain à ses enfants. Agatha l'aurait volontiers giflée mais préféra la punir en gardant la nouvelle pour elle. Elle s'en était peu à peu convaincue : Ruth ne méritait pas ses enfants.

« Vous voulez que je m'occupe des petits demain pendant que vous travaillerez ? Ça ne me dérange pas », avança-t-elle lorsque Ruth descendit après avoir couché les enfants.

Celle-ci sortait une bouteille de vin du réfrigérateur.

« Non, merci. Christian et les enfants m'accompagnent. La personne que je vais interviewer en a quatre et ça ne lui pose pas de problème que nous venions en famille. »

Agatha rechignait de plus en plus à abandonner Hal à ses parents. Ils lui proposaient toujours de manger des aliments solides et l'obligeait toujours à s'asseoir à table devant une assiette remplie de nourriture qu'ils l'imploraient ensuite de goûter avant de l'autoriser, en pleurs et dégoulinant de morve, à se réfugier sur sa nounou. La jeune femme ne supportait pas l'idée de passer une journée entière sans lui, sans pouvoir sécher ses larmes ni murmurer à son oreille que tout allait bien se passer, que lundi approchait à grands pas et que tout pourrait alors redevenir comme avant.

« Vous êtes sûre, Ruth ? Ils ne vont pas vous gêner ? Je vous assure, ça ne me dérange pas le moins du monde de les garder.

— N'insistez pas, Aggie. Vous avez besoin d'un jour de repos. Profitez-en ! Sortez, amusez-vous ! » conclut Ruth en allant allumer le téléviseur au salon.

Agatha resta dans la cuisine pour débarrasser la table du dîner mais aussi afin de masquer ses larmes naissantes. Quelle injustice ! Elle élevait ces enfants et n'avait pourtant qu'un droit de regard très limité sur leurs activités. Un jour, les Donaldson n'auraient plus besoin d'elle, réalisa-t-elle soudain pour aussitôt en ressentir un grand vide. Elle devrait partir, et Hal serait confié à une personne incapable de le comprendre aussi bien qu'elle.

Le Ram rappelait à Christian des souvenirs qu'il aurait préféré laisser enfouis au fond de sa mémoire. Une fois, par exemple, Sarah et lui y avaient fait l'amour dans les toilettes. Comment avait-il pu accepter de retrouver son ex-maîtresse ici ? Malgré ses craintes, une sorte d'excitation le taraudait lorsqu'il pénétra dans le pub méconnaissable : la décoration semblait plus sophistiquée avec les murs gris, les grands canapés moelleux et les tables basses sur lesquelles des photophores scintillaient. Sarah attendait déjà, assise dans un coin, un verre à la main, d'une beauté éblouissante dans sa robe d'été toute simple.

« Excuse-moi pour la dernière fois », s'empressa-t-elle de dire dès qu'il fut installé. Elle avait retrouvé cette assurance juvénile qui avait tant séduit Christian et le troublait encore. Pour être honnête, il se sentait surtout vieux, un stupide quadra auquel la promesse de revivre son passé suffit pour perdre la tête. Certes, il avait quelques heures de vol mais la route n'était pas finie pour autant.

« Tu n'as pas à t'excuser.

— Je t'en prie, j'étais une boule de nerfs.

— Je ne valais pas mieux.

— Je fumerais bien une cigarette. Tu m'accompagnes dehors ?

— Je t'attends ici.

— Tu as arrêté ? lui demanda-t-elle d'un air entendu.

— Plus ou moins. »

Cette fois-ci, il ne se laisserait pas aller à critiquer Ruth. Il s'en voulait encore de l'avoir trahie, une trahison que sa femme, il le sentait, ne lui pardonnerait jamais. Pourtant, Sarah avait réussi à lui faire déverser tout le mépris qu'il nourrissait pour Ruth comme une vague s'écrasant sur la plage. Sarah n'avait eu qu'à poser une question très innocente en apparence et il avait disserté des heures durant sur l'aveuglement de Ruth, la façon dont elle l'étouffait, comment elle s'était laissée aller pendant sa grossesse, elle ne riait plus comme avant et leur vie sexuelle était inexistante.

« Bref, je ne te répéterai pas ce que je vais te dire, déclara Sarah. Je vais le faire tout de suite pour qu'on puisse, je l'espère, passer une bonne soirée. En souvenir du bon vieux temps, en somme.

— D'accord. » Christian avala le contenu de son verre d'un trait.

« Tu as été en dessous de tout. Tu m'as manqué de respect. À Ruth aussi, d'ailleurs.

— C'est mon portrait craché que tu viens de faire, répondit Christian, finalement assez soulagé car il s'était déjà accusé de bien pire face à son miroir.

— J'y ai beaucoup réfléchi et, ce qui me rend folle, c'est de t'avoir protégé de toutes les difficultés alors que c'était à toi de m'accompagner dans les moments difficiles.

— Comment ça, tu m'as protégé ?

— Je n'ai pas fait de fausse couche, Christian. J'ai avorté. »

Il resta stupéfait, tant par sa naïveté que par la nouvelle elle-même. Sarah lui avait rendu un fier service, certes, mais bon sang…

« Tu n'as rien à me dire ? insista la jeune femme.

— Désolé. Je ne me suis douté de rien. Il faut sans doute que je sois stupide mais c'est la vérité. Je regrette sincèrement que tu aies dû traverser cette épreuve toute seule.

— Je suis allée en Australie. Bien évidemment, je me suis entichée du premier raté que j'ai rencontré et il m'a fallu un temps fou pour me dépêtrer de cette relation parce que j'avais perdu toute confiance en moi. Finalement, mes parents ont dû venir me chercher pour me ramener à la maison et ça fait un an que je suis en thérapie.

— Je croyais que tu rentrais à peine !

— Tu n'es pas le seul à savoir mentir, Christian.

— Je t'offre un autre verre ? Moi, j'en prends un. J'en ai besoin. »

Il tenta de reprendre ses esprits au bar mais les murs vacillaient dangereusement. Il se sentait coupable, redevable envers Sarah. De quoi ? Il savait ce qu'il devait à Ruth. Mieux encore, il savait ce qu'il attendait d'elle. Il sentait son corps contre le sien au creux du lit, le parfum de sa peau la veille au soir lorsqu'il l'avait embrassée sur le bout du nez. Lorsqu'il rejoignit la banquette, Sarah souriait.

« Désolée de te l'avoir annoncé sans préambule mais ça devenait essentiel pour moi que tu sois au courant. Ne me demande pas pourquoi. Je me sens d'ailleurs mieux depuis que je t'en ai parlé.

— Moi aussi, je suis désolé. À l'époque, je ne pensais qu'à moi. Si ça peut te réconforter, ma vie n'a pas toujours été simple non plus.

— Mais ton couple a survécu ?

— Oui. Ruth s'est montrée très compréhensive. »

Le mot résonnait à ses propres oreilles comme une critique.

« Tu es heureux ?

— Comme tout le monde. »

Sarah lui jeta un regard par-dessus son verre.

« C'est ça, ton problème, Christian, et ce n'est pas nouveau. Tu n'as jamais visé le bonheur. Tu t'accommodes de ce que la vie te donne. »

Comment Sarah et Toby pouvaient-ils analyser sa personnalité de façons si divergentes ? Qui avait raison ?

« Et toi ? Tu es heureuse ? » contre-attaqua-t-il avant de regretter immédiatement sa question. Il aurait dû défendre Ruth parce que, bien sûr, c'était d'elle qu'il s'agissait. Hélas, il ne s'en sentait pas capable.

« J'y viens. »

Sur ces mots, elle croisa les jambes dans un mouvement qui fit remonter sa jupe. Une vague de désir enflamma Christian qui dut masquer son émoi. Il ne voulait surtout pas recommencer mais se sentait ivre, grisé.

« Il va falloir que j'y aille, Sarah, lança-t-il à brûle-pourpoint, reconnaissant ainsi son malaise.

— Tu plaisantes ? Il n'est que vingt et une heures. Tu n'as même pas terminé ton verre !

— Je sais mais je ne peux pas rester. Je suis ravi de t'avoir revue, d'autant que ça t'a permis de tout me raconter, mais il vaut mieux que je rentre chez moi.

— Je te raccompagne jusqu'au métro », proposa-t-elle en souriant.

L'air était encore doux lorsqu'ils sortirent du pub et les rues fourmillaient de jeunes corps séduisants. Christian se sentait en marge de cette ambiance juvénile et festive. Or Sarah lui offrait un laissez-passer pour cet univers. Dans un avenir assez proche, il s'agirait de celui de Betty mais, en attendant, il pouvait y prétendre une dernière fois.

À mi-chemin de la station de métro, Sarah changea d'avis.

« En fait, je vais prendre le bus. L'arrêt est juste à côté et c'est direct.

— Où vis-tu maintenant ?

— Chez mes parents, à Islington. Mon père te tuerait s'il savait qu'on vient de passer un moment ensemble ! »

Cette remarque la fit rire aux éclats. La différence d'âge qui les séparait parut brusquement infranchissable à Christian.

« C'était chouette de te revoir. Tu es divinement belle, la complimenta-t-il.

— Tu n'es pas mal non plus. »

Sarah se pencha pour lui effleurer les lèvres d'un baiser. Ils restèrent l'un contre l'autre un instant de trop ; elle lui passa le bras autour de la taille et plaqua sa poitrine contre la sienne. Le désir le rongeait.

Sarah s'écarta vite. « Bon, eh bien, au revoir. »

Quand Christian arriva chez lui, Ruth dormait sur le canapé devant *Newnight*. Elle avait bu les trois quarts d'une bouteille de vin mais n'avait pas dîné. Il la trouva jolie et, tout en se sentant tristement pathétique, eut envie de la prendre dans ses bras et de monter l'étendre sur leur lit. Elle se réveilla lorsqu'il éteignit le téléviseur.

« Tu as bu, murmura-t-elle.

— C'est une constatation ou une question ? »

Ruth devait croire qu'il lui appartenait, qu'elle avait le droit de régenter sa vie.

« Tu sens l'alcool. Tu m'avais dit qu'il s'agissait d'un dîner d'affaires.

— Ce sont les pires, Ruth.

— Tu ne peux pas les refuser ?

— Non, pas vraiment. Tu as l'air épuisée, chérie. Pourquoi n'irais-tu pas te coucher ?

— Ne me parle pas sur ce ton paternaliste.

— Pas du tout, je disais juste...

— Que je ne suis pas aussi séduisante que les filles de vingt-quatre ans sans enfants qui travaillent avec toi. »

Comme dans *Alice au pays des merveilles*, ils venaient subitement de glisser dans un monde parallèle.

« Je ne sais pas ce qui te prend, Ruth, mais ça ne me plaît pas du tout.

— Ah bon ! Parce que je dois consacrer ma vie à chercher à te plaire ? Dans ce cas, peut-être devrais-je démissionner pour devenir une sorte de déesse domestique vêtue d'un tablier de soubrette ? Je préparerais des biscuits maison et je borderais les enfants pour que tu puisses sortir en toute sérénité et faire le paon en ne t'inquiétant que de trouver une nouvelle secrétaire à sauter ?

— Ruth, tu devrais te taire avant de dire des choses que tu regretteras. Je ne sais pas ce qui a déclenché ce délire mais tu dis vraiment n'importe quoi. Je t'ai déjà demandé d'arrêter de travailler ? »

Ruth fondit en larmes. De gros sanglots lui soulevaient la poitrine et la secouaient. On aurait dit un chaton en train de se noyer. Christian ressentit une vague d'émotion pour elle, sans pour autant pouvoir en déterminer la cause. Sa femme était tellement difficile à comprendre que la réconforter relevait du défi. Ces pleurs lui donnaient à la fois le vertige et le sentiment d'être pris au piège.

« Qu'est-ce qui ne va pas, Ruth ? Tu as besoin de te faire aider ? Tu veux consulter ? »

Elle se laissa retomber sur le canapé.

« Je ne sais pas ce dont j'ai besoin. Je ne sais pas ce que je veux. Je suis perdue, Christian. »

Ruth s'éveilla en sursaut à quatre heures du matin, ce qui était rarement bon signe. Dans les pires moments, elle ouvrait l'œil tous les jours à cette heure-là, le corps perclus de fatigue mais l'esprit acéré. Son cœur venait de recevoir l'équivalent d'un choc électrique. Christian ronflait à son côté et elle regretta immédiatement leur dispute. Les derniers mots qu'elle lui avait lancés résonnaient encore dans sa tête. Elle n'aurait pas dû se dévoiler autant. Ne jamais avouer à un homme la profondeur de son désespoir ! Il vous croira folle et regrettera de ne pas pouvoir vous faire interner en toute tranquillité. *Si seulement on parlait la même langue*, se surprit-elle à penser, *je pourrais lui expliquer ce que je ressens, il me serrerait dans ses bras et on passerait à autre chose.*

Après avoir ruminé une demi-heure leur altercation de la veille, Ruth se leva. Il valait mieux employer les prochaines heures à boire un thé dans la cuisine qu'à se tourner et se retourner dans leur lit. Fidèle à sa nouvelle habitude, Betty les avait rejoints au milieu de la nuit. Ruth avait vaguement distingué la silhouette de sa fille à la porte et senti la chaleur de son corps lorsqu'elle avait escaladé ses parents pour se glisser entre eux. Elle était en sueur, calée contre le dos de Christian. Ruth faillit la déplacer mais s'abstint, de peur de l'éveiller. Elle la contempla longuement et crut fugacement comprendre les accès de colère de sa fille, un petit bout de femme finalement. Ruth se promit d'être plus indulgente avec elle.

La cuisine était tellement plus calme à cette heure-là. Depuis l'arrivée d'Aggie, elle était si propre ! Même la vaisselle du dîner était lavée et rangée.

Une fois assise à la table, Ruth observa le lever du soleil et laissa son esprit vagabonder. Croisant son reflet dans le miroir posé contre le mur au bout de la table, elle s'y abîma, mais se crut atteinte d'un glaucome sélectif : malgré ses efforts, son image demeurait floue. Adolescente et pendant les premières années de sa vie d'adulte, Ruth avait eu confiance en elle, en son physique. Elle savait que son visage était joli et son corps souple et svelte. Mais à présent… l'âge s'insinuait sur ses traits, s'annonçait par les rides et les taches, les rougeurs sur les joues et les poches sous les yeux. Sa peau semblait fatiguée, fragile. Ses cheveux étaient aussi mous que des spaghettis trop cuits. Des poils noirs (qu'elle surveillait attentivement) se mettaient même à pousser sur le grain de beauté de sa joue.

Son corps ne lui appartenait plus vraiment. Un jour, sa peau reconquerrait la fermeté sans défaut du temps de sa jeunesse, qui lui permettait de porter des shorts, des bikinis et des robes moulantes. Adieu l'enveloppe terne et fripée qui lui donnait l'air d'avoir trempé trop longtemps dans du thé. Elle se reconnaissait l'avantage d'être mince, mais pas comme il faudrait. C'était tellement simple pour les femmes d'être trop grosses ou trop maigres. L'idéal physique que tout le monde recherche est si subtil qu'il en devient chimérique. Même les mannequins magnifiques qui remplissaient les pages de *Viva* bénéficiaient des retouches numériques de Photoshop pour atteindre une perfection factice. Et il s'agissait là de femmes qui inspiraient aux hommes des poncifs tels que l'ébahissement, le souffle court ou le bégaiement imbécile. *Est-ce bien vrai ?* se demanda Ruth en se passant les mains sur le visage. Ses os semblaient vouloir lui perforer la peau pour s'échapper de celle qu'elle était devenue.

Christian niait avoir couché avec Sarah parce qu'elle était plus jolie. Cependant, Ruth savait qu'elle l'était. Disons qu'il s'agissait de la cerise sur le gâteau. Il est intéressant de constater, d'ailleurs, que les hommes trompent rarement leurs épouses avec des femmes plus âgées, plus rondes ou plus grisonnantes. De toute façon, Ruth ne pouvait compter que sur sa parole quand il disait que Sarah n'était pas plus séduisante qu'elle. Si on prenait en compte la somme des mensonges qu'il avait accumulés, ce n'était guère rassurant. Le plus insidieux résidait dans la question qui la taraudait : en quoi était-ce si important ? Pourquoi en perdait-elle son assurance ?

« Ce n'est pas une question de beauté, lui avait-il soutenu à l'époque, ça n'a rien à voir. Tu es la seule femme à qui j'ai envie de parler. C'est l'essentiel, non ? »

Elle avait compris son point de vue, mais quelle horreur d'avoir été échangée contre un modèle plus récent et de savoir qu'il avait récemment caressé une peau plus lisse, plus fraîche.

En lui pardonnant, ne s'était-elle pas implicitement soumise à jamais ? Partaient-ils désormais du principe tacite qu'elle était la plus faible des deux et qu'elle le garderait quel que soit le prix à payer ? Avant de se marier et d'avoir des enfants, Ruth aurait juré qu'elle ne pardonnerait aucune infidélité, et pourtant, une fois confrontée à la réalité, le départ de Christian lui avait paru insurmontable. Était-ce pour cette raison qu'il n'avait pas hésité à la tromper ? Se doutait-il qu'il ne risquait pas grand-chose si elle découvrait sa liaison ? Pourquoi les certitudes de la jeunesse laissent-elles toujours place aux compromis de la maturité ?

Christian prétendait avoir traversé une légère dépression. Il avait d'ailleurs suivi six mois de thérapie pour comprendre ce qui l'avait poussé à tromper son épouse mais, d'après Ruth, il ne l'avait fait que pour la rassurer, elle, et lui montrer qu'il regrettait profondément ses erreurs. Elle ne doutait d'ailleurs absolument pas de sa sincérité, ni de son envie de rester avec elle. Cette passade avait sans aucun doute été un égarement mais n'avaient-ils pas colmaté les brèches à la va-vite dans le but désespéré de ne pas voir voler leur vie en éclats ? N'aurait-il pas mieux valu se séparer ? Tous les vieux proverbes lui revenaient en mémoire : un homme ne devient pas volage sans raison ; il n'y a pas de fumée sans feu ; la place d'une femme est à la maison.

Finalement, Christian avait très simplement justifié son comportement : il s'était senti exclu de son propre mariage. Depuis la naissance de Betty, il avait eu l'impression d'être mis sur la touche. Ruth était tombée en pâmoison devant leur fille au point de ne pas lui acheter de berceau pendant un an. Ensuite, il y avait eu cette terri-fiante dépression et une fois que Ruth eut repris son travail, quand elle ne culpabilisait pas, elle était épuisée. Du coup, rien n'était plus comme avant et, pour se consoler pendant sa seconde grossesse, Christian avait décidé de prendre une maîtresse. Il n'avait bien sûr jamais analysé la situation de cette façon, mais Ruth en restait intimement persuadée.

Ce n'est pas la même chose pour les hommes, songea-t-elle. *Nous, les femmes, on porte les enfants, on leur donne des années entières de notre vie, on se déforme pour eux, on inonde notre corps d'hormones bizarres. Évidemment qu'on ne redevient jamais comme avant. Non mais, franchement ! Les hommes n'en savent pas le quart ! Une fois qu'on a eu un bébé, on n'est plus jamais une entité à part entière. Même après avoir coupé le cordon. Pour que Christian comprenne tout ça, il faudrait qu'il se transcende, ce dont aucun être humain n'est capable.*

Ruth le revoyait lui révéler son infidélité et ses causes assis à cette même table de cuisine. Betty était couchée, on allait forcer Hal à sortir de son ventre. De cette période, elle se rappelait surtout sa retenue. Elle aurait dû hurler des horreurs à la tête de Christian, lui envoyer des dizaines de sms incendiaires par jour, se présenter à son bureau et gifler Sarah. Elle n'en avait rien fait. Lorsqu'elle avait trouvé la force de parler, elle avait eu la gorge nouée mais, dès qu'ils avaient commencé à discuter, elle était devenue comme affamée, se complaisant à se torturer sur chaque détail, à dévorer chaque information, dans l'espoir de comprendre comment ils étaient tombés si bas.

Le pire, Ruth s'en était déjà rendu compte à l'époque et ne l'avait pas perdu de vue aujourd'hui, c'était que Christian n'avait pas complètement tort. Tout ce qu'il avait dit était vrai. Elle devait accepter sa part de responsabilité mais ne voyait pas pourquoi elle serait la seule à blâmer ni pourquoi il s'était senti obligé de lui infliger une telle leçon.

« Réfléchis bien à tes motivations, lui avait conseillé Sally lorsque Ruth avait décidé de donner une deuxième chance à Christian. Ne le fais pas parce que tu te sens responsable. Fais-le parce que tu as vraiment envie qu'il reste. »

Mais Ruth n'avait pas été capable de séparer son besoin d'aide de l'amour qu'elle éprouvait pour son mari.

La seconde chose que lui avait dite Sally aurait pu figurer dans les pages de *Viva* :

« S'il a pu te tromper une fois, il est capable de recommencer. »

Christian avait évidemment juré ses grands dieux qu'il n'en était rien, qu'il n'avait pas la moindre envie de lui être infidèle et que ça ne se reproduirait jamais. Ruth le croyait, d'ailleurs. Au fond, son mari était un homme bien, fondamentalement honnête et digne de confiance.

Elle n'avait pas essayé de savoir si sa liaison avec Sarah était la première ou non ; elle ne s'était pas demandé s'il fréquentait les boîtes de strip-tease ni s'il la tromperait à nouveau. Elle n'en restait pas moins consciente qu'il était faible et, ce matin-là, assise à la table de la cuisine, elle réalisa qu'ils avaient repris leurs anciennes habitudes. C'était dangereux.

« Je t'aime, lui avait-il dit quelques jours après lui avoir annoncé qu'il couchait avec une collègue, qui était d'ailleurs enceinte, quand Ruth devait accoucher trois semaines plus tard. Je n'ai jamais cessé de t'aimer. Je t'ai aimée au premier regard et mes sentiments restent aussi intenses qu'au premier jour. »

Ruth savait qu'il disait la vérité. Elle se rappelait l'émotion qui les avait étreints à leur rencontre. Les convenances et la bienséance leur avaient paru hors de propos et ils avaient passé les premières semaines de leur relation à se raconter, à se donner corps et âme l'un à l'autre, à tout partager, sans même prendre le temps de dormir. C'était une évidence : ils finiraient leur vie ensemble. Si seulement ils pouvaient voyager dans le temps et revivre cette époque bénie ! Si seulement ils pouvaient passer ne serait-ce qu'une nuit sur son inconfortable lit d'étudiante et écarter le rideau de nylon de la fenêtre pour admirer l'aube naissante allongés nus l'un contre l'autre en rêvant de l'avenir qui ne serait forcément qu'une succession de moments tous aussi fabuleux que ceux qu'ils vivaient alors.

Selon Agatha, il fallait parfois écrire les choses pour leur donner du sens. Son esprit abritait trop de fables. Non pas qu'elle soit menteuse comme cette imbécile de l'hôpital l'avait insinué. Nous racontons tous des histoires pour nous faciliter la vie et il est difficile de s'en sortir sans dire aux gens ce qu'ils veulent entendre. Ça, soyons claire, ce n'est pas mentir. Mentir, c'est mal. Les menteurs sont des gens qui s'arrangent pour obtenir des choses qu'ils ne devraient pas obtenir. « Hou, la menteuse ! » scandaient les enfants à l'école. *N'importe quoi !* aurait-elle voulu rétorquer. *Je me contente de vous dire ce que vous voulez entendre et vous êtes trop bêtes pour le comprendre.*

« Ce n'est pas un mensonge si tu n'en parles pas à papa et maman », lui avait expliqué oncle Harry, qui lui-même avait l'habitude de s'arranger avec la vérité. Pour commencer, il n'était même pas son oncle ; il ne la conduisait pas chez les guides tous les samedis pour rendre service à sa mère, il la menait en haut d'Eccles Hill et lui racontait que ce qu'ils faisaient était normal, tout le monde le faisait, il n'y avait aucun mal. Il avait fallu des années à Agatha pour comprendre qu'il lui mentait, même si, inconsciemment, elle savait depuis le début qu'elle ne pourrait, en effet, jamais en parler à ses parents.

Hal, quant à lui, était bien réel et, à n'en pas douter, Agatha avait été envoyée chez les Donaldson pour le secourir. Elle écrivit donc quelques simples informations dans son carnet.

Hal a du mal à manger.
Je réussis à le faire manger.
Hal m'aime.
J'aime Hal.
Ruth et Christian ne le comprennent pas.
Il est plus heureux avec moi qu'avec eux.

C'était tellement simple qu'Agatha eut envie de chanter ! Elle attendait ce moment depuis toujours. C'était sans doute ça, l'amour, la certitude de donner et de recevoir sans blesser personne, une certitude qui existe en soi, dans un monde à soi, ni sale ni compliqué et qui tient ses promesses.

Hal mangeait désormais des yaourts, des biscuits, des pépites de chocolat, des bananes et des sandwichs au *Marmite*. Agatha avait d'abord envisagé de dévoiler ses incroyables progrès le jour de son anniversaire, pour que Ruth et Christian lui soient si reconnaissants qu'ils la gardent toujours. Désormais, ça ne lui semblait plus guère suffisant car ils étaient tous les deux très distants. Agatha n'était plus persuadée qu'ils seraient transportés de joie. Depuis qu'elle lui avait délégué les préparatifs de la fête, Ruth n'avait pas cherché à savoir ce que la nounou prévoyait et ne lui avait toujours pas fourni la liste des invités. Or le goûter aurait lieu dans à peine dix jours.

Agatha s'était rendu compte que sa mère et Ruth avaient certains points communs. Elles étaient toutes les deux étourdies, fatiguées, désorganisées et laissaient trop de choses au hasard. Enfant, si elle l'avait pu, la jeune femme aurait à maintes reprises secoué sa mère qui traînait dans la cuisine sans parvenir à rien ranger ou rien préparer, trop ensommeillée pour l'écouter lire ou l'aider à faire ses devoirs. C'était à ce stade-là qu'on abandonnait son enfant entre d'autres mains et que des choses terribles se produisaient. Agatha ne voulait surtout pas que Hal ait à en souffrir.

Et s'il avalait quelque chose lors de cette stupide excursion à la ferme ? La nounou vivait un dilemme. Si elle demandait au petit garçon de ne rien manger, non seulement elle risquait de le faire régresser, mais elle l'encouragerait à mentir. Inconcevable. Elle ne voulait surtout pas partager avec Hal un secret qu'il ne pourrait pas avouer à ses parents mais si ces derniers ne comprenaient rien, que faire ? Finalement, elle déclara à l'enfant qu'ils préparaient une surprise à papa et maman pour le jour de son anniversaire. Ils leur montre-raient qu'il mangeait comme le grand garçon qu'il était. Du coup, il ne devait rien avaler à la ferme car ça gâcherait la surprise. Hal avait acquiescé d'un signe de tête soucieux. Agatha n'était pas persuadée qu'il avait bien saisi la situation. Si quelqu'un lui proposait une pépite de chocolat, il serait capable de l'accepter. Cette éventualité ennuyait beaucoup la jeune fille, tout comme l'idée de partager avec Ruth et Christian la bonne nouvelle concernant l'alimentation de leur fils.

« Je n'arrive pas à croire que tu m'aies convaincu de venir, grommela Christian à Ruth qui lui tendait la multitude de sacs nécessaires à une excursion d'une journée dans le Surrey. Pour-quoi n'y vas-tu pas seule ? Moi, j'emmènerai les enfants à la piscine.

— Arrête de geindre, c'est trop tard. Tu as accepté et les enfants sont ravis. »

Ruth venait d'inventer cette dernière informa-tion : elle n'avait pas la moindre idée de ce qu'ils avaient envie de faire ce jour-là.

« Quand même ! Une communauté hippie ! Il ne faut pas exagérer !

— Pourquoi faut-il toujours que tu critiques tout ? Ce n'est pas une communauté.

— Tu vois très bien ce que je veux dire. Ils vont nous prendre de haut avec leurs enfants élevés au bio. Je te parie qu'ils n'ont même pas la télé. »

Le discours de Christian faisait écho aux craintes de Ruth, mais elle ne risquait pas de le lui avouer. Elle préféra s'interroger sur le nombre de biberons dont Hal aurait besoin.

« Tu peux installer Betty dans la voiture ? demanda-t-elle. Nous allons être en retard… Aggie ! cria-t-elle du bas de l'escalier. Nous partons. » Aucune réponse. « Hal, dépêche-toi. Je ne veux pas arriver en retard. » Des bruissements et des rires s'échappèrent de la chambre de son fils. Un sentiment d'exaspération lui noua les entrailles. Elle posa le pied sur la dernière marche mais ne put avancer. Physiquement incapable de monter voir ce qui se passait, elle comprit qu'elle aurait l'impression de les déranger en interrompant leur jeu.

Très vite, Aggie apparut en haut de l'escalier, portant Hal sur sa hanche.

« Désolée. On jouait à se déguiser et j'étais en train de le changer. »

Ruth distinguait-elle une certaine tension dans la voix de la nounou ?

« Ce n'est pas grave, mais maintenant, il faut vraiment que nous filions. »

Aggie ne bougea pas. Elle passa la main sur le front du petit garçon.

« Il m'a l'air en sueur et fatigué. Vous êtes sûre que vous ne voulez pas qu'il reste ici ? »

Pour appuyer sa proposition, Hal nicha sa tête au creux de l'épaule de la jeune femme qui lui caressait machinalement la joue.

« Non, répondit Ruth en tendant les bras vers son fils. Il vient avec nous. Merci.

— Mais s'il est malade…

— Aggie, je vous assure, je vais me débrouiller. Ça fait plusieurs années que je m'occupe de mes enfants lorsqu'ils sont malades. Je sais quoi faire. »

Un silence lourd s'ensuivit mais, au moins, sa remarque secoua Aggie qui descendit au rez-de-chaussée. Au moment où elle voulut tendre l'enfant à sa mère, il s'accrocha à elle et serra ses petites jambes autour de sa taille. Ruth observa la scène d'un air médusé et se retrouva en train de tenter d'amadouer son propre fils pour lui faire quitter les bras d'une autre femme. Elle en tremblait, sa voix montait dans les aigus tandis qu'elle conjurait Hal de ne pas faire le bêta. *Avant, c'étaient mes bras qu'il ne voulait pas quitter,* eut-elle envie de hurler. *Je sais ce qu'on ressent dans ce cas-là, je sais ce que ça fait quand on vous arrache un enfant mais, jusqu'à présent, je ne savais pas ce que ça fait de devoir arracher son propre enfant à une autre femme.*

« Ne t'inquiète pas, mon ange, murmura Aggie. Tu vas passer une très bonne journée avec ta maman et nous, on se verra à ton retour. »

Hal se laissa faire à contrecœur mais suivit Aggie des yeux par-dessus l'épaule de Ruth qui l'emmena à la voiture.

« Ça va ? s'inquiéta son mari en démarrant. Tu es blême.

— Non, ça ne va pas. Hal ne voulait pas venir.

— Tu m'étonnes. Il n'est pas le seul.

— Je ne plaisante pas, Christian. J'ai dû l'arracher à Aggie. Il aurait préféré rester avec elle plutôt que venir avec moi. »

Christian fit une queue de poisson à la voiture qui les précédait.

« Ne le prends pas pour toi. Il devait simplement être fatigué.

— Non, murmura Ruth en regardant défiler le paysage tout en tentant d'analyser la scène à laquelle elle venait d'assister. Non, c'était plus que ça. C'était bizarre.

— On ne peut pas tout avoir, tu sais. Tu ne peux pas les laisser toute la semaine avec Aggie sans qu'ils s'attachent à elle. Tu devrais être enchantée qu'ils l'apprécient autant. Pense à Mark et Susan qui ont découvert que leur nounou laissait Poppy devant CBeebies [1] huit heures par jour en ne la nourrissant que de pâte à tartiner. Nous, au moins, on sait qu'Aggie fait du bon boulot. »

Christian accélérait dans les rues sales de Londres et Ruth se retourna pour contempler ses enfants sanglés dans leurs sièges. *Arrête la voiture !* voulait-elle crier. *Il y a trop de risques d'avoir un accident !* Leur vie ne semblait tenir qu'à un fil.

---

1. CBeebies est une chaîne de la BBC pour les enfants de 0 à 6 ans. *(N.d.T.)*

Agatha en était venue à paniquer quand Hal n'était pas près d'elle. Elle craignait qu'il ne lui arrive malheur et qu'elle-même ne rechute. Elle reconnaissait les symptômes de l'angoisse et de l'agitation qui avaient accompagné son enfance. Une fois les Donaldson partis pour la ferme dans le Surrey, elle monta s'asseoir à côté du lit de Hal. Elle appuya son visage contre les barreaux en bois pour inspirer profondément l'odeur du petit garçon. Mais c'était insuffisant. Elle tira donc le drap hors du lit et s'allongea par terre dans sa chambre, la tête sur son oreiller, protégée par sa couverture. Hélas, même Hal ne parvenait pas à dissiper certains souvenirs.

« Vas-y, touche, lui avait dit Harry. Je ne te demande rien d'autre mais touche-le. »

Évidemment, c'était faux. Au bout d'un certain temps, le toucher n'avait plus suffi. Il l'avait pénétrée, au point, vraisemblablement, de tout déchirer sur son passage. Il était trop gros. Tout était trop gros chez Harry. À commencer par sa bouche, ses doigts et son ventre. Il lui arrivait parfois de ne plus se maîtriser du tout et là, elle avait l'impression qu'il allait l'écraser et l'étouffer. La tuer à petit feu.

Le soir, elle s'asseyait avec ses parents et Louise, sa sœur, mais personne ne s'apercevait de rien. C'est parce que personne ne s'intéressait à elle qu'elle avait commencé à se raconter des histoires ; pour améliorer le quotidien. Harry mourait souvent, de mort violente et dans d'atroces souffrances, mais jamais de la main d'Agatha en personne, ni même d'un membre de sa famille. Au final, celle-ci s'était elle aussi mise à mourir mais dans des souffrances moins pénibles, avec émotion et compassion. Un jour, Agatha avait annoncé à sa maîtresse que son père était atteint de leucémie et qu'il ne lui restait que quelques semaines à vivre. Lorsque la maîtresse avait pris Louise à part pour lui dire qu'elle pensait bien à elle dans ces moments difficiles, elle avait compris que l'enfant n'était pas au courant de la maladie de son père et avait aussitôt convoqué la mère des fillettes qui avait démenti la version d'Agatha. La psychologue de l'école avait tenté de démêler cette affaire mais Agatha était parvenue sans difficulté à lui répondre sans lui révéler la vérité.

« Dis-nous pourquoi tu as fait une chose pareille ! l'avaient imploré ses parents, réunis autour de la table de la cuisine ce soir-là. C'est tellement vilain ! Tu étais sûre de te faire prendre ! Tu croyais vraiment que tu pouvais raconter ce genre de chose sans que l'école nous en parle ? »

Agatha avait retenu la leçon : premièrement, les mensonges doivent naître de la réalité sinon ils ne sont que des mensonges ; deuxièmement, il faut les raconter aux bonnes personnes.

La ferme était exactement comme Ruth l'avait imaginée. Une maison parfaitement propor-tionnée entourée de champs boueux auxquels on accédait par un chemin cahoteux. La porte d'entrée était ouverte et de la cheminée s'échappaient des volutes de fumée. Des vélos d'enfant étaient abandonnés devant la porte et des poules picoraient dans un coin. Il y avait même un chien de berger endormi sur une pierre plate. Ruth s'étonna que Channel 4 ne soit pas venu les filmer pour un documentaire moralisateur sur les nouveaux modes de vie.

« Mon Dieu ! soupira Christian. L'enfer sur terre. »

Un homme efflanqué sortit de la maison d'un pas nonchalant, un petit garçon accroché à une jambe tandis qu'un autre, à peine plus grand, lui donnait des coups de bâton.

« Arrête ça tout de suite, Jasper, intima l'inconnu d'un ton sec. Les gens sont là et, si elle te voyait, maman ne serait pas contente. »

Ruth remarqua l'étincelle dans son regard et ne douta pas un instant qu'il ait élevé la voix afin d'être entendu par ses voisins.

Elle sortit de la voiture et s'approcha de son hôte.

« Monsieur Lansford ?

— Appelez-moi Charlie, répondit-il sans sourire.

— Moi, c'est Ruth. Je travaille pour *Viva*. Merci de nous recevoir chez vous, et excusez-nous de vous déranger pendant le week-end. »

Elle en faisait trop, sa jovialité sonnait affreusement faux, comme si elle essayait de maintenir une apparence de normalité par la seule force de sa volonté.

« C'est Margo qui a insisté, je ne vous le cache pas, rétorqua-t-il en séparant ses deux fils. Je n'ai pas la moindre idée de l'endroit où elle est, pour tout vous dire. Elle est sans doute en train de préparer du pain. Pour vous impressionner, car, franchement, on se nourrit surtout de pain de mie tranché. »

Ruth faillit éclater de rire mais la situation n'était pas drôle. Christian avait raison, elle aurait dû venir seule.

« Je t'ai entendu ! » claironna une voix féminine à l'intérieur de la maison.

Margo apparut aussitôt et elle ressemblait exactement à l'image que Ruth s'était faite d'elle : grande, trop mince, avec de longs cheveux rebelles qu'elle avait relevés en chignon sur le sommet de son crâne. Elle portait des vêtements ethniques en soie dépareillés qui ne mettaient nullement en valeur sa silhouette élancée. Un bébé de sexe indéterminé pesait sur sa hanche tandis qu'un bambin s'accrochait à sa main libre.

« On ne mange jamais de pain de mie, n'est-ce pas Sammy ? »

Sammy s'arrêta de frapper son frère et jeta à sa mère un regard profondément méprisant.

« Bien sûr que non ! s'écria Charlie en serrant sa femme avec un peu trop d'empressement. Ce serait inconcevable, n'est-ce pas ? »

En entendant cette remarque, Ruth comprit que leur arrivée venait d'interrompre une dispute ; ils allaient devoir servir d'arbitres.

« Bref, s'empressa-t-elle de reprendre à l'intention de Margo, merci d'avoir accepté cette interview et de nous permettre de vous envahir ce week-end. » Quelle horreur ! Elle en faisait vraiment des tonnes… « Je vous présente Christian. »

Elle pivota pour voir son mari encore assis dans la voiture, l'œil noir, tandis que les enfants se battaient à l'arrière. Il sortit dès qu'il les vit tous se tourner vers lui. Margo et Charlie devinaient-ils à quel point il la détestait à cet instant précis ou Ruth était-elle la seule à lire en lui à livre ouvert ?

Margo prit aussitôt les choses en main, comme elle en avait sans doute l'habitude.

« Je me disais que les garçons pourraient emmener les enfants faire le tour de la ferme. Vous pourriez les laisser jouer dans le foin. Pendant ce temps-là, Ruth et moi discuterions tranquillement. »

Personne n'avait envie d'accepter cette proposition mais personne n'osa soulever la moindre objection. Évitant soigneusement de croiser le regard de Christian, Ruth suivit Margo à l'intérieur. Elle en subirait les conséquences sur le chemin du retour. Plus tard.

La maison était aussi belle à l'intérieur qu'à l'extérieur, c'en était déprimant. Margo y avait poussé à la perfection cette atmosphère de désordre à la fois naturel, confortable et accueillant qui demande de vrais efforts : Ruth tomba sous le charme. Elles se rendirent dans la cuisine dont les murs blancs étaient tapissés d'étagères et dont les placards débordaient de sublime vaisselle ébréchée. Margo fit signe à Ruth de s'asseoir à l'incontournable longue table de ferme ornée en son centre d'un bouquet de fleurs vraisemblablement cueillies dans les champs alentour.

« Qu'est-ce que je peux vous offrir à boire ? lui demanda son hôtesse.

— Un café me ferait le plus grand bien. »

Margo fronça les sourcils.

« Désolée, ici on ne consomme pas de caféine. En revanche, je peux vous proposer mille variétés de tisanes. »

Ruth détestait la tisane.

« Ce n'est pas grave, je prendrai la même chose que vous. »

Pendant que la bouilloire sifflait, Ruth tenta de se rappeler pourquoi elle était venue. Elle lutta pour trouver des questions pertinentes à poser à l'incarnation de la femme épanouie qui se trouvait devant elle. Il ne lui en venait aucune dont elle souhaitait sincèrement connaître la réponse.

« Bien, bien, bien, commença-t-elle en espérant que la suite viendrait d'elle-même lorsque Margo lui tendit une tasse fumante remplie d'un liquide violet. Quelle superbe ferme, dites-moi ! »

Margo semblait accoutumée aux compliments sur sa maison.

« Lorsque nous l'avons découverte, c'était une ruine mais nous avons tout de suite vu son potentiel et nous adorons relever les défis.

— Depuis combien de temps habitez-vous ici ?

— Quatre ans.

— Vous aviez donc déjà des enfants lorsque vous avez entrepris cette aventure ?

— Oui. Et deux sont nés depuis. »

Margo éclata de rire, habituée qu'elle était à ce qu'on la trouve fabuleuse, mais Ruth ne parvenait pas à surjouer son enthousiasme.

« Bien. Vicky, la journaliste qui vous a contactée, m'a dit qu'avant cette incroyable aventure, Charlie et vous travailliez à la City ?

— C'est vrai. Nous étions tous deux banquiers d'affaires. Nous n'en sommes d'ailleurs pas fiers.

— C'est tout de même un sacré changement de passer de la City à cette ferme.

— N'est-ce pas ?

— Qu'est-ce qui a motivé votre décision ? »

Cet entretien laissait à Ruth la même impression que lorsqu'elle lisait un article de *OK !* Elle se sentait un peu honteuse, mais totalement envieuse des femmes dont cette revue parlait.

« Ç'a été une révélation, je crois. Nous étions en vacances en Grèce lorsque Charlie et moi nous sommes rendu compte que c'était la nounou qui avait couché Jasper et Sammy tous les soirs depuis notre arrivée. "N'avons-nous pas amassé assez d'argent ? lui ai-je demandé. Ne pourrait-on pas tout simplement arrêter ?" Je m'attendais à déclencher une dispute mémorable mais il s'est contenté de lever les yeux vers moi. "Oui, m'a-t-il répondu, nous en avons les moyens." Nous avons donc tous deux démissionné à notre retour de vacances. Ensuite, nous avons mis notre maison en vente et déniché celle-ci dans le mois qui suivait. »

Les révélations existent donc vraiment ? Ce cliché était-il devenu réalité ? Ruth en doutait mais éclata poliment de rire pour paraître sympathique.

« Votre mari vous soutient drôlement, dites-moi.

— Les liens qui nous unissent, Charlie et moi, sont très forts. Nous devinons instinctivement de quoi l'autre a besoin. »

Ruth eut l'envie soudaine de jeter sa tisane infâme à la tête de cette Margo. Ses doigts se resserrèrent autour de l'anse et elle songea à ce qui se passerait si elle cédait à la tentation. Serait-ce la preuve irréfutable qu'elle était devenue folle ? Dans le doute, elle se réfréna.

« Aviez-vous une idée de ce que vous alliez faire ?

— Pas à l'époque, non.

— J'en déduis donc que vous aviez assez d'argent pour ne rien faire du tout.

— Pas vraiment. Nous avions de quoi vivre pendant un an.

— La décision que vous avez prise est très courageuse.

— Nous l'avons plutôt vécue comme une nécessité, un besoin. Le courage n'avait rien à voir dans l'histoire.

— Que voulez-vous dire ? »

Cette question sembla agacer Margo.

« Eh bien, il arrive qu'on fasse le bilan de sa vie et qu'on s'aperçoive que ça ne va pas. Dans ce cas, il n'existe que deux solutions : soit on accepte de modifier certaines choses, soit on va droit dans le mur. »

Arrivait-il à Margo de s'exprimer sincèrement ? Ruth l'imaginait parfaitement hurlant des horreurs à Charlie ou pleurant à chaudes larmes lorsqu'elle se savait seule, mais elle ne devait sans doute jamais baisser sa garde en public. Quelle fatigue de discuter avec quelqu'un qui ne dit que ce qu'il croit que vous voulez entendre ! À moins que ce ne soit ce qu'il veut que vous entendiez... C'était également terrifiant de se retrouver en Margo, d'entendre une femme qu'elle détestait formuler ses propres envies. Elle posa donc une nouvelle question :

« Avez-vous jamais regretté votre décision ? »

Le bébé se mit à pleurer et Margo le prit dans ses bras pour lui donner le sein. Ce spectacle réveilla chez Ruth des souvenirs qui lui vrillèrent les entrailles.

« Non, je ne crois pas. Ç'a été difficile mais la plupart des objectifs dignes d'être atteints demandent des efforts, vous ne trouvez pas ?

— En quoi est-ce que ç'a été dur ?

— Oh vous savez, rénover une maison de cette taille est un véritable cauchemar. Sans parler de la création d'entreprise. Rien à voir avec la fabrication en soi. On dépend essentiellement des banques et des prêts. Et puis bien sûr les gens essaient de vous décourager en vous répétant que vous êtes fous. »

Margo partit d'un grand rire. Ruth s'était à nouveau laissé prendre au piège de la fausse sincérité. Elle consulta ses notes. En fait, elle pourrait écrire cet article les yeux fermés. Elle n'avait même pas besoin d'interviewer Margo.

« Comment avez-vous eu l'idée de fabriquer du savon ? »

Et voilà. On y était. Ruth avait fait ce qu'on attendait d'elle, elle s'appuya contre le dossier de sa chaise et laissa Margo lui révéler tout ce qu'elle avait toujours voulu savoir sur la création des huiles essentielles et les emballages écologiques sans jamais avoir osé le demander.

Au bout d'une heure, Ruth n'en pouvait plus et n'avait qu'une envie : partir. Elle craignait toutefois tellement de retrouver Christian qu'elle fut sidérée de le surprendre en train de rire avec Charlie devant la maison. Elle demeura néanmoins en alerte car mieux valait se méfier : il changeait d'humeur comme de chemise. Elle s'était méprise, il resta souriant après avoir quitté la ferme.

« Mon Dieu ! Ils sont bien comme tous les autres ! s'écria-t-il.

— En quoi ? s'étonna Ruth en fouillant dans son sac à la recherche du biberon de Hal.

— Je ne sais pas ce que Margo t'a raconté, mais son mari est un taré de première. Il la déteste.

— Tu plaisantes ?

— Pas du tout. Je te jure que je te dis la vérité. C'était à se tordre de rire. Il planque des cigarettes et du whisky un peu partout. Il est remonté !

— Contre quoi ? »

Betty donnait des coups de pied dans le siège de Ruth.

« Contre la suffisance de sa femme, si tu veux mon avis.

— Tu ne lui as même pas adressé la parole !

— Inutile. Elle avait l'air abominable ! »

Christian avait sans doute raison. Si sa femme l'avait admis, ils en auraient ri ensemble avant de vite tourner la page. Mais ça ne se passait jamais ainsi. Quelque chose dans ses jugements catégoriques et le plaisir pervers qu'il prenait à assister au malheur des autres irrita Ruth.

« Elle n'était pas si terrible que ça. Elle, au moins, essaie d'améliorer les choses. »

Christian renifla bruyamment. « Quelles choses ?

— Leur vie.

— Elle t'a dit que c'est son père qui leur a acheté cette maison ? Elle croule sous le fric. Elle a obligé son mari à démissionner et à tout plaquer pour vivre dans une ferme et fabriquer des savonnettes qui ne rapporteront jamais le moindre penny.

— Tu parles de lui comme s'il n'avait aucun libre arbitre. Il aurait pu refuser.

— Non. Tu sais parfaitement comment ces choses-là se passent. »

Ruth se tourna pour observer le profil si viril de son mari.

« Qu'est-ce que tu veux dire ? Que vous, pauvres hommes, vous devez tout faire pour nous contenter, femmes autocrates que nous sommes ?

— Non, Ruth. Je parlais de Margo et de Charlie. Il m'a dit qu'ils étaient partis en vacances il y a quelques années et qu'elle avait passé le séjour à pleurer en refusant de sortir de son lit jusqu'à ce qu'il cède et accepte de quitter Londres.

— Tu crois qu'ils seraient plus heureux s'ils étaient restés à Londres à travailler comme des fous sans voir leurs enfants ?

— Pas forcément mais ça ne veut pas dire qu'ils doivent nous jouer la comédie du bonheur et faire semblant d'être la famille des *Robinsons suisses*, ce qu'ils sont loin d'être.

— Pas comme nous ! »

Ruth entendait sa voix monter dans les aigus. Christian semblait persuadé d'avoir entendu la bonne version de l'histoire. Pire, il ne l'avait même pas remise en question, alors que Ruth n'oubliait jamais ce qui pouvait se cacher derrière les mots. Il lui arrivait même de participer à des conversations en ayant l'impression d'être une marionnette s'adressant à une autre, imaginant ce que son interlocuteur pensait vraiment sous ses dehors civils. Christian n'avait pas encore compris que tout le monde se cache derrière une façade, que tout le monde fait bonne figure en société.

« Merde, qu'est-ce qui te prend, Ruth ?

— Papa a dit merde ! claironna Betty depuis la banquette arrière.

— Tu m'énerves. Toi et tes conneries moralisatrices.

— N'importe quoi. Tu es en colère parce que tu n'es pas celle qui a découvert la vérité sur leur histoire. »

Dans toute dispute, il existe un moment où tout peut déraper et ils l'avaient atteint. Ruth rougit violemment et son cœur se mit à battre à se rompre.

« Ah… tu penses que tu en as appris plus que moi ?

— Ne me dis pas qu'elle ne t'a rien dit, à part une ou deux recettes de savon, quand même ? »

Les larmes montaient aux yeux de Ruth. Elle les sentait près de rouler sur ses joues.

« Quelle condescendance !

— J'ai raison, non ? ironisa Christian.

— Si tu veux tout savoir, j'ai obtenu le genre d'information qui intéresse nos lectrices. Elles ne veulent entendre parler ni de leur mariage raté ni du papa qui paie tout. Elles ont simplement envie de découvrir une femme qui a du cran et qui a tout quitté, exactement ce dont elle rêvait. De toute façon, elles liront l'article en diagonale, soit assise derrière leur bureau pendant une pause-déjeuner des plus déprimantes, soit en surveillant d'un œil les enfants au square. Elles veulent croire que c'est possible. Pas l'inverse. »

Christian essaya de lui prendre la main.

« Excuse-moi. Je ne voulais certainement pas dire que ce que tu fais n'a aucune valeur. »

Elle s'écarta.

« Eh bien, c'est pourtant ce que tu viens de faire et tu as parfaitement raison. Ce que je fais, c'est de la merde. Tout comme toi, d'ailleurs. Après tout, à part gaver les gens de conneries dont ils n'ont pas besoin, qu'est-ce qu'on fait, toi et moi ? On s'agite pour oublier la douleur.

— Bordel, tu réfléchis trop, Ruth.

— Tu t'entends ? On ne réfléchit jamais trop. »

Betty se mit à gémir à l'arrière.

« J'ai envie de pipi, maman. »

Ruth l'ignora.

« Je ne sais même pas pourquoi on s'emmerde avec tout ça. Ça m'étonnerait que ça en vaille la peine.

— Eh bien, conclut Christian en engageant la voiture sur l'aire d'une station-service. En voilà des questions existentielles ! »

Ruth se tourna à l'arrière pour voir apparaître une tache humide sur le pantalon de sa fille au moment précis où son mari coupait le moteur. Un épuisement si puissant la saisit qu'elle aurait pu s'allonger à même le parking pour dormir. Même respirer lui demandait un effort.

« Oui, tu as peut-être raison, admit-elle. Le problème, c'est que je ne trouve pas les réponses. »

Agatha détestait les journées qu'elle passait seule. Elle les abhorrait. Elle avait trop de temps pour penser qu'elle était capable de tout et ne maîtrisait pas forcément ses actes. Quand elle était seule, sa tête lui semblait plus volumineuse, plus pleine. Comme si quelqu'un y avait versé des litres d'eau, ce qui lui aurait fait perdre l'équilibre et le sens des réalités. Il lui arrivait, par exemple, de se voir de l'extérieur. En tartinant son toast de beurre, elle s'aperçut qu'elle pourrait facilement se servir de son couteau en apparence émoussé pour se sectionner les poignets et laisser le sang couler sur le sol de la cuisine.

Agatha s'était souvent demandé si c'était compliqué de découper de la chair humaine. Lorsque les enfants tombent, leur peau semble s'enlever si facilement pour exposer leur sang si rouge. La jeune fille avait des connaissances suffisantes pour savoir que ces blessures sont superficielles, que pour pénétrer vraiment un corps, il faut franchir les couches de peau et encore : on n'a alors atteint que la graisse et les muscles qui, à leur tour, cachent les os puis les organes vitaux.

Harry était gras, mais Agatha pensait malgré tout que, même avec un couteau très aiguisé, il aurait fallu mettre du cœur à l'ouvrage. Il aurait hurlé de douleur. Les enfants hurlent quand ils s'écorchent les genoux, ce qui semble instantanément calmer leur souffrance. À l'époque victorienne, on croyait que les saignées aidaient à guérir. Harry ne s'était jamais servi d'un couteau avec elle, mais son arme de prédilection lui avait souvent paru aiguisée. Il l'avait fait saigner à maintes reprises mais elle n'avait jamais versé une larme. Sur le moment, elle avait cru remporter une victoire mais à présent, debout dans la cuisine des Donaldson, le couteau à beurre serré dans une main, elle n'en était plus aussi certaine.

Christian appela Sarah le lundi matin en allant travailler. Il s'était convaincu qu'il avait besoin de lui parler pour en savoir davantage sur l'avortement. Il y avait beaucoup réfléchi mais ne parvenait pas à imaginer l'épreuve qu'elle avait dû traverser. Il était navré pour elle et attristé par un deuil qui ne le concernait pas mais ce ne fut pas pour cette raison qu'il prit son téléphone. Ce n'était pas non plus à cause de cette affreuse visite à la ferme ou de la réaction excessive de Ruth sur le chemin du retour. Ce soir-là, ils avaient même fait l'amour. Avec une tendresse et une volupté qui l'avaient rendu câlin tout le dimanche. Non, il n'avait aucune raison particulière d'appeler son ex-maîtresse.

Lorsqu'elle décrocha, Sarah ne lui parut pas surprise de l'entendre. Comme si son appel n'avait été qu'une question de temps. De toute façon, il était allé trop loin et n'avait d'autre choix que d'avancer dans la direction dans laquelle il s'était engagé. Après cette conversation téléphonique, lorsqu'il arriva à son bureau rutilant et salua nonchalamment son équipe, il se demanda ce qu'il cherchait exactement. Il ne voulait pas d'une nouvelle liaison. Sincèrement. Mais il n'était pas non plus prêt à laisser Sarah sortir de sa vie.

Il alluma son ordinateur et le fond d'écran représentant sa femme et ses enfants apparut comme par magie. Son propre visage se reflétait dans les leurs et lui posait trop de questions. Il faisait de son mieux pour ne pas ressembler à ces hommes mariés pathétiques, mais n'était-il pas devenu l'un d'eux ? Qu'est-ce qui manquait à sa vie ? Comment pourrait-il l'améliorer ? Il avait essayé l'alcool et les rails de cocaïne, de temps à autre, mais avec des enfants à la maison la gueule de bois n'était pas recommandée. Il avait essayé de prendre une jeune maîtresse, mais la peine qu'il avait causée à Ruth lui avait été trop pénible à supporter. Certes, il pourrait toujours s'acheter une moto et se tuer en roulant trop vite sur l'autoroute, mais à quoi bon ?

Christian n'éprouvait que mépris pour les gens qui envisagent de tout quitter pour aller ouvrir un café en Cornouailles. Leur visite à la ferme avait confirmé ses soupçons sur leurs motivations profondes tout en lui laissant un goût amer dans la bouche. Il n'aimerait pas se trouver à la place de Charlie, écumant d'une rage telle que Christian ne serait pas surpris d'apprendre un jour dans la presse qu'il avait fini par décimer sa famille. Pourtant, les paroles de ce type lui résonnaient encore aux oreilles : leurs histoires était finalement assez semblables.

« Elles ne sont jamais heureuses, lui avait confié Charlie dans la grange alors qu'ils tiraient avidement sur des cigarettes tout en buvant à tour de rôle au goulot d'une des bouteilles de whisky qu'il avait cachées ici et là. Quand Margo a pété les plombs, j'ai essayé de voir le bon côté des choses. Pourquoi aller travailler tous les jours puisque nous n'avions pas besoin d'argent et que nous laissions les enfants à d'épouvantables nounous qui parlaient à peine l'anglais ? Du coup, je me suis dit : "Pourquoi pas ? On peut toujours essayer." Nous sommes venus nous enterrer ici, et, les valises à peine posées, Margo a claironné : "Bon, par quoi on commence ?" Elle était à nouveau enceinte, et la maison était en ruine. Du coup, on passait notre temps à rencontrer des entrepreneurs, à demander des devis et à surveiller les chantiers mais ce n'était pas encore suffisant pour elle. "Et ensuite ? Et après ?" Moi, je me disais : "Ben, c'est simple, après, on va se détendre un peu et vivre tranquillement." C'est ce que je lui ai dit, d'ailleurs : "Bon sang, Margo, on a gagné assez d'argent et tu vas hériter d'une fortune, on va se calmer un peu et attendre de voir ce qui se passe." Mais non. Impossible. "Qu'est-ce que les gens vont penser ?" Je cite. "On s'en fiche de ces imbéciles qui friment avec leurs voitures, leurs villas en Espagne. Ils sont restés à Londres ! Ce qu'ils pensent, on s'en fout." Elle était outrée. Je n'avais pas compris qu'elle appréciait vraiment ces gens et voulait qu'ils restent nos amis. Du coup, elle a fondé cette entreprise de fabrication de savons qui nous coûte plus qu'elle ne nous rapporte, mais des magazines ineptes comme celui de votre femme viennent régulièrement l'interviewer et la prendre en photo avec nos quatre enfants. Tout le monde s'extasie parce qu'elle est incroyable et qu'elle s'est construit une vie de rêve. J'en suis malade. Plus personne ne dit les choses comme elles sont ou quoi ? »

Sarah disait les choses comme elles étaient. Lorsqu'ils se retrouvèrent dans un café qui donnait sur le grand lac de Hyde Park, elle avait les joues en feu.

« Je ne vais pas me laisser avoir comme la dernière fois, Christian, annonça-t-elle en tripotant sa tasse de cappuccino.

— Non, non, tu te fais des idées…

— Quelles idées ? » Ses yeux lançaient les mêmes éclairs que ceux de Ruth, et Christian fut dépité de comprendre que rien ne changerait jamais, qu'il ne parviendrait pas à échapper à son destin.

« Tu ne cherches pas une maîtresse qui ne te compliquera pas la vie ?

— Non, je ne veux pas de liaison.

— Ah, d'accord. Tu vas donc quitter Ruth et tes enfants pour emménager avec moi ?

— C'est ce que tu veux ? »

Il avait l'impression de perdre l'équilibre, les eaux du lac inondaient le café. Il n'avait pas prévu la direction que prendrait cette entrevue, il ne s'était pas douté que Sarah se tenait prête.

« Tu te moques de moi ? Je viens de passer trois ans à essayer de t'oublier et il m'a suffi de cet entretien débile avec toi pour comprendre que tous mes efforts avaient été vains.

— Je regrette. » Il voulut lui prendre la main mais elle s'écarta. « Je suis désolé pour l'avortement. Je m'en veux beaucoup. »

Ne revenait-il pas sur cette épreuve douloureuse pour le seul plaisir d'entendre Sarah lui dire que ce n'était pas grave et qu'il n'était pas vraiment une ordure ?

« Tu m'as fait venir ici pour me présenter tes excuses ? demanda-t-elle comme si elle avait suivi le cheminement de ses pensées.

— Je ne sais pas pourquoi je t'ai demandé de venir. Je ne sais pas pourquoi j'y suis moi-même. »

Sarah se recula contre le dossier de sa chaise.

« Tu es ici parce que ton mariage part à vau-l'eau et que tu n'as pas les couilles de partir.

— Non, je t'en prie, ne mêle pas Ruth à tout ça. »

Sarah renifla bruyamment.

« C'est un peu tard pour défendre ta femme, tu ne crois pas ?

— S'il te plaît, Sarah, ne commence pas. Laisse Ruth en dehors de cette histoire. »

Furieux, il ne trouvait pas pour autant le courage de mettre un terme à cette entrevue. Sarah le fit pour lui.

« Christian, je vais te laisser le temps de réfléchir à ce que tu veux faire pour nous et quand tu le sauras, tu m'appelles, d'accord ? »

Sur ces mots, elle tourna les talons et partit sans se retourner. Il ne la retint pas et resta assis, les yeux perdus sur la surface du lac si lisse, si tranquille. Les barques attendaient les promeneurs sur le rivage et les canards glissaient paisiblement sur l'eau. Christian prit une profonde inspiration et sentit combien se retrouver seul lui faisait du bien.

L'anniversaire de Hal avait lieu le samedi suivant, soit six jours plus tard. Enfin, cinq, car il ne fallait pas espérer pouvoir faire le moindre préparatif le jour même. Ruth n'avait toujours pas transmis la liste définitive des invités à Agatha, qui commençait à la trouver pathétique, voire un peu méprisable. Les enfants étaient revenus de leur visite à la ferme dans un état ! Betty était couverte de pipi et Hal mourait de faim. Agatha avait d'ailleurs eu peur qu'il ne soit malade après avoir bu autant de biberons.

« J'ai oublié d'emporter une tenue de rechange, avait annoncé Ruth en entrant avec dans les bras une Betty hurlante et frigorifiée. Pourriez-vous lui faire couler un bain, s'il vous plaît ? »

Christian portait Hal et ils riaient tous les deux à propos d'on ne sait quoi, mais Agatha avait instantanément deviné qu'il avait grand besoin d'un sandwich au *Marmite*.

« Je les lave tous les deux ? avait-elle demandé aussi gaiement que possible.

— Non, c'est inutile, avait répondu Christian. Hal et moi, nous allons jouer un peu ensemble et ensuite je m'occuperai de son bain. »

Agatha en avait eu des fourmillements dans les bras. Et si Hal réclamait à manger ? Tout son stratagème serait découvert et mal interprété. On la renverrait sur-le-champ.

Aggie avait dû baigner Betty et patienter une heure avant de se trouver seule avec Hal et de lui donner à manger. Christian et Ruth ne s'étaient pas fait prier quand elle avait proposé de lire une histoire au petit garçon. À peine avaient-ils fermé la porte que leurs voix s'élevaient déjà au travers du plancher. Allongé contre sa nounou, Hal mastiquait son sandwich en écoutant l'histoire qu'elle lui racontait en lui caressant les cheveux. Comment Aggie avait-elle pu douter de ce petit ange ? Il ne la dénoncerait ni ne la trahirait jamais, et cette certitude lui procurait un bien-être incroyable.

Les événements s'enchaînaient désormais trop vite et Agatha ne pouvait plus nourrir Hal en cachette de tous, y compris de Betty qui ne manquerait pas de tout répéter à sa mère. Il allait falloir qu'un changement drastique survienne mais c'était trop difficile avant le goûter d'anniversaire. Elle devrait attendre pour prendre les décisions nécessaires.

Le lundi, Agatha appela Ruth au bureau, ce qu'elle ne faisait que rarement, et lui demanda combien d'invités elle attendait. Ruth semblait avoir oublié jusqu'à la fête elle-même.

« Pardon, Aggie, je sais que je ne me suis guère occupée de tout ça. Je vous promets de passer des coups de fil dans la journée ; je vous tiens au courant ce soir. »

Sally était présente lorsque Ruth avait reçu l'appel d'Aggie.

« Tout va bien ?

— Oui, oui. C'était Aggie, superefficace comme à son habitude. Elle voulait que je lui donne le nombre exact de participants au goûter d'anniversaire de samedi.

— C'est bien, non ?

— Oui, bien sûr. »

Sally s'assit à côté de Ruth.

« Mais...

— Je ne sais pas. J'invente sans doute des problèmes là où il n'y en a pas parce que je ne supporte pas qu'elle s'en sorte tellement mieux que moi mais... On peut être trop parfait ?

— Explique-toi.

— Elle n'a aucun défaut, aucune faille. Elle ne lâche jamais rien. Tout est toujours fait à la perfection. Un peu comme si elle était... je ne sais pas... un robot ? »

Sally posa son document sur le bureau.

« Elle s'entend bien avec les enfants ?

— Oui, mais ça fait partie du problème. L'autre jour, quand nous sommes allés à la ferme, il a pratiquement fallu lui arracher Hal des bras. Il aurait préféré rester avec elle plutôt que venir avec moi.

— Je ne sais pas trop quoi te dire. Pour moi qui n'ai pas d'enfants, ça ressemble à la solution idéale, mais je comprends que ce ne soit pas facile à accepter pour toi. » Sur ces mots, Sally baissa les yeux et se mit à tripoter un fil de sa jupe. « Tu es sûre que c'est d'Aggie que tu me parles, Ruth ?

— Comment ça ?

— Eh bien, ça vient peut-être de ce que tu ressens. On dirait que tu as la chance d'avoir embauché la perle rare, mais à t'entendre, ce n'est pas forcément si formidable qu'on pourrait le croire. Comme si tu avais la sensation de ne plus servir à rien dans ta propre maison. »

Ruth sentait les larmes lui monter aux yeux.

« C'est exactement ça. Christian pense que c'est ridicule. Il a sans doute raison. En fait, je suis tellement égoïste que je préférerais avoir une nounou un peu nulle pour me sentir valorisée. C'est dingue, non ?

— Pas vraiment. Tu sais, quand je pars en vacances, je n'ai pas vraiment envie que tu fasses un meilleur travail que moi à la tête de la rédaction de *Viva*. Ce que tu dis me paraît très naturel. »

Ruth avait l'impression d'une fracture entre elle et la réalité. Qu'allait-il advenir ?

« Tu as raison, ça vient de moi, pas d'Aggie. Elle est parfaite, il faut le reconnaître. C'est grâce à elle que Betty fait ses nuits, ce qui relève du miracle. Je n'ai plus le temps de rien. Dieu sait ce qui va se passer entre Christian et moi. On ne se parle plus guère, et toujours pour des questions d'organisation. Je n'arrive plus à tout mener de front.

— Tu veux quelques jours ? lui proposa Sally en posant une main sur la sienne.

— Non ! Tu veux que je prenne un congé ? demanda-t-elle, soudain paniquée.

— Non, je veux que tu sois heureuse. Tu es mon amie, Ruth, et tu m'as l'air un peu déboussolée.

— Non, non, ça va. Enfin, ça va aller. Je divague, c'est tout. »

Pourquoi Ruth s'accrochait-elle autant à son métier ? Pourquoi l'idée de le perdre la terrifiait-elle à ce point ? Elle se désagrégerait certainement si elle abandonnait ce qui faisait sa substance depuis si longtemps.

« Je suis journaliste, disait-elle lorsqu'elle se présentait. Je travaille pour *Viva*, je suis la rédactrice en chef adjointe. »

Elle en devenait instantanément plus intéressante. C'était insensé, mais Ruth ne se sentait pas assez forte pour rétablir l'équilibre.

Sally se releva.

« Bien. Si tu ne veux pas de ces quelques jours de congé, je pense que ton histoire ferait un article dément ! »

Une fois Sally retournée dans son bureau, Ruth appela Christian qui décrocha à la première sonnerie.

« Où es-tu ? lui demanda-t-elle.

— Dans un café de Hyde Park.

— Ah bon ? Pourquoi ?

— J'avais une réunion, je rentrais au bureau par le parc et cet endroit m'a paru sympa. C'est tellement calme ici, Ruth. Je pourrais y passer des heures. »

Un silence suivit ces paroles. Ruth n'imaginait pas du tout son mari assis tranquillement dans un café, sans rien faire. L'immobilité ne lui ressemblait pas.

« Tu vas bien ? insista-t-elle.

— Parfaitement. Et toi ?

— Pas vraiment.

— Que se passe-t-il ?

— Je ne sais pas. Tout et rien.

— Il va falloir te montrer un peu plus explicite, Ruth.

— D'après toi, Aggie est-elle une bonne nounou ?

— Oui. Elle est géniale et les enfants l'adorent.

— C'est justement ça mon problème.

— Tu exagères !

— Je sais, je sais, c'est juste que... comment dire. Est-ce que nous avons pris la bonne décision ? »

Christian poussa un profond soupir. Pendant un long moment, Ruth crut qu'il allait se mettre en colère ou ne pas répondre mais il s'exprima le plus calmement du monde :

« Je ne sais pas, Ruth, je n'en ai pas la moindre idée. »

Ce ne fut qu'après avoir raccroché que Ruth se rendit compte que son mari ne lui avait même pas demandé de quelle décision elle parlait.

Quand comprend-on qu'une relation est terminée ? Maintenant que Betty dormait la nuit et que Ruth se sentait moins fatiguée, des pensées autres que de simple survie commençaient à refaire surface. Ruth considérait souvent le mariage comme un entrelacs de nœuds qui unissent un couple, un peu comme les figures qu'elle créait avec des ficelles lorsqu'elle était enfant. Au début, on a confiance dans ces liens mais, le temps passant, les deux partenaires prennent du poids et les liens commencent à s'user. Ils cessent d'être inconfortables pour devenir irritants. Sauf que, bien évidemment, il ne viendrait à l'idée de personne d'utiliser des ciseaux et chacun tente de démêler les nœuds, ce qui a pour conséquence de les emmêler davantage, jusqu'au jour où on se délivre enfin. Au moment de cette libération, on est pris de panique, on se demande comment on va tenir debout sans toutes ces attaches, alors on en renoue quelques-unes dans une tentative désespérée de ne pas s'effondrer. Lorsque Ruth imaginait son couple pris dans ce piège, elle voyait très clairement qu'il ne restait qu'un seul lien solide parmi tous ces fils cassés ou emmêlés : les enfants.

Aussi, à l'heure de quitter le bureau, n'ayant encore appelé personne au sujet du goûter d'anniversaire de Hal, elle décida de prendre le bus et de s'en occuper pendant le trajet. Elle ne supportait pas d'être devenue le genre de personne débordée du matin au soir, sans une minute à soi. La plupart de ses correspondantes étaient sur messagerie mais quelques-unes de ses amies décrochèrent. En bavardant avec ces femmes dont elle avait autrefois été si proche, elle tenta de deviner ce qu'elles étaient en train de faire. Elle les entendait courir dans la rue en direction de la garderie ; essayer de se faire entendre par-dessus les hurlements de leurs enfants ; préparer le dîner. Ruth les imagina dans leur quotidien, du matin au soir, du moment où le réveil les tirait du sommeil jusqu'à celui où elles s'écroulaient dans leur lit. Elles partageaient toutes le même sort, elle n'était pas seule. Des légions de femmes lui ressemblaient, elle n'avait donc pas forcément pris la mauvaise décision. Cette pensée lui fit autant de bien qu'une cuillerée de sorbet fondant sur la langue. C'est grâce aux amies qu'on sait qu'on ne devient pas folle. Telle une injection massive de vitamines pures dans le bras, elles vous revigorent et vous donnent l'énergie de repartir d'un bon pied pour quelques mois. Ruth ne devait plus laisser la situation lui échapper ainsi. Christian avait raison, elle devrait sortir davantage et arrêter de se plaindre de la fatigue. Une soirée passée avec ses copines lui ferait certainement autant de bien que six mois de thérapie. Momentanément, les réponses à ses questions lui parurent évidentes : elle avait besoin de se distraire plus souvent, de penser un peu plus à elle et de se rappeler ce qui la rendait heureuse.

« Ça y est ! J'ai la liste », annonça-t-elle en rentrant. Betty se jeta sur elle avec tant d'enthousiasme qu'elle faillit la renverser.

« Laisse maman retirer son manteau, s'empressa de dire Aggie qui regardait *Dans le jardin des rêves* avec Hal confortablement installé sur ses genoux.

— Ne vous inquiétez pas, lança Ruth en soulevant Betty de terre. As-tu passé une bonne journée, ma chérie ?

— Super ! Aggie nous a emmenés au square après l'école et j'ai joué au toboggan avec Megan. »

Ruth interrogea Agatha des yeux.

« La camarade de classe qui l'embêtait il y a quelque temps.

— Mais bien sûr. Je l'avais complètement oubliée. Je devais en parler à sa mère, d'ailleurs.

— Ne culpabilisez pas, je m'en suis chargée. Elle s'est montrée très compréhensive, et Betty va aller passer un moment chez eux la semaine prochaine. Tout est rentré dans l'ordre. »

Ruth fut saisie d'un nouvel accès de panique : la nounou prenait sa place. Sa respiration s'accéléra brusquement, le sol menaçait de se dérober sous ses pieds.

« C'était à moi de le faire », articula-t-elle.

Aggie rougit violemment.

« Excusez-moi. C'est juste que j'étais là et… je n'avais pas compris que… »

Une fois assise dans le fauteuil près de la fenêtre, sa fille sur les genoux, Ruth retrouva progressivement sa sérénité. Aggie avait raison, bien sûr. Elle était là. Il fallait se reprendre, cesser de penser pouvoir tout mener de front, tout contrôler.

« Pas de problème, admit-elle. Je vous remercie de vous en être chargée.

— Je me demandais si ça n'avait pas une incidence sur son sommeil, poursuivit Aggie. Quand on vous embête à l'école, ça n'aide pas à dormir. »

Ruth déborda soudain de reconnaissance pour la jeune fille qui prit brusquement à ses yeux l'apparence d'une sainte auréolée de lumière divine.

« Vous devez avoir raison, comme toujours, Aggie. Quoi qu'il en soit, conclut-elle en lui tendant une feuille de papier, voici la liste que vous m'avez demandée. »

Agatha avait décelé l'angoisse de Ruth lorsqu'elle avait mentionné Megan mais cette femme était tellement stupide qu'elle ne méritait pas qu'on l'épargne. La nounou consulta le papier chiffonné que sa patronne lui avait remis, couvert de noms et de numéros de téléphone griffonnés à la hâte. Seuls deux d'entre eux avaient été cochés.

« J'ai indiqué le nombre de personnes conviées à côté de chaque nom. Comme vous le voyez, je n'ai pas réussi à joindre tout le monde mais, au moins, vous savez à quoi vous attendre s'ils viennent tous, ce qui n'arrivera pas, évidemment. »

Pourquoi, évidemment ? s'étonna Agatha. Qu'est-ce qui pourrait bien vous empêcher d'assister à un goûter d'anniversaire ? Sa propre mère n'avait jamais eu l'énergie de lui en organiser un digne de ce nom. Il y avait bien eu une petite célébration le jour même, quelques enfants, quelques amis de ses parents, tous armés de leurs gobelets en carton remplis de boisson tiède, tous occupés à manger des sandwichs préparés trop tôt et laissés à l'air libre ce qui leur donnait un vague goût de rance.

« Maman, avait hurlé Louise au beau milieu d'une de ces réunions ennuyeuses, Agatha dit que tu lui as acheté un poney, qu'il est en pension aux écuries de Langley et que moi, je ne n'ai pas le droit de le voir. Ce n'est pas juste, parce que tu n'as même pas voulu m'offrir un lapin pour mon anniversaire. »

Le sourire de sa mère s'était figé sur ses lèvres.

« Mon Dieu, quelle générosité ! s'était exclamée tante Kate. Un poney ? Tu en as de la chance, Agatha ! »

Sa mère avait éclaté de rire.

« On en parlera plus tard, si tu veux bien, Louise », avait-elle répondu d'un ton trop léger.

Si tous les invités assistaient à la fête de Hal, il y aurait trente et un participants, vingt et un adultes et dix enfants. Il n'y aurait ni boissons tièdes, ni sandwichs rances, ni cadeaux imaginaires.

« J'ai été obligée de mentir, avait-elle crié à sa mère un peu plus tard, parce que ton cadeau était complètement nul.

— Quelle ingrate ! On fait ce qu'on peut, ton père et moi ! »

Eh bien, faites un effort, parce que ça ne suffit pas, avait eu envie de hurler Agatha.

Ruth s'approcha pour caresser le visage de son fils. « Comment tu vas, mon ange ? »

Agatha sentit Hal se raidir. « Il va bien mais il a sommeil. Sa journée a été bien remplie.

— Qu'est-ce que vous avez prévu pour la fête ? Je peux vous aider ?

— Oh non, ne vous embêtez pas, répondit Agatha que la seule pensée d'être aidée par Ruth rendait malade. Je n'ai rien planifié de spécial. Enfin, si, ce sera spécial mais pas extraordinaire. »

Ruth la fixa plus longtemps que nécessaire, si bien que la nounou se sentit rougir.

« Je vois. Bon, eh bien, ne vous épuisez pas à la tâche, Aggie. Nous apprécions sincèrement votre dévouement. Vous êtes fabuleuse. »

Quand Hal refusa que sa mère le couche, Ruth monta avec Betty et, pendant un court instant, Agatha eut pitié de cette pauvre femme. Être si bête que votre fils de trois ans s'en aperçoive doit vous briser le cœur. La nounou lissa les cheveux du petit garçon qu'elle serra plus fort contre sa poitrine. L'ébauche d'une idée commençait à se former dans son esprit.

Christian tenta très sérieusement de déterminer ses désirs profonds mais ne parvint à prendre aucune décision concrète. Il envisagea d'appeler Toby à plusieurs reprises mais, d'une part, sa page Facebook lui apprit qu'il était à Ibiza, d'autre part, il ne voulait surtout pas entendre ce que Toby aurait à lui dire. Il préféra donc lui envoyer un message l'invitant à l'anniversaire de Hal car Ruth le harcelait en ce sens. Son ami rentrerait vendredi, ils parviendraient peut-être à trouver un coin tranquille où discuter et, là, Christian lui demanderait conseil. À part lui, il n'avait personne à qui se confier. Il s'était éloigné de tous ses amis de fac et, à présent, lorsque Ruth et lui sortaient avec d'autres couples, il s'agissait essentiellement d'amis de Ruth. Quant à son frère, il vivait en Australie, et ils n'échangeaient pas de nouvelles. Son père, enfin, un ancien militaire distant, se choquait vite et faisait partie d'une génération pour laquelle un homme doit subir son sort sans se plaindre.

En fait, il n'y avait jamais eu que Ruth. Dès leur première rencontre, elle était instantanément devenue sa meilleure amie. Elle était vive, intelligente, drôle et elle le connaissait mieux qu'il ne se connaissait lui-même. Elle lui manquait et il aurait aimé lui demander son avis. Il l'avait perdue en chemin à une époque mais elle restait vaillamment à son côté. Christian ressentait sa présence comme il n'en avait jamais ressenti aucune autre. Sa force et sa solidité le rassuraient et le ramenaient à elle tel un aimant.

C'était donc ça l'amour ? La certitude que quelqu'un s'occupe de vous, comprend ce que vous voulez dire et pourquoi vous le dites ? Quelqu'un qui ne craint pas de vous secouer quand c'est nécessaire, qui vous aime assez pour prendre la peine d'essayer de vous rendre meilleur. Christian se rappelait une discussion qu'il avait eue avec sa mère, une femme inflexible au point d'en paraître froide.

« Pourquoi es-tu toujours aussi dure envers moi ? » avait-il pleurniché.

Il avait alors dix ou onze ans et la réponse l'avait sidéré. Elle s'était détournée de la cuisinière, les joues roses.

« Je suis dure parce que je t'aime. Ce serait plus simple pour moi de te laisser manger la bouche ouverte ou ne pas dire merci. Ça nous éviterait de nous disputer et ma vie serait bien plus sereine. Si je te reprends sans cesse, c'est pour t'aider à avancer dans la vie, parce que les gens qui mangent la bouche ouverte ou qui oublient de dire merci ne sont guère appréciés. Et je veux qu'on t'apprécie. Je t'aime et je veux le meilleur pour toi. »

Ruth l'aimait-elle encore à ce point ? Pas sûr.

Christian voulait être apprécié et aimé, il le reconnaissait, et de préférence par le plus de gens possible, mais surtout par Ruth et ses enfants. Pourtant, c'était tellement dur d'accepter de renoncer au reste, d'admettre que vous ne serez finalement jamais que vous-même.

Des idées naissaient en lui. Il ne les saisissait pas encore mais il les devinait. Et puis Sarah l'appela deux jours après être partie du café sans se retourner. Apparemment en larmes, elle voulait le voir après son travail. Il ne pouvait pas refuser car il avait sollicité exactement la même faveur à peine quelques jours plus tôt. Il se sentit néanmoins à nouveau submergé.

Il téléphona à Ruth pour la prévenir que Giles lui avait demandé de le remplacer à une réunion mortelle.

« Entendu, répondit-elle. D'après toi, qu'est-ce qu'on pourrait offrir à Hal pour son anniversaire ?

— Je ne sais pas. À mon avis, ce n'est pas la peine de se casser la tête. Il est encore petit et il va recevoir des montagnes de cadeaux de tous nos invités.

— Bravo ! Trop occupé pour prendre la peine de chercher un cadeau pour l'anniversaire de ton fils. Tu pourras venir, quand même ? Tu n'annuleras pas au dernier moment pour participer à une quelconque réunion où personne ne pourrait se passer de toi tellement tu es important ? » Sur ces mots, elle raccrocha et Christian n'eut pas le courage de la rappeler.

Sarah l'attendait à la terrasse du pub, un endroit anonyme parmi tant d'autres où ils n'étaient jamais allés ensemble. Il crut apercevoir une amie de Ruth à la table voisine et son cœur se mit à bondir dans sa poitrine. Il entra donc pour commander leurs consommations et fit de son mieux pour ne pas penser à Sarah qui patientait en pleurnichant.

« Tu en veux une ? lui demanda-t-elle en allumant une cigarette d'une main tremblante.

— Non merci.

— Je regrette tout ce que je t'ai dit la dernière fois. Je ne sais pas ce qui m'a pris. Parfois, tu m'énerves tellement que je voulais simplement te rendre la monnaie de ta pièce.

— Inutile de t'excuser. En vérité, je crois que je ne vous mérite ni l'une ni l'autre, Ruth et toi. »

Sarah tira longuement sur sa cigarette.

« Je ne t'en veux pas, tu sais. Après tout, qu'est-ce que tu pouvais faire ? Quitter ta femme sur le point d'accoucher ?

— Premièrement, j'aurais pu éviter de la tromper. Ensuite, toi et moi, nous aurions pu prendre davantage de précautions. Enfin... moi, j'aurais pu prendre plus de précautions.

— Parce que, dans ce cas, tu aurais pu la quitter, c'est ça ?

— Non, ce n'est pas ce que j'ai voulu dire.

— Qu'est-ce que ça représentait ? »

Au secours !

« Quoi donc ?

— Nous ? Qu'est-ce que j'étais, pour toi ? Si ce n'était qu'une histoire de cul, tu peux me le dire. »

Christian eut un mouvement de recul en entendant cette expression.

« Ça n'a jamais été aussi simple, tu sais, Sarah. Au début, ce n'était pas vraiment sérieux mais ça l'est devenu peu à peu. Oh, et puis, je n'en sais rien.

— Pourquoi as-tu choisi Ruth ? »

La question fut posée de façon si directe qu'il crut un instant l'avoir mal entendue.

« Oh ! là, là ! Nom de Dieu. »

Il n'avait qu'une envie : prendre la fuite.

« Non, Christian, Dieu ne peut rien pour toi », rétorqua Sarah dont les yeux s'arrondirent.

Devenait-elle folle ? Plus vite il répondrait à ses questions, plus vite il pourrait s'en aller.

« J'ai choisi Ruth parce que nous sommes mariés et qu'elle était sur le point d'accoucher de mon enfant. » Il hésitait à poursuivre, mais que cette jeune femme se permette de juger son couple l'irritait beaucoup. « Et parce que je l'aime. Tu sais, il arrive qu'on se dispute et qu'on ne se comprenne pas, mais je l'aime. » Ces mots murmurés le confortèrent momentanément dans son choix. Sarah en revanche semblait effondrée. Et s'il l'avait brisée ? « Excuse-moi. Ma réponse est sans doute cruelle mais c'est la vérité.

— Tu parles, la vérité, tu ne la reconnaîtrais pas si elle se trouvait devant ton nez, Christian. Tu as pensé à moi ?

— Bien sûr que j'y ai pensé. J'y pense. C'est pour ça que je t'ai téléphoné, d'ailleurs. Je ne pourrai jamais assez m'excuser pour ce qui s'est passé mais je ne vois pas à quoi sert toute cette scène. »

Sarah saisit son verre et Christian crut qu'elle allait le lui lancer au visage. Il l'imagina quittant les mains de la jeune femme ; il sentit les éclats de verre lui entailler la figure ; il se demanda comment il expliquerait son état à Ruth. Mais elle le reposa sur la table sans en avoir bu une gorgée.

« À présent, c'est mon tour.

— De quoi faire ?

— Ne te fais pas plus bête que tu ne l'es. C'est mon tour de t'avoir un peu à moi. »

Bienvenue dans la quatrième dimension. Sarah avait l'air on ne peut plus sérieuse.

« Pardon ?

— Tu as eu ta chance, Christian, et tu l'as laissée passer. J'ai tué notre enfant pour toi. Tu ne vas pas t'en tirer aussi facilement une deuxième fois.

— Une deuxième fois ? Mais on n'a rien fait !

— Bien sûr. Tu penses que Ruth verra les choses de la même façon ? »

La tête lui tournait soudain, il voyait flou. Un vrai cliché. « Qu'est-ce que tu sous-entends ?

— La partie est terminée. Elle ne te pardonnera pas une seconde fois.

— Si j'ai bien compris, tu envisages de me faire chanter pour qu'on se remette ensemble. Quelles bonnes bases pour une relation saine ! »

Sarah éclata de rire. Un rire dément qui ne présageait rien de bon.

« Une relation saine ! C'est ça. Comme si ça existait. »

Christian fut pris de sueurs froides et des flashs commencèrent à parasiter sa vision périphérique. Il fallait absolument qu'il s'allonge dans l'obscurité et qu'il avale des analgésiques pour atténuer cette douleur qui finirait certainement par le tuer.

« Je vais m'en aller, dit-il. C'est de la folie et je dois rentrer chez moi. »

Lorsqu'il se leva, Sarah lui saisit la jambe.

« Je t'en supplie, ne me quitte pas. Viens chez moi ce soir. Juste pour une nuit. Je n'étais pas sérieuse quand je t'ai menacé de tout raconter à Ruth. »

Il allait vomir.

« Il faut que j'y aille, Sarah. Je ne me sens pas bien. On en reparle dans la semaine. Je te le promets. »

Facile.

« C'est vrai ? Tu m'appelles demain ? »

Un étau commençait à enserrer le crâne de Christian, à lui écraser la cervelle et lui lancer des aiguilles dans les épaules.

« Oui, oui, pas de problème. »

Sur ces mots, il quitta le pub en trébuchant, soulagé d'être de nouveau libre, incapable de se concentrer sur autre chose que l'urgence de rentrer chez lui. Il héla un taxi, pressé de s'asseoir à l'arrière du véhicule et comptant déjà les minutes qui le séparaient du mieux-être.

Agatha commanda la nourriture sur Tesco Direct. Les courses avaient gagné en simplicité depuis que Ruth lui avait confié le mot de passe de son compte. Contrairement à d'autres qui en profitaient pour ajouter leur gel douche, des biscuits ou je ne sais quoi aux commandes, la nounou n'achetait jamais rien qui ne soit pour la famille. Elle aurait été bien incapable de voler qui que ce soit.

Mais, en une occasion, elle n'avait pas eu le choix.

À quatorze ans, Agatha avait décidé qu'elle allait devoir s'extirper des griffes de Harry et fuir l'apathie familiale, sinon elle finirait par en mourir ou par tuer quelqu'un. Dans un cas comme dans l'autre, sa vie serait fichue, ce qui lui paraissait injuste, n'étant coupable de rien. Elle avait enfin compris que ce que Harry lui faisait était mal. D'une part, elle souffrait ; d'autre part, c'était interdit par la loi. Harry, hélas, ne voyait pas la situation du même œil. Certes, la fréquence de leurs rendez-vous s'était espacée et ils passaient parfois des mois sans se voir, mais dès qu'il parvenait à se retrouver seul avec elle il ne lui fallait pas longtemps pour la déshabiller et la rendre vulnérable.

Une des choses qu'Agatha se reprochait le plus, c'était de n'avoir jamais crié, de ne s'être jamais débattue, de ne l'avoir jamais menacé de prévenir la police. Il la rendait systématiquement muette et impuissante. Chaque fois la ramenait à la première et, pendant les quelques minutes qu'il fallait à Harry pour aller au bout de sa petite affaire, elle redevenait une gosse tétanisée par la terreur.

« Ah, ma belle, je crois qu'on y vient. J'ai comme l'impression que tu as pris ton pied », lui avait-il asséné un jour en roulant sur le côté.

En un éclair, Agatha avait vu son avenir défiler devant elle. Elle ne se débarrasserait jamais de lui, à moins qu'il ne meure ou qu'elle ne parte suffisamment loin pour qu'il ne la retrouve jamais. Parce que si elle n'arrivait pas à le remettre à sa place maintenant, quand y parviendrait-elle ? Elle réussirait peut-être à ne tomber entre ses pattes que deux fois par an mais il serait toujours là à rôder autour d'elle, à la surveiller, prêt à fondre sur sa proie. Elle ne pourrait jamais passer à autre chose. Alors, patiemment, pendant dix-huit mois, elle avait préparé sa fuite et, après beaucoup de chapardage dans le porte-monnaie de sa mère, le jour de son seizième anniversaire elle avait quitté la maison pour toujours.

Tout avait été si simple. Ses parents ne savaient pas si elle était encore vivante et elle s'imaginait parfois leur téléphoner pour leur expliquer. Leur expliquer quoi ? Leur raconterait-elle son calvaire si elle les revoyait maintenant ? Son histoire ne se serait-elle pas plutôt perdue dans le labyrinthe du temps ?

Ruth ressemblait à la mère d'Agatha à bien des égards. Elles n'étaient pas mauvaises et elles aimaient leurs enfants, mais elles n'avaient pas l'air de comprendre que ça ne suffisait pas. Betty s'en sortirait. Elle était comme Louise : jolie, impétueuse et butée. Elle se mettait à crier pour un rien, et Ruth cédait à chacun de ses caprices. Mais Hal ? Le petit Hal taisait toujours ses frustrations et Agatha frémissait en songeant aux malheurs qu'il pourrait rencontrer.

Hal mangeait désormais des œufs, du fromage, du gâteau, ces soufflés bio dont les mamans du square raffolaient ainsi que tout ce qu'Agatha lui avait déjà fait goûter. En fait, les mêmes aliments que les autres enfants de son âge, si ce n'est qu'il fallait les écraser parce qu'il n'était pas encore habitué à mâcher. Ça commençait d'ailleurs à devenir pénible de le nourrir le soir car il fallait lui apporter à manger en cachette. Jusqu'à présent, Agatha lui avait répété que ses progrès alimentaires seraient la grande surprise de son anniversaire mais à quarante-huit heures du goûter, l'angoisse commençait à poindre. Hal lui appartenait trop pour qu'elle le partage avec qui que ce soit. Par mégarde, il avalerait bientôt quelque chose devant ses parents qui découvriraient alors son secret et il redeviendrait leur enfant plus que celui d'Agatha. Cette pensée lui vrilla les entrailles.

Lorsque Ruth arriva au magazine le jeudi matin, tout le monde était regroupé autour du bureau de Bev, la rédactrice en chef des pages mode. Tout le monde pleurait, certains avec plus d'effusion que d'autres.

« Que s'est-il passé ? demanda-t-elle, imaginant déjà le pire.

— Paul Rogers est mort cette nuit, répondit Bev.

— Le photographe ?

— Oui. Il s'est tué dans un accident de voiture.

— Oh, mon Dieu, c'est affreux. »

Bev ne l'avait pas entendue et, vu le nombre de pleureuses agglutinées autour d'elle, Ruth préféra rejoindre Sally qui pianotait sur son ordinateur dans son bureau.

« Je viens d'apprendre ce qui est arrivé à Paul.

— Oui. C'est horrible, n'est-ce pas ? Mais, tu sais, pour être honnête, Bev était la seule à le connaître un peu. Si ce n'était pas politiquement incorrect, je leur demanderais à tous de retourner à leurs bureaux. »

Ruth se sentit prise de vertige.

« Il avait des enfants, non ?

— Oui, deux. » Sally leva les yeux. « Excuse-moi. Je suis certainement une garce sans cœur, mais je ne vois pas pourquoi il suffirait de mourir pour devenir instantanément un saint. Je n'ai jamais vu Paul autrement que défoncé et je m'étonne surtout qu'il n'ait pas percuté un arbre plus tôt. »

Le sol se mit à vaciller sous les pieds de Ruth. Il allait s'ouvrir pour l'engloutir.

« Je ferais mieux de me mettre au travail », conclut-elle en gagnant son bureau.

Ruth n'avait bavardé avec Paul Rogers que deux ou trois fois mais il venait souvent au magazine, sautillant de l'une à l'autre et appelant tout le monde « ma chérie ». Il avait toujours un appareil photo autour du cou, des pellicules à la main et arborait des tee-shirts avec des slogans ridicules sur la poitrine. Certes, c'était un abruti, la plupart du temps défoncé à la cocaïne, mais il avait tout de même semblé plein de vie à Ruth. Elle n'arrivait pas à croire que cette présence exubérante s'était brutalement évanouie. Vivant un instant, mort le suivant. Elle imaginait son corps sans vie allongé sur une table funéraire tandis que son âme s'envolait à jamais. Une des amies de Ruth s'était trouvée avec son père à sa mort et elle lui avait raconté que, depuis, elle croyait aux esprits.

« Rien à voir avec quelqu'un qui s'endort, avait-elle expliqué. Il a inspiré une dernière fois puis s'est dressé, comme mû par une force invisible, avant de se laisser retomber et de se ratatiner d'un coup. Il s'est vraiment passé quelque chose. »

Nous sommes tous égaux devant la mort, songea Ruth, une fois derrière son bureau. *Qu'on soit prospère, intelligent ou séduisant, on finit tous de la même manière. Quand on comprend ça, à quoi bon se décarcasser ?* Ruth ressentit soudain un grand vide. Les pensées se succédaient dans son esprit sans qu'elle puisse en saisir une. *Stop*, avait-elle envie de hurler. *Ralentissez, que je puisse vous attraper et aller au fond des choses.*

La certitude de la mort, c'est la certitude de la vie. Une fois mort, tout le monde vous aime. Au moment de mourir, peut-être découvre-t-on aussi qui on aimait vraiment. Ruth était-elle en train de perdre son temps ? Que lui arrivait-il ? Pourquoi se sentait-elle sur le point de basculer ?

Dans un an et demi, elle fêterait ses quarante ans. Elle était désormais plus proche de la cinquantaine que de la vingtaine. La moitié de sa vie se trouvait certainement déjà derrière elle. Enfin, si elle avait de la chance. Elle dépasserait peut-être les quatre-vingts ans mais, s'appuyant sur l'expérience de ses grands-mères, elle savait que ces quarante prochaines années ne lui apporteraient que frustrations, souffrances, confusion, colère et quelques insignifiantes satisfactions. Il devait bien y avoir un temps pour tout et pour tout le monde. Non. Betty et Hal l'obsédaient. Elle les imaginait à la maison ; elle les voyait aussi nettement que si elle se trouvait avec eux ; elle entendait leurs babillages et sentait la caresse de leurs mains dans la sienne. Ils lui manquaient autant que si elle ne les avait pas vus depuis un an ; un vide dévastateur l'habitait, et le goût amer du néant refusait de quitter sa gorge.

Kirsty vint pleurnicher à son bureau. « Tu arrives à y croire, toi ?

— Non. C'est affreux, je sais.

— Sa femme est si gentille ! Ses filles sont telle-ment jeunes ! » Elle renifla à nouveau avant de tendre à Ruth une liasse de documents. « Les épreuves sont arrivées. Sally veut qu'elles soient relues d'ici ce soir. »

Ruth tenta de se concentrer sur la première version du magazine. Elle feuilleta sans convic-tion les pages de papier glacé. Même en noir et blanc, on devinait les mensonges du photo-graphe. Aujourd'hui, ça la déprimait plus que de raison. S'agissait-il de pornographie ? Après tout, quel intérêt représentaient ces images lissées, trafiquées, factices ? Leur but ? Déclencher un désir incontrôlable chez la lectrice pour la rendre dépendante, pour la faire saliver, pour qu'elle coure s'offrir des choses trop chères pour elle. Pour qu'elle achète le magazine le mois suivant.

Un cliché représentant Margo et ses enfants arrêta le regard de Ruth. La photo occupait une place de choix, en première page du reportage, intitulé sans aucune originalité « La belle vie ».

Avec une accroche sous la photo : *Si vous avez déjà eu envie de tout laisser tomber, lisez cet article avec la plus grande attention car vous risquez de démissionner, de mettre votre maison en vente et de vous lancer dans l'agriculture biologique !* Ruth détestait ce ton guilleret, la marque de fabrique du magazine.

« Il y a bien assez d'horreurs dans le monde, leur avait déclaré Sally lors d'une réunion de rédaction quelques mois auparavant, il est désormais officiellement de notre devoir de dérider les lectrices. »

Margo Lansford est une femme qui sait ce qu'elle veut. Et ce qu'elle veut, même dans nos rêves les plus fous, peu d'entre nous oseraient y penser. Mais Margo n'est pas comme nous. Elle a le courage de ses convictions et la volonté de réussir. Ruth avait bien envie de souligner en rouge le mot « volonté » pour le remplacer par « argent ». *Mère de deux enfants, Margo gagnait un salaire à six chiffres dans une célèbre banque d'affaires quand son mari et elle ont décidé de tout plaquer pour une vie d'idéalisme bucolique dans la campagne du Surrey.* Jane, la rédactrice adjointe avait rayé « une vie d'idéalisme bucolique » au profit de « le bonheur de fabriquer des savons ». Entre parenthèses, elle avait ajouté : « N'embrouillons pas les lectrices avec des mots trop compliqués. » Le stylo rouge se mit à s'agiter entre les doigts de Ruth qui se retint d'écrire le moindre commentaire sur cette page. *« Nous sommes partis en vacances en Grèce, m'a expliqué Margo en me servant une seconde tasse de camomille dans sa*

179

magnifique cuisine shabby chic. *Un jour j'ai regardé Charlie et je lui ai dit : "Mais qu'est-ce qu'on est en train de faire ? On ne voit jamais les enfants, on a une maison dans laquelle on ne rentre que pour dormir et on doit sortir nos agendas pour trouver le temps de discuter ensemble. Et si on plaquait tout ?" Alors, il a levé les yeux vers moi et m'a répondu du tac au tac : "Oui, tu as raison. Excellente idée." Une idée qu'on n'a jamais regrettée. »*

Kirsty fit son apparition.

« Excuse-moi, j'ai oublié de te transmettre ce message. Il a été déposé ce matin à la réception. »

Ruth prit la mince enveloppe qu'on lui tendait et vit son nom écrit d'une main juvénile. Une boule se forma dans sa gorge et elle s'accorda une minute avant de l'ouvrir.

Ruth, il faut que nous parlions. Ça ne peut plus continuer ainsi. Je suis au café en face de votre bureau et je vous y attendrai toute la journée. Sarah.

La sensation de vertige s'intensifia, elle étouffait, ses yeux lui piquaient, elle transpirait.

N'ayant jamais rencontré Sarah, Ruth éprouva comme de l'excitation en dévalant les marches. On y était, c'était le moment où sa vie allait basculer et où quelqu'un allait prendre les commandes à sa place. Leur liaison avait dû recommencer. Si elle avait jamais pris fin... Quoi qu'il en soit, elle ne lui pardonnerait pas une seconde fois.

Ruth vit la jeune femme qui ne pouvait qu'être Sarah dès qu'elle ouvrit la porte du café. Sa rivale n'avait rien de plus que les autres, ce qui la déprima de façon inexplicable. Elle se dirigea vers elle avec l'avantage d'être celle qui approche. Elle put dominer cette fille pendant quelques minutes. Une petite victoire, certes, mais toujours bonne à prendre.

Lorsqu'elle avait découvert leur liaison la première fois, Ruth avait fantasmé une rencontre avec Sarah, le discours qu'elle lui servirait sur la solidarité féminine, le respect, le karma, et la vie de Sarah qui ne serait jamais ni épanouie ni heureuse tant qu'elle s'obstinerait à prendre ce qui ne lui appartenait pas. Maintenant qu'elle était assise en face d'elle, tous ces beaux discours lui semblaient inutiles. Sarah était maigrelette, blême, vêtue de noir, sans maquillage mais avec des cernes sous les yeux et des cheveux mal coiffés. Elle n'avait pas l'air d'une battante. À moins que sa dernière bataille l'ait laissée sur le carreau ? Ruth eut brusquement pitié d'elle.

« Je suis contente que vous soyez venue, commença Sarah. Je vous en remercie.

— Je n'allais pas faire comme si je n'avais pas reçu votre message, n'est-ce pas ? rétorqua Ruth, à la fois tétanisée et tremblant comme une feuille.

— Désolée d'avoir dû en arriver là. J'espérais que Christian aurait le cran de vous parler mais je ne crois pas qu'il en soit capable. »

Je ne te permets pas de prononcer son prénom ! Comment Ruth pouvait-elle encore refuser de perdre son mari, après ce qu'il lui avait fait ?

« Je crains que vous ne deviez m'expliquer, articula-t-elle d'un ton haché, car je ne sais absolument pas de quoi vous parlez. »

Sarah s'accrochait à la table avec une telle force que les jointures de ses mains avaient blanchi.

« Je refuse d'attendre plus longtemps. Je le lui ai dit. Je l'ai même prévenu que j'allais vous parler mais ça n'a rien changé.

— Me parler de quoi ? Vous êtes à nouveau amants ? Vous êtes-vous jamais séparés, franchement ?

— Oui. Nous nous sommes séparés parce qu'il ne voulait pas vous quitter : vous alliez donner naissance à votre fils. Moi, je suis allée en Australie où ça n'a pas été facile. Ensuite, je suis rentrée en Angleterre et j'ai postulé pour un emploi à l'agence de Christian. Pure coïncidence car je ne savais pas qu'il y travaillait. Nous nous sommes revus et... »

Tant de questions se bousculaient dans l'esprit de Ruth qu'elle aurait été bien en peine de dire comment elle s'appelait si on le lui avait demandé. « Quand était-ce ?

— Il y a environ deux mois.

— Et vous vous êtes revus depuis ?

— Oui. Je suis désolée. Sincèrement. »

Vaguement consciente que Sarah se prenait à son propre rôle, Ruth ne se sentit soudain pas prête à se laisser marcher sur les pieds.

« Non, ne me présentez pas vos excuses ; je pourrais vous frapper si vous insistiez. Contentez-vous des faits, ensuite je vous laisserai la voie libre et Christian sera tout à vous. »

Quel âge cette jeune femme pouvait-elle bien avoir ? Vingt-trois ? Vingt-quatre ans ? Que lui trouvait-il ? C'était grotesque. Pensant à Betty et Hal, Ruth tenta d'imaginer sa nouvelle vie.

« Que vous a-t-il promis exactement, Sarah ?

— Il veut vous quitter mais ne s'en sent pas capable. Il dit qu'il aime les enfants, et qu'il vous aime, vous, mais plus comme avant. Il dit que vous vous disputez sans arrêt et que vous ne couchez plus ensemble.

— Tiens ! Nous avons justement fait l'amour ce week-end. » Qu'est-ce qui lui prenait de parler de sa vie intime à cette inconnue ? « En fait, on fait l'amour sans arrêt. Mais bon, c'est difficile de croire un menteur, comme vous le savez sans doute, Sarah. »

La jeune femme baissa les yeux. Elle faisait des efforts pour paraître gracieuse et aimable.

« Vous pouvez dire ce que vous voulez. Vous vous battrez forcément pour le garder. »

Ruth partit d'un grand éclat de rire.

« Vous plaisantez ? Vous pensez vraiment que je voudrais continuer à vivre avec lui après ce que vous venez de me raconter ? Je vous le laisse ! »

Sarah lui décocha un sourire enfantin, semblable à celui que Betty arborerait si on l'autorisait à déguster deux glaces à la suite.

« C'est vrai ? s'étonna-t-elle gaiement. Vous êtes sûre ? Ça ne vous dérange pas ? »

Betty ne rencontrerait jamais ce monstre fait femme. Hors de question. Ruth devait absolument s'exprimer mais une furieuse envie de protéger Christian la submergea.

« Nous ne parlons pas d'une robe, vous savez, mais d'un homme !

— Pardon », s'excusa Sarah en se penchant en avant. Pour lui prendre la main. « C'est juste que j'attends depuis si longtemps d'entendre ces mots que je n'en crois pas mes oreilles. Je n'en reviens pas que ce soit aussi simple et que vous vous montriez si raisonnable. J'aurais dû vous contacter beaucoup plus tôt ; tous nos ennuis seraient résolus et on pourrait réessayer.

— Quoi donc ?

— D'avoir un bébé. Vous savez qu'on a perdu le précédent ? »

L'estomac de Ruth se noua.

« Vous êtes sérieuse ?

— Bien sûr, répondit Sarah en croisant ses mains sur son ventre d'un geste protecteur.

— Vous êtes enceinte ?

— Pas encore. Bientôt, j'espère. »

Annoncer à Ruth qu'elle partageait la vie d'un assassin n'aurait pas été pire. Son mari allait abandonner sa famille pour en bâtir une autre. D'un claquement de doigts. Comme si, après avoir peint une pièce d'une couleur qui ne lui convenait pas, il s'était dit : *Zut, je vais acheter un autre pot de peinture pour passer une couche par-dessus.*

« Je dois y aller », annonça Ruth en se mettant debout.

Sarah leva vers elle des yeux qu'elle voulait de biche. Impossible que Christian se soit laissé séduire par ce regard.

« Je regrette d'avoir dû en passer par là, Ruth, mais vous connaissez Christian, il est tellement nul ! »

Ce fut la goutte d'eau qui fit déborder le vase. Ruth se pencha brusquement par-dessus la table et Sarah tressaillit.

« Pour être franche, non, je ne le connais pas. C'est terrifiant. Après dix ans de vie commune, je découvre que je n'ai pas la moindre idée de sa véritable identité. Je ne comprends pas que vous, ou qui que ce soit d'autre d'ailleurs, puissiez avoir envie de vivre avec quelqu'un d'aussi lâche. Quant à me montrer raisonnable, vous pouvez dire de ma part à Christian que je vais faire de sa vie un enfer. »

Sur ces mots, Ruth tourna les talons et quitta le pub. Dehors, le soleil était trop éblouissant et la foule trop nombreuse. Les badauds flânaient sans but ; la journée allait être de celles qui ne laissent derrière elles aucun souvenir net. Ruth se sentait humiliée ; le malaise pointait son nez mais elle refusait de s'évanouir en public. Elle héla donc un taxi et lui donna son adresse. Durant le trajet, elle eut la présence d'esprit d'appeler le magazine pour prévenir ses collègues qu'elle venait d'être frappée d'une terrible migraine. La voix calme et posée qu'elle utilisa au téléphone l'impressionna : on ne devinait nullement les déferlantes qui se fracassaient dans son esprit.

Elle prit sur elle pour ne pas pleurer dans le taxi, mais, lorsqu'elle fit tourner la clé dans la serrure, ses yeux lui piquaient à force de retenir ses larmes. À cette heure-ci, Betty était à l'école ;

pourvu que Hal ne la surprenne pas dans cet état. Des rires s'échappaient de la cuisine à demi fermée. Elle envisagea de monter directement à l'étage mais, pour éviter de déclencher les soupçons, elle préféra appeler Aggie. Les rires cessèrent immédiatement.

Le visage empourpré, la nounou passa la tête à la porte.

« Ruth ? Vous allez bien ?

— Non, j'ai un mal de tête atroce. Je voulais juste vous prévenir que j'étais rentrée ; je vais m'allonger. Vous voulez bien ne pas dire à Betty que je suis à l'étage et ne pas laisser monter Hal ? Il faut absolument que je me repose.

— Bien sûr, pas de problème. Je vous apporte quelque chose ?

— Non, merci, répondit Ruth, une main sur la rampe. J'ai ce qu'il faut en haut. Je vais me coucher. Si vous avez Christian au téléphone, dites-lui que je dors.

— D'accord. Appelez-moi si vous avez besoin de quoi que ce soit. »

Agatha referma la porte derrière elle.

Pourquoi n'était-elle pas sortie de la cuisine ? se demanda Ruth. Pourquoi n'avait-elle fait que passer la tête ? Pourquoi Hal n'était-il pas venu embrasser sa mère ?

Sa chambre lui semblait déjà différente. Non pas parce qu'elle était propre et rangée alors qu'elle l'avait laissée dans un désordre terrible le matin même ; ça, elle en avait l'habitude. Aggie lui avait demandé quelques semaines auparavant si elle verrait un inconvénient à ce qu'elle fasse leur lit et nettoie leur chambre.

« Pourquoi ça me poserait un problème ? s'était étonnée Ruth. Et surtout, pourquoi voulez-vous vous en charger ? »

Aggie avait ri.

« Je déteste savoir qu'il y a du désordre dans la maison. Je sais, c'est bizarre, mais j'ai toujours été comme ça. Quand j'étais petite, je passais derrière ma mère pour nettoyer. »

Ruth vivait donc désormais dans une propreté quasi absolue, en tout cas digne d'un hôtel de luxe, ce qui, évidemment, était génial tout en étant comment dire... étrange, déconcertant, malvenu. Elle se sentait redevable envers Aggie ; la jeune nounou en savait trop sur elle, elle avait pris trop de place chez eux.

Elle laissa tomber son sac à ses pieds, fit valser ses chaussures et se jeta sur son lit où elle fondit en sanglots et s'abandonna avec une intensité que Betty n'aurait pas reniée.

Il faut juste que ça sorte, se dit-elle, *ensuite, je pourrai réfléchir posément.* Hélas, ses larmes n'en finissaient plus, et s'apitoyer sur son sort semblait pour l'instant inévitable. Chaque pensée était une nouvelle souffrance qui lui tirait des flots salés. Les yeux bouffis, elle pestait contre Christian qui la méprisait assez pour avoir recommencé à voir Sarah en cachette. Elle détestait l'idée que ses enfants allaient grandir en ne voyant leur père qu'un week-end sur deux, qu'ils devraient supporter des demi-frères et des demi-sœurs dont ils ne seraient jamais proches et qui,

187

eux, vivraient avec leur père. Ils seraient toujours relégués en deuxième position, ce qui influerait forcément sur leurs relations futures. Ruth ne voulait surtout pas les partager, comme une boîte de chocolats, à Noël, aux anniversaires et aux vacances d'été. Elle refusait de les imaginer lui parlant des talents culinaires de Sarah, de la couleur de leur chambre chez leur père et sa nouvelle épouse. Elle pleurait son amour mort. Elle ne se voyait pas remonter ses manches et s'inscrire sur un site de rencontres en ligne. Elle préférait ne pas penser aux fortunes dépensées en épilations diverses et aux lumières tamisées dont elle aurait besoin pour se déshabiller devant un autre homme, pour apprendre à connaître un autre corps, à le faire sien, à le trouver chaud et bienveillant. Elle n'avait nulle envie de découvrir le passé d'un inconnu, ni de rencontrer sa famille et ses amis, ni de l'écouter se lamenter sur un métier qui ne le satisfaisait pas vraiment.

Dans son sac, son téléphone se mit à sonner. Elle se précipita pour décrocher. Le nom de Christian apparaissant sur l'écran, elle faillit céder à sa pulsion mais elle n'était pas encore prête. Si elle acceptait de lui parler maintenant, elle lui hurlerait des insanités alors que ce dont elle avait besoin, c'était de comprendre les motivations de son revirement. Elle n'aurait sans doute plus souvent l'occasion de parler posément à son mari et devait absolument apprendre le plus de détails possible au cours de ces rares conversations. Elle ne voulait pas que les questions qui la rongeaient et qui finiraient par lui causer un ulcère, voire pire, restent sans réponse. Une fois qu'il aurait déménagé, ce serait fini, ils se contenteraient d'échanger des civilités dans l'entrée lorsqu'il viendrait chercher les enfants. Elle ne verrait plus son corps qu'habillé et se souviendrait du passé. Elle composa le numéro de sa messagerie.

« Ruth ? Où es-tu ? Elle est folle, je te le jure. Je ne savais pas qu'elle allait te contacter. Elle t'a raconté n'importe quoi, je n'ai pas de liaison avec cette fille. Je t'aime, Ruth. Je n'ai pas du tout l'intention de te quitter. Je t'en supplie, rappelle-moi pour qu'on en discute. Il faut qu'on parle, toi et moi. »

Les paroles de Christian lui firent d'abord l'effet d'un baume apaisant et ses pleurs se calmèrent pour devenir des hoquets. Elle composa son numéro puis hésita. Il avait parlé à Sarah puisqu'il savait qu'elle était venue la voir. Ils étaient donc bel et bien de nouveau en contact, ce qu'il lui avait caché. Il l'avait trahie en échangeant ne serait-ce qu'un mot avec cette fille qui n'avait, de toute évidence, pas tout inventé. Certes, l'aspect physique des choses était important pour Christian mais pas autant pour Ruth. Ce qu'elle lui reprochait, c'était de l'avoir oubliée assez longtemps pour engager la conversation avec Sarah, pour sans doute aller boire un verre avec elle, pour mentir encore et encore. Elle l'entendit hurler sur sa messagerie et lui jurer pompeusement qu'il l'aimait, qu'il ne comptait pas la quitter, et elle n'eut qu'une envie : lui arracher les yeux. Ces mots ne suffisaient pas, ces déclarations non plus. Comme si elle n'avait pas voix au chapitre ! Comme si elle devait le remercier de ne pas avoir recommencé à coucher avec sa secrétaire ! Comme si elle devait tout accepter sans rien dire ! Comme si elle devait le laisser l'humilier une seconde fois !

Il décrocha à la première sonnerie.

« Ruth ! Où es-tu ? J'étais mort d'inquiétude.

— Je suis à la maison. N'exagère pas, tu m'as l'air bien vivant au contraire.

— Je reviens tout de suite.

— Non. Betty va rentrer d'une minute à l'autre. Je te retrouve quelque part. Que dirais-tu de Saint-James's Park ? C'est juste à côté de ton bureau.

— D'accord. Si ça ne te dérange pas de te déplacer.

— Je ne veux surtout pas qu'on discute près de chez nous. Je ne veux jamais avoir à me rappeler la conversation qui nous attend.

— Ruth, je te jure qu'il ne s'est rien passé. C'est une folle !

— Tais-toi, Christian. Tu n'as plus les cartes en main. Maintenant, c'est moi qui décide. J'arrive dès que possible. »

Aggie avait été stupéfaite d'entendre la voix de Ruth dans l'entrée. Sa réaction avait été physique. Une vague de panique s'était emparée d'elle. Elle n'avait rien ressenti de tel depuis bien longtemps et ce n'était guère agréable. Hal venait de commencer son déjeuner : des beignets de poisson avec des carottes du jardin et une cuillerée de petits pois, un nouveau goût qu'elle testait pour la première fois. Ils plaisantaient ensemble du fait que lui aussi était un petit poids ! Même s'il n'était ni rond ni vert ! C'est à ce moment-là que Ruth était rentrée. Par réflexe, Aggie aurait volontiers rangé l'assiette de Hal dans un placard, mais la confusion aurait eu un effet néfaste sur les progrès alimentaires de l'enfant. Aurait-elle dû aller dans l'entrée et fermer la porte de la cuisine derrière elle ? Ruth aurait-elle eu des soupçons ? Hal se serait-il mis à pleurer ? Finalement, elle avait fait un signe au petit garçon afin qu'il reste tranquille et passé la tête à la porte, comme si on la dérangeait au beau milieu d'une activité très importante. Cela dit, en voyant Ruth, elle avait instantanément compris qu'il n'y avait pas lieu de s'inquiéter : la pauvre femme était visiblement malade : blanche comme un linge, les yeux rougis, les épaules voûtées, en proie à une souffrance insupportable.

Agatha avait refermé la porte de la cuisine et pris l'enfant sur ses genoux en l'aidant à manger.

« Maman », articula-t-il en levant les yeux vers elle.

Elle l'embrassa sur le crâne.

« Oui, mon cœur, c'était maman. Elle va s'allonger un peu parce qu'elle ne se sent pas très bien.

— Maman », répéta l'enfant en enfonçant son visage dans le cou de la nounou.

On oublie souvent que les cœurs brisés existent ailleurs que dans les chansons mais les enfants vous le rappellent. Des souvenirs se bousculèrent dans la mémoire de la nounou : allongée dans son lit, les épais rideaux tirés pour empêcher la lumière du jour d'entrer, sa mère lui demandait de ne pas faire de bruit car elle avait mal à la tête. « Mais je veux te montrer les beaux dessins que j'ai faits à l'école ! »

Hal ne devrait jamais vivre ça. Rien que d'y penser, Agatha en avait l'estomac noué. Il était trop gentil, trop confiant, trop doux ; il ne réussirait jamais à survivre aux déceptions et au rejet.

« Et si tu m'appelais maman, Hal ? Pour rigoler, juste quand on est tous les deux. On pourrait faire semblant que je suis ta maman comme ça elle ne te manquera plus jamais.

— Maman », articula de nouveau l'enfant en lui souriant. C'était exactement ce qu'il essayait de lui dire depuis le début. Elle lui avait souri à son tour. Ils se comprenaient si bien. Mieux que n'importe qui.

« Il vous ressemble », lui avait dit une mère au square la semaine précédente. Agatha avait souri et s'était contentée de pousser Hal un peu plus fort sur la balançoire. C'est facile quand on reste calme et polie, quand on ne ment pas effrontément ou quand on n'engage pas la conversation avec quelqu'un qui va vous embrouiller. Il faudrait que Hal et elle restent seuls ; il n'y aurait de place pour personne d'autre, car on pourrait découvrir la vérité et réprouver son projet. Pas grave. Agatha avait tellement l'habitude de la solitude que ce serait un délice de partager sa vie avec quelqu'un. Or avec qui prenait-elle plaisir à passer son temps ? Hal.

Sarah avait appelé Christian à onze heures et demie, alors qu'il partait assister à une réunion dont l'ordre du jour était simple : fallait-il ou non renvoyer le présentateur qui bafouillait sans cesse ? Il n'avait donc pas décroché et n'avait songé à écouter ses messages qu'à l'heure du déjeuner.

« Je l'ai fait, Christian. Ruth est d'accord. Dans un premier temps, elle m'a paru choquée et m'a prévenue qu'elle allait faire de ta vie un enfer mais, franchement, on pouvait s'y attendre, non ? Bref, ça n'a aucune importance parce qu'elle m'a dit qu'elle ne nous mettra pas de bâtons dans les roues. C'est génial, non ? Appelle-moi dès que tu as ce message. »

Ruth s'exprimait souvent de façon cryptique, avec des expressions étranges telles que « J'ai la tête qui tourne » ou « J'ai des vertiges ». Cependant, à cet instant, non seulement Christian avait parfaitement compris ce qu'elle avait voulu dire, mais il sentit également le sol se dérober sous les pieds et comprit que sa vie allait changer à jamais. Il avait immédiatement contacté Ruth au magazine mais elle était rentrée plus tôt à la maison, ne se sentant pas bien. Il allait téléphoner chez lui quand il s'était brusquement rendu compte qu'il ferait sans doute mieux de se renseigner pour savoir dans quel guêpier il s'était fourré.

Il avait donc quitté son agence pour appeler Sarah.

« Christian, tu as reçu mon message ?

— Oui. Qu'est-ce que tu es allée raconter à ma femme ? »

Il l'aurait volontiers giflée.

« Pourquoi es-tu en colère ?

— Réponds-moi, qu'est-ce que tu lui as raconté ?

— Je lui ai dit ce qu'on était convenus de lui dire : que ce n'était plus possible, que tu te sentais trop coupable pour la quitter mais que, maintenant, c'était mon tour. »

Christian n'avait pu s'empêcher de crier : « Ce qu'on était convenus de dire ? On n'était convenus de rien !

— Si, la dernière fois que nous nous sommes vus, avait-elle pleurniché, ce qui avait mis Christian hors de lui. Je t'ai dit que je ne pouvais plus attendre et que j'allais prévenir Ruth, et toi, tu m'as promis de m'appeler le lendemain mais tu ne l'as pas fait. Alors j'ai pris rendez-vous avec ta femme. »

Christian se serait volontiers arraché les cheveux. C'était de la folie pure ! On nageait en plein délire !

« Comment oses-tu débarquer dans ma vie et tout fiche en l'air ? On n'a rien à faire ensemble ! C'est n'importe quoi !

— Tu m'avais promis, gémit-elle. Tu m'avais juré.

— Je ne t'ai rien promis du tout. Tu as tout détruit !

— Elle va te quitter ; qu'est-ce que tu feras, après ? »

Là, Christian avait perdu les pédales.

« Je ne vais certainement pas la laisser partir, et si elle s'en va, tu ne risques pas de la remplacer. » Et il avait raccroché.

Il avait tout raté. Certaines des choses qu'il avait dites à Sarah lui résonnaient aux oreilles et refusaient de quitter son esprit pour lui revenir en écho. Ça sonnait faux. Son indignation outrée, par exemple, semblait particulièrement artificielle.

Il avait laissé un message à Ruth qui l'avait rappelé. Au ton de sa voix, il avait compris qu'il fallait s'attendre à une bataille acharnée. Il commençait à croire qu'il avait tout fait de travers et que sa vie allait lui filer entre les doigts. Il s'était fait piéger, une force maléfique lui avait fait croire qu'il recherchait des plaisirs aussi fugaces que des feux de Bengale. Il s'était laissé aveugler par des lumières éclatantes et désarçonner par des malentendus.

Assis sur un banc en attendant son épouse, il se rappela que, adolescent, il était tombé par erreur au beau milieu d'une conversation téléphonique qui ne le concernait pas. Deux femmes parlaient. Leur dialogue l'avait fasciné. Il s'était assis pour les écouter à son aise tandis qu'elles enchaînaient des sujets si différents les uns des autres qu'il s'était demandé comment elles pouvaient en maîtriser autant : une recette de gâteau d'anniversaire pour la fille de l'une, des nouvelles des hémorroïdes de l'autre ou de la crise cardiaque d'un frère, les soucis causés par un mari qui avait de plus en plus de mal à se lever le matin...

Christian s'était immiscé dans leur intimité. Pendant quelques instants, il avait pu partager leurs secrets et devenir quelqu'un d'autre. Mais soudain, l'une d'elles s'était étonnée.

« Tu entends ?

— Oui, on dirait une respiration. »

Pris de panique, il avait immédiatement raccroché. Il ne leur avait rien demandé, elles ne connaîtraient jamais son existence. Ces femmes l'accompagnaient depuis toutes ces années et ce ne fut qu'en contemplant sa vie aspirée dans un trou noir qu'il comprit qu'il ne les avait pas oubliées. Si seulement il avait été assez malin pour apprendre la leçon plus tôt ! Si seulement il avait saisi le message qu'elles lui avaient transmis, à savoir que l'essence de la vie réside dans les détails les plus insignifiants. Que toute émotion est à portée de main, qu'elle se cache dans le jardin ou au coin de la rue. Il avait passé toutes ces années à interroger l'horizon tout en laissant le bonheur lui échapper.

Sarah n'arrêtait pas de l'appeler mais il ne pouvait pas éteindre son téléphone, au cas où Ruth tenterait de le contacter. Il répondrait plus tard à Sarah et s'excuserait de la façon dont il lui avait parlé. Il expliquerait qu'il aimait Ruth et comptait lui rester fidèle mais il reconnaîtrait aussi qu'il n'avait pas été correct avec elle, qu'il s'était montré lâche et qu'il lui souhaitait d'être heureuse. Il regrettait de s'être énervé et de lui avoir dit qu'elle était folle.

Ruth surgit de nulle part. Il fouillait le parc du regard depuis un certain temps mais ne l'avait pas vue arriver. Assise sur le banc à côté de Christian, elle avait l'air abattue. Ils gardèrent le silence un bon moment, ni l'un ni l'autre ne souhaitant affronter l'amoncellement de leurs problèmes.

« Je suis désolé, finit par murmurer Christian.

— De quoi ? De ce que tu as fait ou de t'être fait prendre ? rétorqua-t-elle sèchement.

— De ce que j'ai fait. Même si cette fois je n'ai rien fait. »

Ruth éclata d'un rire mauvais.

« Tu sais, il fut un temps où je t'aurais sans doute cru. Mais cette époque est révolue depuis que ta maîtresse m'a expliqué que vous alliez essayer d'avoir un bébé.

— Ce n'est pas ma maîtresse.

— Ça ne t'a pas empêché de la voir régulièrement.

— C'est vrai, mais pas comme tu le sous-entends. »

Elle lui décocha un regard noir.

« On s'en fiche, Christian. Tu n'avais pas à la voir, point final. Tu comprends ?

— Bien sûr que je comprends, répondit-il. C'est d'ailleurs pour ça que je ne t'en ai pas parlé.

— Quoi ? Mais ne pas m'en parler, c'était encore pire ! Tu es bête ou quoi ?

— J'ai cru pouvoir m'en sortir tout seul.

— C'est faux ! Tu as cru pouvoir agir en toute impunité. »

Ruth avait sans doute raison, et Christian se sentait penaud.

« Il ne s'est rien passé, Ruth. Je t'aime.

— Peu importe ce qui s'est passé ou pas : tu ne m'aimes plus. Quand on aime sa femme, on la respecte. »

Elle avait réponse à tout. Christian se sentait vaincu. Il ne gagnerait jamais. Qu'y avait-il à gagner, d'ailleurs ?

« Elle est venue passer un entretien pour un poste d'assistante administrative à l'agence. C'est Carol qui s'est occupée du recrutement et je ne savais pas qu'elle avait postulé à cet emploi avant qu'elle franchisse la porte. Elle m'a téléphoné la semaine suivante et a demandé à me voir.

— Et toi, tu ne t'es pas dit qu'il valait mieux éviter ce genre de rendez-vous ? » demanda-t-elle d'une voix hésitante.

Christian reprit espoir ; Ruth tenait encore un peu à lui.

« Excuse-moi, Ruth. J'ai accepté cette rencontre sans la moindre arrière-pensée parce que la revoir m'avait déstabilisé... Je sais que je n'aurais pas dû, mais je me disais que ce ne serait qu'un dernier verre.

— En souvenir du bon vieux temps ?

— Je sais, ce n'était pas malin de ma part.

— Et que s'est-il passé ? Vos retrouvailles ont été si grandioses que vous avez décidé de vous revoir ?

— Non, ça s'est passé d'une façon assez compliquée. Elle m'a annoncé qu'elle n'avait pas perdu le bébé comme elle l'avait prétendu. En fait, elle a avorté et fait une dépression avant de partir pour l'Australie. Je sais, ça va te paraître débile mais j'ai eu pitié d'elle. Je me sentais responsable.

— Pour la première fois de ta vie.

— Quoi ? » Christian se tourna vers sa femme, dont le visage fermé lui fit peur.

« La responsabilité, ce n'est pas tellement ton truc d'habitude. Certes, tu as un bon travail et tu es un bon père mais, il ne faut pas se le cacher, tu ne sais rien des enfants. Tu ne t'inquiètes pas de la logistique comme je le fais. Tu avances dans la vie en te préoccupant essentiellement de toi-même. Je ne te dis pas que tu nous laisserais mourir de faim ou que, en cas de malheur, tu ne t'inquiéterais pas, mais tu n'anticipes rien. Tu restes à la surface des choses car, au fond, tu as toujours dix-huit ans. C'est comme si tu nous en voulais.

— Non… Ce n'est pas… »

Les paroles de Ruth l'avaient piqué au vif.

« J'ai été stupide d'accepter que tu reviennes, la dernière fois. Tu n'as pas changé, pas vraiment, et ce genre de situation se reproduira forcément.

— Je te jure qu'il ne s'est rien passé.

— Arrête ! Tu rabâches. Tu l'as revue, tu t'es sans nul doute montré charmant avec elle, suffisamment pour lui laisser croire que tu allais me quitter…

— Elle est complètement folle !

— Tu te répètes. Assume tes responsabilités. »

Christian s'appuya contre le dossier du banc.

« Je ferais n'importe quoi, Ruth. Je t'en supplie, accorde-moi une seconde chance. »

Elle éclata à nouveau d'un rire mauvais.

« On croirait entendre Betty. Et ma réponse est non. Certainement pas.

— Je sais, je me suis trompé.

— Tu veux une médaille pour tant de discernement ?

— Non. Je ne parle pas que de Sarah. »

Ruth leva la main devant elle.

« Je t'en prie, tais-toi. J'en ai assez entendu pour aujourd'hui. »

Christian se prit la tête à deux mains dans un geste théâtral. Il cherchait une solution. Il accepterait toutes les conditions que Ruth lui imposerait pour rester avec elle ! Même si elle ne l'aimait plus.

« Et les enfants ? Tu y as songé ?

— Tu ne peux pas à la fois penser à eux et retrouver Sarah en cachette !

— Je vais changer, Ruth. Je te le jure. Je ne te rendrai plus jamais malheureuse. »

Elle lui décocha le regard qu'elle réservait d'ordinaire aux extravagances de Betty.

« Sois réaliste, au moins. Nous sommes mariés, il est de notre devoir de nous rendre mutuellement malheureux. »

Il eut envie de la prendre dans ses bras, de la secouer et de la regarder au fond des yeux pour qu'elle voie à quel point il était sérieux. Dans les films, ça marche, pourquoi pas dans la vraie vie ? *Parce que c'est comme ça*, comprit-il dix ans trop tard. C'était comme la naissance d'un enfant, un accident de voiture ou le décès d'un ami : un moment qui vous engloutit si profondément dans l'ici et maintenant que vous n'êtes alors plus que certitudes.

« Mais non, tu sais ce que je veux dire, Ruth, je t'en prie, ne fais pas ça.

— Je ne fais rien du tout. Je rebondis. Je veux que tu t'en ailles le plus vite possible.

— Non ! S'il te plaît…

— Mon Dieu, ce que tu peux être pénible ! » Ruth devenait rouge de colère et sa voix partait dans les aigus. « Tu croyais vraiment t'en tirer sans une égratignure ?

— Je n'y ai pas réfléchi. »

Ruth se leva.

« Bon, maintenant, ça suffit. Tu m'as assez pourri la vie pour aujourd'hui. Je retourne auprès des enfants. »

Christian se leva également pour prendre sa femme par les épaules. Pendant un très court moment, ils échangèrent un regard, rêvant l'un et l'autre de cette vie qui leur échappait.

« C'est l'anniversaire de Hal samedi, Ruth. Je t'en prie, laisse-moi rester à la maison jusqu'à la fin de la semaine. Il n'a pas à pâtir de nos erreurs. »

Et voilà, il cherchait à l'amadouer, mais il était sincère et prêt à tout pour parvenir à ses fins.

Ruth sentit le piège se refermer sur elle.

« D'accord, jusqu'à la fin de la semaine, et uniquement à cause de Hal. » Elle se dégagea de son étreinte. « Je vais rentrer en taxi. Je n'ai pas du tout envie de faire le trajet avec toi. »

Christian regarda sa femme s'éloigner. Son fils venait de le sauver pour la seconde fois de sa courte existence. Il se sentait minable, honteux et coupable. Il ne méritait pas la famille qui, à peine quelques jours plus tôt, lui semblait un fardeau. Pouvait-il l'admettre ? A-t-on le droit de penser de telles horreurs ?

Christian fit un rapide bilan de sa vie. Il n'apportait guère de joie à qui que ce soit. Il n'avait même pas de relations dignes de ce nom. Certes, il y avait Ruth et les enfants, mais sa femme avait raison, il regardait tout ça de loin, il ne leur apportait rien. Et il y avait Toby ; bien sûr, Toby. Leur passé commun n'était-il pas un ciment plus efficace que ce qu'il apportait réellement à son ami ? Il n'échangeait que des banalités avec son père et n'avait pas la moindre idée de l'endroit où habitait son frère. À l'agence, il côtoyait un tas de gens avec qui il allait parfois boire un coup au pub, ce qui agaçait prodigieusement Ruth car il n'était jamais rentré pour coucher ses enfants. En y regardant de plus près, ils avaient tous dix ans de moins que lui, leur supérieur, et ils ne se détendaient certainement qu'après son départ. Le ventre noué, Christian se sentit soudain très mal.

Ruth parvint à grand-peine à monter dans un taxi. Une immense fatigue s'était abattue sur elle si brusquement qu'elle se demanda distraitement si elle n'était pas en train de tomber malade, plutôt que d'être tout simplement assommée par ce qui lui arrivait. Le bref sursis dont elle profitait depuis que Betty faisait ses nuits s'était dissipé aussi vite que la vapeur d'une bouilloire. La véritable cause de son épuisement n'était-elle pas, depuis le début, ce sentiment de désespoir qui enveloppait son existence de façon profondément irrationnelle ?

Son corps était tendu à l'extrême. Elle se sentait devenir immatérielle. Les jours suivants s'étirèrent en longueur comme ces routes américaines qui s'étendent à l'infini. S'en sortirait-elle ? Réussirait-elle à faire bonne figure, ce qui se révélait plus nécessaire que jamais, maintenant qu'elle devait se protéger de Christian ? Un moment de faiblesse, une nuit sans sommeil, un verre de vin de trop et elle se retrouverait en larmes, à rêver qu'il la prenne dans ses bras.

Un jour, elle s'autoriserait à pleurer sa vie perdue et un futur qu'elle avait bêtement cru lui appartenir. Elle imaginait les interminables week-ends à venir et se voyait en femme aux traits tirés, une parmi tant d'autres, dont les enfants se battaient au square tandis qu'un pique-nique préparé à la va-vite attendait à ses pieds. Attendait quoi ? Que le temps passe, que les enfants grandissent, que…

Puis la solitude d'un dîner en tête-à-tête avec soi-même, la difficulté à se réinventer, à se découvrir de nouveaux loisirs qui ne seraient en fait que de nouvelles obligations, d'accepter d'amis bien intentionnés des invitations à partager des vacances au cours desquelles on se sent immanquablement de trop.

Ruth se rappelait nettement la première fois que Christian avait fait voler sa vie en éclats. Son congé maternité avait démarré la veille et elle avait passé la journée en compagnie de Betty dans un état de béatitude. Elle venait de la coucher, la maison était relativement rangée, elle préparait une salade et se sentait étrangement fière. Le monde avait un sens et elle y avait sa place. Puis Christian était rentré.

Ruth avait deviné qu'il avait bu à la façon dont il avait claqué la porte. Elle le devinait également à ses sms. Il lui arrivait de s'en fiche ou de considérer cet excès de boisson comme un crime contre l'humanité. Ce soir-là, c'était la seconde solution. Elle était sidérée. Il ne comprenait donc pas qu'il s'agissait d'une soirée spéciale ? Et si le travail commençait et qu'il était trop ivre pour la conduire à la maternité ? Tous ces arguments se bousculaient sur le bout de sa langue, prêts à claquer, lorsqu'il avait titubé dans la cuisine. Au premier regard, elle avait compris qu'il y avait un problème.

« Qu'est-ce qui ne va pas ? » lui avait-elle demandé sans envisager pire qu'un licenciement ou un accident de voiture, ce qui lui avait paru dramatique jusqu'à ce qu'il prenne la parole.

« Je m'en vais.

— Tu pars ? Où ça ? » Le bébé logé sous ses côtes rendait difficile toute réflexion un peu suivie.

Évitant son regard, Christian se dandinait à la façon d'un enfant.

« Je te quitte. Je quitte la maison.

204

— Quoi ? »

Elle avait dû s'asseoir car le sol s'était dérobé sous ses pieds, comme dans les films.

« Excuse-moi, Ruth, je ne peux pas continuer comme ça. On se ment, on ne s'aime plus. On n'a pas les mêmes goûts ; on ne fait jamais rien ensemble ; tu es toujours fatiguée ; on ne fait plus jamais l'amour.

— Je suis enceinte de huit mois ! s'était-elle écriée, aussi impuissante que l'enfant à naître.

— Je sais, mais ce n'est pas nouveau. Ça dure depuis des années.

— Des années ? Pourquoi n'y as-tu pas pensé avant, dans ce cas ? Pourquoi attendre que je sois enceinte, bon sang ? »

La colère l'emportait mais elle se sentait malgré tout sombrer, inexorablement.

« Je ne sais pas. Je ne suis pas en train de te dire que je ne t'aime pas ou que rien ne va entre nous, mais tu ne me feras pas croire que tu es véritablement heureuse. »

Il s'était alors jeté sur la chaise qui lui faisait face.

« Qu'est-ce qui te prend, Christian ? J'accouche dans trois semaines. Tu penses sincèrement que c'est le moment d'avoir cette conversation ? » Soudain, elle avait compris le fond du problème. « Ah ! Je vois ! Il y a une autre femme, c'est ça ? »

Son mari avait fondu en larmes. Il s'était laissé aller à ses sanglots comme il ne l'avait sans doute pas fait depuis l'enfance. Elle en avait éprouvé un profond mépris.

« Elle s'appelle Sarah, avait-il hoqueté. Elle aussi, elle est enceinte. »

La pièce s'était mise à danser autour de Ruth.

« Tu plaisantes ?

— Non. Ce n'était pas prévu. Elle vient de me l'annoncer.

— Salaud. »

Réaction bien insuffisante, mais sur le coup elle n'avait pas trouvé mieux.

« Je sais », avait-il murmuré.

C'était le pire : il s'en rendait compte.

Ils étaient restés longtemps assis en silence dans la cuisine, cherchant à prendre la mesure de ce qui leur arrivait. Ruth n'était pas sûre de pouvoir s'occuper du bébé toute seule. Bien des femmes se débrouillent mais elle ne s'en sentait pas la force. Soudain, Christian s'était agenouillé devant elle pour passer les bras autour de son ventre arrondi.

« Excuse-moi, Ruth. Je n'ai pas vraiment envie de partir. Il faut que tu m'aides, je ne sais pas ce qui se passe. Comment en sommes-nous arrivés là ? »

Elle lui avait griffé le visage en espérant que la chair qu'elle garderait sous les ongles suffirait à apaiser sa peine, et elle avait fléchi. Elle allait lui pardonner, elle l'avait su dès cet instant. Même s'il ne l'avait pas suppliée, elle l'aurait fait. Dans le taxi qui la ramenait chez elle, elle l'admit pour la première fois et ce souvenir lui tira plus de larmes encore. Elle était faible, misérable, et elle était sans doute la seule responsable de leur drame.

Il se passait quelque chose, Agatha le devinait. D'abord, Ruth était allée se coucher, trop malade pour s'occuper des enfants et, juste après, elle était repartie précipitamment retrouver son mari. Déstabilisés, les enfants n'y comprenaient rien, d'autant que Betty n'avait même pas su que sa mère était à l'étage. Tout ça agaçait prodigieusement la nounou, qui espérait que Ruth ne prendrait pas de journée de congé le lendemain car elle avait un emploi du temps très précis pour préparer le goûter d'anniversaire de Hal. Ruth ne ferait que la gêner.

La lèvre inférieure de Betty s'était mise à trembler lorsque la fillette avait vu sa mère s'enfuir ; Agatha l'avait immédiatement attirée sur ses genoux, la tête remplie de souvenirs comparables. Si seulement elle avait pu emmener la petite ! Hélas, c'était trop tard pour elle. Sa mère lui manquerait trop et elle poserait trop de questions. De plus, Agatha reconnaissait déjà beaucoup Ruth dans sa fille, tant sur le plan physique que par le caractère. Elle refusait de coiffer ses poupées et adorait les jeter dans leur coffre après avoir joué avec, sans se soucier de leur confort. Le matin, elle essayait trois tenues différentes ; elle tirait les vêtements des tiroirs et les rangeait à la va-vite sans se préoccuper de les plier comme Agatha l'aurait fait. Un jour, la nounou avait jeté un œil dans les armoires de Ruth, et cela n'avait fait que confirmer ses soupçons. Rien n'était plié correctement, rien n'était trié par couleur. Apparemment, elle n'avait aucun système de rangement et son tiroir à sous-vêtements débordait de bijoux cassés et de stylos en panne.

En grandissant, Hal ressemblerait de plus en plus à Agatha, celle-ci le savait. *La génétique ne sert à rien*, avait-elle conclu. *La vie, ce sont ceux qui vous aiment qui vous la donnent, pas ceux qui vous conçoivent*. Forcément. La jeune femme imagina le jour où Hal et elle se ressembleraient comme deux gouttes d'eau, identiques en pensées et en apparence.

Elle détenait déjà le passeport du petit, qui n'avait guère été difficile à trouver. Les Donaldson avaient une pièce qu'ils appelaient leur bureau mais qui n'était en fait qu'un vaste placard coincé sous l'escalier. Ils y avaient installé un classeur mal organisé dans lequel ils rangeaient tous les passeports de la famille dans un seul et même tiroir. Agatha ne craignait pas qu'ils s'aperçoivent de la disparition de celui-ci et, de toute façon, si c'était le cas, ils se le reprocheraient mutuellement. Les vêtements de Hal étaient presque tous lavés, impeccablement pliés et rangés.

Ce qu'ils feraient une fois partis restait plus problématique, il fallait le reconnaître. Dans un an ou deux, ce serait facile car Agatha pourrait le scolariser et travailler pendant qu'il serait à l'école, mais, au début, la vie serait compliquée. Elle ne pourrait pas demander d'aides car la disparition de Hal ferait sans doute la une des journaux. Elle ne pourrait pas trouver d'emploi et devrait déguiser l'enfant. Elle avait acheté une boîte de teinture brune et prévoyait de colorer ses cheveux et ceux du petit garçon avant même de prendre le train. Serait-ce suffisant ?

Ruth fut surprise de se réveiller le lendemain à cinq heures du matin parce qu'elle n'avait pas l'impression d'avoir fermé l'œil. Son corps était courbatu, ses yeux lui piquaient, sa tête tournait. C'était comme si elle avait la gueule de bois alors qu'elle n'avait rien bu la veille. Elle s'était contentée de rentrer et de monter s'enfermer dans sa chambre. Revenu une heure plus tard, Christian avait eu l'intelligence de ne pas la rejoindre. Où avait-il dormi ? Peu importait.

La nuit avait été pénible. Quand vous avez des ennuis, ils se multiplient comme des bactéries dans l'obscurité, et rôdent autour de vous comme des monstres de dessins animés. En pensée, Ruth avait déjà réconforté une Betty en larmes face au départ de son père ; elle avait également assisté au mariage de Sarah et de Christian pour éviter de perturber les enfants ; ils avaient bataillé sur des questions financières et elle l'avait frappé au visage. C'était trop cruel de se dire que si tous ces fantasmes malveillants n'avaient encore aucune réalité, ils seraient bientôt vivants. Allongée dans son lit, tandis que le jour pointait derrière les rideaux, elle se sentait impuissante et n'avait qu'une envie : tirer les couvertures par-dessus sa tête et admettre sa défaite. Donner les enfants à Aggie, démissionner du magazine, ne plus jamais adresser la parole à Christian. Se lever et tenir bon était une autre option, mais était-ce plus judicieux ?

Certes, l'anniversaire de Hal avait lieu le lende-main. Il y avait toujours une bonne raison de se lever, et cela l'épuisait d'avance.

« Ne laissez pas votre vie défiler sous vos yeux, mademoiselle », lui avait recommandé un profes-seur qui l'avait surprise à regarder sa montre. Elle n'avait pas compris ce qu'il avait voulu dire. Il était mort brusquement l'année suivante, alors qu'elle entrait en terminale.

Christian lui avait brisé le cœur. Il aurait tout aussi bien pu le lui arracher à mains nues avant de sauter dessus à pieds joints. Une telle pensée lui paraissait si puérile ! Si romantique ! C'était pourtant bel et bien ce qu'elle éprouvait.

Hélas, la vérité allait plus loin. Plus loin que ses pensées de la veille dans le taxi, plus loin que ses fantasmes, plus loin que sa colère. Dans la lumière blême du petit jour, Ruth savait qu'elle avait joué un rôle non négligeable dans cette affaire. Elle s'était toujours posée en victime mais la vie est rarement aussi simple. Cela n'excusait en rien le comportement de Christian, et elle n'en serait peut-être jamais capable, mais il était temps qu'elle reconnaisse sa part de responsabi-lité. La vie lui paraissait parfois trop difficile et, à d'autres moments, elle réussissait à envisager l'avenir. Depuis la naissance des enfants, elle avait muré ses sentiments. Elle aimait ses petits avec une telle force que personne ne pouvait s'interposer entre eux ; elle s'inquiétait constam-ment d'avoir fait les bons choix et se sentait en permanence coupable et distraite. L'année qui avait suivi la naissance de Betty l'avait convaincue de la fragilité des âmes. Dès lors, il lui avait paru essentiel de garder le contrôle. Impossible de se laisser aller parce qu'elle savait jusqu'où ça pouvait la mener. Elle avait donc perdu sa légèreté. L'angoisse s'était sournoisement insinuée dans leurs vies et son esprit ressemblait désormais à un mixeur qui mélangeait toutes les informations avec la même intensité meurtrière.

La vie la grignotait comme une chenille sa feuille. Elle leva le bras et la lumière qui filtrait par la fenêtre lui montra qu'elle devenait transparente ; elle disparaissait progressivement. *Pas facile d'aimer quelqu'un d'aussi inintéressant que moi*, songea-t-elle. Son mariage pouvait sans doute encore être sauvé mais Ruth hésitait. Était-ce trop tard ? Serait-elle capable de mettre en mots toutes ses pensées ? Christian les comprendrait-il ? En tirerait-il les conséquences ? Leur amour leur suffirait-il, finalement ?

Comme elle pleurait à nouveau à chaudes larmes, elle décida d'aller se doucher pour se revigorer. Le contact de l'eau tiède et apaisante sur sa peau lui fit le plus grand bien jusqu'à ce qu'elle se souvienne que ses parents arrivaient deux heures plus tard. Elle ne se sentait pas capable d'affronter la journée qui s'annonçait.

Lorsque Christian entendit Ruth marcher à l'étage, il se leva. Afin qu'Aggie et les enfants ne le trouvent pas sur le canapé, il monta dans leur chambre pour, au moins, se déshabiller. Le lit était à peine défait ; seul se devinait le creux là où

Ruth s'était allongée. Que les draps ne soient pas chiffonnés sidéra Christian. Et si sa femme avait déjà fait son deuil de leur couple ? Certes, il pouvait s'attendre à une telle sanction, mais ce serait quand même injuste.

Quant à lui, il n'avait pas fermé l'œil de la nuit, cherchant vainement comment persuader Ruth de l'autoriser à rester. Il était en général beau parleur et parvenait le plus souvent à ses fins mais, dans cette situation particulière, il restait à court d'idées. Il avait un jour entendu vanter son sacré caractère, une expression qui lui avait paru digne d'une émission de téléréalité. Après tout, sans caractère, nous ne sommes que des coquilles vides. En y réfléchissant, c'était pourtant probablement ce qu'il était : un sacré caractère, un personnage. Une façade derrière laquelle il n'y avait qu'un grand vide.

Lors de leur rencontre, il avait été impressionné par le sérieux de Ruth. En fait, il avait été attiré par une qualité qu'il espérait voir disparaître lorsqu'ils uniraient leurs vies. Après tout, était-ce si étonnant que, pour une femme qui réfléchissait autant, la maternité se soit révélée si écrasante ? Il fallait le reconnaître, il n'était pas parvenu à la comprendre ou à l'aimer comme elle le méritait. Elle avait besoin d'être rassurée, et lui n'avait réussi qu'à lui causer des soucis.

« À quelle heure sors-tu de l'agence ? » lui demandait-elle presque tous les jours à quinze heures. Il arrivait à Christian de mentir à dessein, juste pour lui donner une bonne leçon.

« Qui est-ce ? » l'interrogeait-elle lorsque son BlackBerry sonnait le week-end. Il haussait les épaules d'un air énigmatique. « Personne », répondait-il, sachant pertinemment que ça la rendrait paranoïaque. Il n'agissait pas méchamment, mais il avait parfois l'impression de n'être pour elle qu'un enfant capricieux de plus.

Fiche-moi la paix ! avait-il souvent eu envie de hurler. *Occupe-toi de ce qui te regarde !*

Il aurait eu tort. Il le comprenait maintenant, assis au bord du lit qui ne serait peut-être bientôt plus le sien. S'il était rentré à l'heure prévue, s'il avait refusé le deuxième verre, s'il lui avait dit qu'il s'agissait d'un spam, elle se serait détendue et ne lui aurait probablement jamais reposé la question.

Lorsqu'elle l'aperçut, Ruth sursauta. Il se sentit immédiatement responsable de sa mauvaise mine.

« Désolé. Je ne voulais pas qu'Aggie et les enfants me trouvent sur le canapé. »

Elle haussa les épaules en évitant soigneusement son regard.

« Tu vas travailler aujourd'hui ? insista-t-il.

— Non. J'ai prévenu que j'étais malade.

— C'est ce que je vais faire, moi aussi.

— Non. Mes parents arrivent dans quelques heures et je ne me sens pas capable de jouer avec toi à la famille idéale. »

Ce que Christian aurait aimé faire, c'est attirer Ruth contre lui, pendant qu'elle était encore humide de sa douche. Ils se seraient laissés tomber sur le lit et auraient fait l'amour voluptueusement, ce qu'ils n'avaient plus le temps de faire. Les mots ne suffiraient jamais à justifier ses actes mais il voulait lui prouver sa sincérité. Hélas, une sorte de champ magnétique l'empêchait d'approcher Ruth et il craignait de recevoir une décharge électrique s'il tentait de la toucher.

« On pourra parler, tu crois, ce week-end ? risqua-t-il.

— Ça m'étonnerait car je n'ai rien à ajouter.

— Je t'en prie, Ruth. Quelle que soit la décision qu'on prendra, il faut d'abord qu'on discute. »

Elle fit volte-face, brandissant sa brosse à cheveux telle une arme.

« Franchement, pourquoi ne m'as-tu pas dit que tu la revoyais ?

— Je ne sais pas. J'aimerais pouvoir te répondre mais j'en suis incapable. En la revoyant, j'ai été déstabilisé et quand elle m'a parlé de l'avortement, j'ai perdu pied. Je te jure qu'il ne s'est rien passé entre nous. Il ne se serait rien passé. »

Betty fit alors son apparition dans l'encadrement de la porte, échevelée par sa nuit de sommeil.

« Coucou, ma princesse, la salua Christian en la prenant dans ses bras. Tu te lèves tôt, dis-moi.

— J'ai faim, répondit-elle. Maman…

— Maman s'habille, ma puce. Je t'emmène à la cuisine. »

Sous les regards sidérés de Ruth, Christian quitta la chambre avec sa fille. Tous les parents devaient-ils ravaler leurs émotions et attendre le moment approprié pour les exprimer ?

Il y avait une chanson sur ce thème. Christian se creusa la cervelle, incapable de se rappeler la phrase exacte. Le chanteur regrettait tous les déjeuners gâchés par la fatigue, quand lui et sa femme auraient dû passer du temps avec leur fille. La honte le submergea lorsqu'il se rendit compte que c'était une chanson d'ABBA. *Espérons que ça vient du DVD de* Mamma Mia *de Betty !* Ce pathos tout neuf lui aurait tiré des larmes d'humiliation, mais il décida de se soumettre à ses émotions. Betty et Hal n'avaient jamais été vraiment réels à ses yeux. Non, c'était sans doute un peu exagéré, mais il fallait reconnaître qu'il les avait aimés de façon abstraite, qu'il avait aimé l'idée qu'il se faisait d'eux plutôt que leur réalité. Ils étaient pourtant bel et bien là, ces deux enfants qui grandissaient et changeaient à toute vitesse. Désormais, il ne voulait surtout pas manquer une seule seconde de leur développement. Il existait également une chanson terrible sur ce sujet, non ? C'est quand on en arrive là qu'on sait être au fond du trou : quand votre vie en est réduite à une succession de clichés tirés de chansons stupides qu'on aurait préféré n'avoir jamais entendues.

Agatha fut très agacée, lorsqu'elle descendit à la cuisine, d'y trouver Christian installé à côté de Betty qui mangeait ses céréales tandis que, vêtue d'un jean, Ruth buvait une tasse de thé, appuyée contre l'évier. *Pourvu qu'elle ne reste pas à la maison aujourd'hui.*

« Aggie, déclara-t-elle avec un enthousiasme forcé, je ne vais pas travailler aujourd'hui. Si vous voulez, je peux vous aider pour les derniers préparatifs.

— Vous êtes toujours souffrante ? »

Agatha serrait trop fort un sachet de pailles. Elle ne voulait surtout pas que Ruth s'occupe de la fête de Hal.

« Ça va mieux, je vous remercie, mais la seule idée du métro et de la tonne de travail qui m'attend me révulse. Oh ! Et mes parents arrivent à midi. Vous comprenez...

— Je ne me rappelais plus qu'ils venaient aujourd'hui », répliqua Agatha en se dirigeant vers la bouilloire pour se donner une contenance. Existait-il pire tête de linotte que cette imbécile de Ruth ? Un peu plus tôt dans la semaine, elles avaient discuté de la venue de ses parents à la fête et Agatha avait (très gentiment selon elle) proposé qu'ils dorment dans sa chambre plutôt que dans la petite pièce qui ressemblait davantage à un placard qu'à une chambre. Elle avait pensé qu'ils arriveraient le samedi et ne resteraient qu'une nuit. Il allait maintenant falloir ranger toutes les affaires de façon à ce qu'on ne puisse pas deviner qu'elle allait se faire la belle dans les prochaines heures. Sans parler des préparatifs de la fête !

« Désolée, s'excusa Ruth. Je suis certaine de vous en avoir parlé. Bref, ma mère est très organisée, je ne lui ressemble pas du tout, et sa présence vous sera très utile. »

Agatha en eut les larmes aux yeux. La grand-mère tatillonne et la mère incapable allaient fiche en l'air son plan si méticuleusement élaboré. Hal l'appela à l'étage, et elle s'apprêtait à aller le chercher lorsque Ruth l'arrêta.

« Je m'en charge, Aggie. J'y vais. Ce n'est pas tous les jours que j'ai la chance de pouvoir préparer le petit-déjeuner de mes enfants. »

Agatha en resta bouche bée. Un vrai poisson sur le point de manquer d'oxygène. Que pouvait-elle dire ?

Ruth monta rejoindre son fils. L'effort qu'elle venait de faire pour se montrer enjouée avait été affreusement pénible. Comment allait-elle affronter la journée ? Un coup d'œil à sa montre lui indiqua qu'il n'était que sept heures. Pourquoi Aggie était-elle déjà levée ? Sans doute parce que c'était toujours le cas ! Lorsque Ruth descendait à sept heures et demie, la table était dressée, Betty mangeait et la théière l'attendait. Cette routine s'était mise en place tellement vite ! Elle n'avait jamais demandé à Aggie de préparer le petit-déjeuner ni de lever les enfants, pourtant elle s'en chargeait quotidiennement. Ruth paniqua : elle avait laissé la nounou s'occuper de tellement de choses qui lui incombaient. À moins que ce ne soit elle, Ruth, qui les lui ait cédées avec empressement.

La chambre de Hal était encore dans l'obscurité mais, les cheveux en bataille, il l'attendait, assis dans son lit à barreaux, hurlant des mots incompréhensibles. Ruth s'accroupit en face de lui et lui caressa la joue.

« Bonjour, mon ange. Tu as bien dormi ? »

Hal la contempla, sidéré, avant de se remettre à hurler. Ruth tenta de le prendre contre elle mais il la repoussa.

« Gie ! semblait-il articuler. Maman !

— Je suis là, mon ange », le rassura-t-elle tandis que son cœur battait la chamade. Un jour, elle le craignait, au réveil de son fils elle ne pourrait plus se leurrer quant à ses bizarreries.

Il la repoussa de plus belle. « Maman !

— Hal, c'est moi, lui dit-elle en le tenant par les épaules. C'est moi, maman. Je suis là. »

Christian passa la tête par la porte.

« Que se passe-t-il ?

— Je ne sais pas. Il fait une colère. Il me réclame puis fait comme s'il ne me voyait pas. »

Christian vint poser sa main sur le front de son fils.

« Il n'est pas chaud. » Il s'agenouilla devant lui. « Que t'arrive-t-il, mon grand ? Maman est là. »

Hal lui donna un coup de pied au visage. « Va-t'en. Je veux maman.

— On va l'emmener en bas, proposa Christian. Ça lui remettra peut-être les idées en place. »

Il saisit Hal qui se débattit en pleurant et ils descendirent tous les trois à la cuisine où Aggie beurrait un toast, le visage fermé. Dès que Hal l'aperçut, il tendit les bras vers elle en repoussant son père de toutes ses petites forces.

« Maman ! » hurla-t-il à plusieurs reprises. L'écho sembla résonner contre les murs et leur écorcha à tous les oreilles.

Aggie s'approcha de lui au ralenti, et il sauta dans ses bras pour se laisser tomber contre son épaule et pleurer à chaudes larmes dans son cou.

« Chut, murmura-t-elle complaisamment. Qu'est-ce qui t'arrive, gros bêta ? »

Ruth tremblait comme une feuille. De quelle façon réagir à cette scène ?

« Il vous appelle maman ? » demanda-t-elle aussi posément que possible.

Aggie leva les yeux vers elle.

« Non, vraiment ? Je n'ai pas entendu. »

Pourtant, elle avait pâli. Ruth se doutait qu'elle mentait.

« Moi, j'ai entendu, claironna Betty. Il a dit "maman".

— C'est la première fois, Betty ? » insista Ruth.

La fillette renversa une cuillerée de céréales sur la table avant de hausser les épaules.

« Je ne sais pas. Il est bête et il se trompe tout le temps. » Aucun adulte ne releva cette remarque et Ruth fixa longuement Aggie. Elle venait de trouver une ennemie pire que Sarah.

« Vous a-t-il déjà appelée maman, Aggie ?

— Non. Vous êtes sûre de ne pas avoir mal entendu ?

— Non, j'ai entendu la même chose », la coupa Christian.

Ruth jeta un regard à son mari encore vêtu de son costume de la veille et se demanda ce qui allait encore lui tomber dessus. On croit devoir surmonter une épreuve, et d'autres ennuis vous assaillent de toutes parts.

« Ce n'est pas bien grave, franchement. Si je le prends à recommencer, je le gronderai. Il est sans doute un peu perdu. » Agatha rééquilibra Hal sur sa hanche, et Ruth tressaillit devant ce geste si maternel et si fluide. « Je vais les habiller, poursuivit la nounou. Allez, viens Betty, sinon nous allons être en retard à l'école. »

Ruth les laissa quitter la pièce, incertaine des options qui se présentaient à elle.

« Non, mais je rêve, lança-t-elle à son mari.

— Ne t'inquiète pas. Aggie a sans doute raison, ce n'est pas grave.

— Tu choisis toujours la facilité, n'est-ce pas ?

— Qu'est-ce que tu sous-entends ?

— Notre fils vient d'appeler sa nounou "maman", il a fait une colère quand nous avons essayé de le toucher, et toi, tu te contentes de balayer tout ça d'un revers de main parce que, soyons honnêtes, ça te facilite drôlement la vie.

— Qu'est-ce que ça veut dire, d'après toi ?

— Je n'en sais rien. »

Ruth s'assit, à bout de forces. « Il préférerait sans doute qu'elle soit sa mère, à moins qu'elle ne soit dingue et les oblige à l'appeler maman en notre absence. Je n'en ai pas la moindre idée. »

Christian tenta de lui poser la main sur l'épaule mais elle l'écarta.

« Écoute, lui proposa-t-il, nous sommes tous les deux épuisés, physiquement et nerveusement. Laissons passer le week-end. Nous parlerons à Aggie en début de semaine prochaine. Il n'arrivera rien d'ici là, elle ne sera jamais seule avec eux.

— D'accord, admit Ruth d'une voix abattue. Mais je t'en supplie, Christian, va travailler. Je ne supporte pas de te voir. »

Agatha avait des éblouissements et elle respirait par à-coups. Penchée devant les tiroirs de Hal, elle se força à inspirer profondément. On s'approchait par-derrière ! On allait l'attraper ! Elle bondit le cœur battant, prête à rugir, mais ce n'était que le chat. Il fallait qu'elle se reprenne. Ruth pouvait surgir à tout moment.

Elle baissa les yeux vers Hal qui jouait innocemment par terre avec ses petites voitures. Elle avait à la fois envie de le secouer et de le serrer dans ses bras. L'amour qu'il lui témoignait, le besoin qu'il avait d'elle, le fait qu'il la préférait à sa propre mère, tout cela était proprement divin mais en même temps terrifiant. Il pouvait les trahir à tout moment. Si ce n'était déjà fait. Le regard de Ruth avait été éloquent. Elle savait. Elle savait mais refusait de l'admettre. Agatha connaissait ce regard.

Quand elle avait onze ans, Harry était parti. Personne ne lui avait dit où mais, pendant six délicieux mois, Agatha s'était persuadée qu'il ne reviendrait jamais. Le calme avant la tempête. C'était une expression qu'elle n'avait apprise que récemment mais qu'elle avait intuitivement associée à cette période.

Un jour, elle était dans sa chambre lorsqu'on avait frappé à la porte. Elle avait joyeusement crié d'entrer car, en six mois, elle avait baissé sa garde. Soudain, il se tenait dans l'encadrement de la porte et la lorgnait d'un horrible regard concupiscent. Il avait refermé derrière lui avant de bloquer l'issue de tout son poids. Aucune échappatoire. Son visage transpirant, son tee-shirt tendu sur sa bedaine, son jean sale. Elle se souvenait de tous ces détails et de mille autres aussi nettement que si un projecteur trop puissant était braqué sur eux. Bizarrement, sa perception des choses avait changé au fil du temps. Elle voyait la même scène mais l'analysait différemment. Elle changerait d'ailleurs certainement encore de perspective au cours des années à venir. L'image de Harry et de ce qu'il lui avait fait subir se transformerait et s'estomperait peut-être, néanmoins elle garderait ces épreuves en mémoire jusqu'à sa mort.

« Je t'ai manqué, ma belle ? » lui avait-il demandé.

En y repensant, elle comprenait maintenant qu'il était nerveux, mais à l'époque il lui avait paru tout-puissant. Elle n'avait rien répondu et il avait poursuivi.

« Bon sang, ce que tu m'as manqué. On se sent seul là-bas et je n'arrêtais pas de penser à toi. »

Agatha avait lâché son livre. Elle s'était crue libre et lui n'avait fait que penser à elle ? Harry avait peut-être raison, elle en avait autant envie que lui. Elle l'aimait.

Il s'était approché, assombrissant la pièce de sa présence menaçante. Il lui avait caressé la joue et avait essuyé une larme qu'elle n'avait pas senti couler. Soudain, la porte s'était ouverte et sa mère était entrée.

« Qu'est-ce que tu fais ici ? avait-elle demandé d'un ton trop enjoué. Tu m'avais dit que tu allais aux toilettes. »

C'était le moment. Agatha aurait pu tout lui avouer. On l'aurait crue et Harry aurait été envoyé en prison.

« Je voulais saluer Agatha. Qu'est-ce qu'elle a grandi depuis la dernière fois. »

Sa mère s'était approchée du lit. Son regard passait nerveusement de l'adolescente au plus vieil ami de son mari.

« Oui, n'est-ce pas ? C'est une vraie jeune fille maintenant. »

Elle et Harry la dominaient de toute leur hauteur. Agatha leva la tête vers celle qui était censée la protéger. Elles échangèrent un bref regard et sa mère cligna des yeux avant de se détourner. *C'est vrai*, disaient ceux d'Agatha, *ce que tu as vu n'est qu'un détail. C'est pire que tout ce que tu peux imaginer dans tes pires cauchemars.*

« Allez, viens, Harry ! s'était exclamée sa mère. Peter va rentrer d'une minute à l'autre et je veux que tu me montres tes photos avant que vous ne partiez tous les deux. »

Ils avaient quitté la chambre mais, en passant la porte, sa mère avait jeté un regard par-dessus son épaule. Qu'avait-elle vu ? Comment avait-elle pu contempler l'enfant terrorisée assise sur son lit et refuser de la sauver ? C'est au moment où elle avait refermé la porte qu'Agatha avait compris que personne ne lui viendrait jamais en aide : elle ne pouvait compter que sur elle-même.

Agatha avait toujours soupçonné les mères d'avoir une sorte d'intuition. Quand on accouche, on devient plus forte et plus dégourdie mais on peut choisir de se servir de ces nouvelles compétences ou pas. La plupart des mères qu'elle avait rencontrées jusqu'alors préféraient faire comme si de rien n'était, ce qui les rendait apparemment malheureuses, sans parler des dégâts causés chez leur progéniture.

Elle sortit du tiroir la tenue de Hal et s'agenouilla à ses côtés pour lui ôter son pyjama.

« Plus qu'une journée, mon ange, dit-elle, et tout ira bien. »

Ruth était âgée de treize ans lorsque, un soir d'été après le dîner dans le jardin, elle avait demandé à ses parents ce qu'étaient les étoiles. Elle ne s'attendait à aucune réponse en particulier, et certainement pas à ce qu'on lui serve une fable sur des planètes carbonisées détruites depuis longtemps, leurs flammes éteintes à jamais.

« Ce qu'on voit, lui avait dit son père dans une tirade dont elle se souvenait encore, c'est l'image de leur dernière explosion qui a traversé des millions d'années-lumière pour étinceler dans notre firmament. Ce que tu appelles une étoile n'existe pas, c'est un fantasme, comme la lumière que tu vois quand le flash d'un appareil photo se déclenche trop près de ton visage.

— Ces planètes étaient-elles habitées ? avait-elle demandé.

— On ne sait pas mais ce serait très étonnant que nous soyons les seuls dans l'univers, tu ne crois pas ? »

C'était à cette occasion que, pour la première fois, Ruth avait senti le sol se dérober sous ses pieds. Un éclair avait traversé son esprit lorsqu'elle avait tenté d'accepter l'immensité de l'univers. Désormais, cette sensation ne la quittait plus : en réunion de rédaction, lorsqu'elle choisissait des yaourts au supermarché, dans les squares désertés en hiver.

Ce soir-là, c'était sa mère qui avait rompu le charme.

« Oh, George ! Tu sais, c'est cruel parfois de se montrer trop honnête. Mon père à moi m'avait affirmé que les étoiles étaient les sequins de la robe de bal d'une ballerine et j'ai cru à cette histoire pendant des années. »

Ruth ne savait pas laquelle des deux versions était la moins crédible et, depuis cette époque, les nuits étoilées la mettaient mal à l'aise. Elle pouvait oublier cela pendant des mois ou des années, mais si, par hasard, elle levait les yeux au ciel par une nuit claire, une vague de panique la saisissait lorsqu'elle se rappelait que la Terre n'est entourée que de mort et de destruction. Quelle tristesse qu'une beauté si parfaite puisse être en fait si laide et que ce qui avait inspiré tant de poètes et d'amoureux ne soit finalement qu'une illusion. À l'université, Ruth avait d'ailleurs écrit une dissertation assez réussie sur l'ironie de la chose et sur cette métaphore qui pouvait également s'interpréter comme une définition de l'amour. Si elle devait la refaire, son texte serait encore plus abouti.

À l'adolescence, elle s'était brièvement intéressée à l'astronomie. Elle avait étudié la position des étoiles, leur forme et pouvait nommer la plupart des constellations. Pour son dix-huitième anniversaire, elle avait demandé un télescope que ses parents lui avaient offert et qui prenait désormais la poussière sur le palier de l'étage. Pendant cette courte période, elle avait connu une fragile paix intérieure : l'organisation des étoiles lui paraissait si claire. Les lignes qui les reliaient entre elles étaient des segments de droites et les calculs mathématiques qui permettaient de les mesurer ne prêtaient pas à interprétation. Le problème des maths, cependant, c'est que lorsqu'on les maîtrise on s'aperçoit vite qu'elles peuvent devenir aussi poétiques et lyriques que les mots et la littérature, vers laquelle elle s'était tournée à l'université, car cette voie lui semblait plus sûre. Tout le monde s'attend à ce que les mots soient polysémiques, à ce que leur sens profond échappe à la traduction, à ce qu'ils changent selon l'expérience et la perception de chacun, à ce qu'ils flottent et glissent ensemble pour former des phrases qui peuvent faire perdre le fil ou avancer la réflexion. Les mots sont par essence volages, et Ruth le leur pardonnait. En revanche, elle n'acceptait pas que les chiffres ne soient pas plus honnêtes. Son univers s'en trouvait ébranlé.

La nuit précédente, ne trouvant pas le sommeil, elle s'était levée pour aller observer les étoiles. Le nuage de pollution qui surplombait la ville les rendait presque toutes invisibles mais elle avait deviné quelques constellations familières qui l'avaient réconfortée un court instant. Elle s'attendait à tout oublier en les contemplant et leur permanence et leur stabilité l'avaient rassurée. *Rien de ce qui peut arriver sur terre ne changera rien à notre destin*, semblaient-elles lui dire. Tout ça était si vain. Bien sûr, si elle comparait la dissolution de son mariage avec les soldats déchiquetés sur les champs de bataille, les enfants battus à mort par leurs propres parents, la moitié de l'humanité mourant de maladies qu'il serait si facile de soigner... oui, c'était ridicule. Sauf que... Sauf que... tout cela lui était étranger. Qu'est-ce que ça représentait pour elle ? Des images sur un écran, des mots dans des journaux qui la touchaient brièvement avant de lui sortir de la tête. Seuls Christian et les enfants avaient la capacité de modifier le cours de sa vie, de la rendre heureuse ou malheureuse, de lui permettre de se sentir aimée et digne de cet amour. Cette découverte, elle la faisait, c'est vrai, un peu tard.

Elle retourna se coucher et, en s'endormant, se demanda si son père avait raison de penser qu'ils n'étaient pas seuls dans l'univers, et si c'était une bonne chose ou pas. Certes, si toute cette création avait l'homme pour unique destinataire, le poids des responsabilités serait immense, mais au moins aucune autre entité vivante ne pourrait témoigner de cet incroyable gâchis.

Christian ne ralluma son portable qu'en sortant du métro à Green Park. Trente-sept appels en absence, tous de Sarah. Il consulta les premiers, dans lesquels elle se montrait tour à tour furieuse, lui hurlant les pires accusations, et pitoyable, l'exhortant à tout et n'importe quoi. Il effaça donc les trente-deux suivants sans les écouter car il n'en sortirait rien de bon. La veille, il avait appris une leçon, la première depuis des années.

Pénétrant dans le parc, il composa le numéro de son ancienne maîtresse. Après quelques sonneries, une voix masculine décrocha.

« Vous êtes Christian ? »

Deux jours auparavant, il aurait raccroché.

« Oui, c'est moi.

— Je suis le père de Sarah. Vous avez un sacré culot de l'appeler.

— Désolé. Je téléphonais pour lui présenter mes excuses.

— Pour quoi exactement ? Pour avoir une nouvelle fois fichu sa vie en l'air ? Pour lui avoir fait des promesses que vous êtes incapable de tenir ? Ou pour être un connard de première ?

— Tout ça à la fois.

— Vous vous êtes à nouveau excusé auprès de votre femme ?

— Monsieur Ellery, je ne crois pas que vous compreniez la situation. Cette fois-ci, il ne s'est rien passé entre votre fille et moi. Nous nous sommes revus par hasard, nous avons déjeuné ensemble, elle m'a parlé de l'avortement, je m'en suis beaucoup voulu mais je ne lui ai rien promis. Nous ne nous sommes même pas tenu la main !

— Gardez vos salades pour d'autres ! » tempêta le père de Sarah, sous l'emprise d'une colère volcanique.

Christian n'avait jamais entendu s'exprimer une telle fureur. Il lui suffisait pourtant d'imaginer la réaction qu'il aurait s'il s'agissait de Betty. Dire que Sarah s'était illusionnée serait contre-productif.

« Il est hors de question que vous lui reparliez, j'espère que c'est clair.

— Évidemment. Je veux rester avec ma femme. Je téléphonais uniquement pour m'excuser de mon comportement.

— Félicitations ! Dommage que vous n'ayez pas eu cette présence d'esprit la première fois que vous avez séduit ma fille de vingt-deux ans pour la mettre enceinte et l'abandonner.

— Je sais, je…

— Taisez-vous et écoutez-moi bien, ne serait-ce qu'une fois dans votre petite vie désolante. Vous savez combien de temps il lui a fallu pour se remettre de votre rupture ? Et ce raté qui vous a remplacé en Australie uniquement parce qu'elle se sentait trop minable pour tomber amoureuse de quelqu'un de bien ! Et là, vous vous rencontrez par hasard et vous n'avez pas les épaules assez larges pour dire : "Il est hors de question que je fasse revivre ça à ma femme ou à toi. Serrons-nous la main et bonne chance pour la

229

suite" ? Non, il a fallu que vous la revoyiez une dernière fois. Par curiosité, en plus ! Vous me dites qu'il ne s'est rien passé, que vous ne préméditiez aucune aventure. Non, bien sûr que non, vous vouliez simplement doper votre amour-propre et soulager votre sentiment de culpabilité. »

Lorsqu'il s'interrompit, Christian prit la parole, bien que sa bouche lui parût pâteuse.

« Vous avez raison.

— Évidemment que j'ai raison. Je sais ce que vous mijotez depuis le début, j'ai rencontré suffisamment de types dans votre genre et je me félicite de ne pas vous ressembler. Vous vous croyez au-dessus du lot parce que vous faites rire les gens, parce que vous gagnez bien votre vie, parce que vous avez une belle femme et de superbes enfants, mais tout ça c'est du vent. Ce n'est pas vraiment vous. Au fond, vous êtes un salaud insensible qui ne mérite pas sa chance. Sarah s'en sortira. Elle pleurera un bon coup et sa mère devra provisoirement dormir avec elle, mais elle s'en sortira. Un jour, elle rencontrera quelqu'un de bien, elle se mariera, elle aura des enfants et vous ne serez plus qu'un mauvais souvenir. Mais si jamais – et je pèse mes mots ! – vous tentez de la recontacter, je vous retrouverai et je vous arracherai les couilles. Vous m'avez compris ?

— Oui.

— Je souhaite sincèrement que votre épouse vous quitte et que vous restiez seul comme un con pour le restant de vos jours. »

Sur ces mots, le père de Sarah raccrocha mais Christian ne parvenait pas à l'imiter. Son téléphone ? Une bombe prête à exploser. Il n'en revenait pas qu'il n'y ait pas plus de grabuge et de carnage autour de lui. Personne ne s'était jamais – et de loin – montré aussi véhément à son égard. Pourtant, il aurait voulu que cet homme continue, car il méritait la diatribe qu'il venait d'entendre. Il se sentait comme un enfant égaré dans un corps d'adulte, il comprenait seulement maintenant que ses actes avaient des conséquences. Il rangea son portable dans sa poche et se rendit dans son bureau spacieux pour s'asseoir à sa vaste table de travail et prendre d'importantes décisions. Sauf qu'aujourd'hui, il avait l'impression d'être un escroc. Un bon à rien. Cette sensation lui laissa dans la bouche un arrière-goût que tous les espressos du monde ne parviendraient pas à dissiper.

Après avoir accompagné Betty à l'école, Agatha se calma un peu. Sur le chemin du retour, elle s'arrêta au square avec Hal ; l'enfant s'amusa tellement que les soucis de sa nounou s'envolèrent. Ce serait toujours ainsi. Elle se sentirait triste, elle le contemplerait et tout s'arrangerait. Le rêve ! Agatha repassa la liste de ce qu'elle devait faire tout en poussant Hal sur la balançoire ou en l'attendant en bas du toboggan. L'ordre qui en résultait l'apaisa.

Elle voulait préparer les biscuits et le gâteau, emballer les présents que les enfants emporteraient chez eux, ainsi que le cadeau d'anniversaire de Hal. Elle allait ranger tous les jouets pour ne laisser que les plus faciles à assembler et les incassables. La maison était déjà impeccable, si bien qu'un rapide rangement serait amplement suffisant. Ensuite, il lui faudrait s'occuper du glaçage du gâteau et des biscuits puis confectionner les sandwichs. Elle avait téléchargé quelques jeux pour goûters d'anniversaire sur Internet car Ruth ne semblait pas s'y être intéressée le moins du monde. Elle aurait aimé pouvoir déplacer les meubles du salon mais doutait que les Donaldson soient d'accord.

Sur le chemin du retour, elle donna à Hal un sachet de biscuits bio qui lui permettraient de tenir jusqu'au prochain repas.

En ouvrant la porte d'entrée, Agatha aperçut Ruth assise dans la cuisine. Visiblement, elle avait des soucis, des choses plus graves que l'anniversaire de son fils lui occupaient l'esprit. La jeune fille serait donc tranquille pour accomplir ce qu'elle avait à faire. Elle se demanda brièvement en quoi consistaient ces soucis, mais au fond elle s'en fichait complètement. Si elle avait dû parier, elle aurait juré que Christian y était mêlé. Il avait sans doute une liaison ; il avait l'air suffisamment imbu de lui-même pour que ce soit possible. Toutefois, il fallait vraiment n'avoir aucun amour-propre pour accepter de vivre avec un homme tel que lui ou son propre père, des hommes qui vous rabaissaient sans cesse, sans même le faire exprès. Dans un monde parfait, Agatha éviterait les hommes comme la peste. Elle ne se pensait pas lesbienne mais les hommes la dégoûtaient.

Certes, il lui en faudrait bien un, au moins une fois, pour faire l'enfant sans lequel sa vie ne serait pas accomplie. Quoique maintenant, ce ne soit plus nécessaire. *Aux innocents les mains pleines !* se dit-elle en se baissant pour essuyer les dernières miettes oubliées autour de la bouche de Hal et le détacher de sa poussette.

« Coucou, vous deux ! » cria Ruth de la cuisine. Hal se dirigea vers sa mère et Agatha le suivit pour instantanément remarquer que Ruth simulait à nouveau le bonheur. Un vrai rôle de composition.

« On est allés parc, babilla Hal. Toboggan. Houuuu ! »

Ruth éclata de rire et prit son fils sur ses genoux.

« C'est vrai, mon ange ? Tu en as de la chance. »

Agatha ressentit un élan de jalousie si violent qu'elle dut se détourner pour n'en rien laisser paraître. Que Hal bavarde si naturellement avec sa mère la mettait en rage. *Arrête !* lui aurait-elle volontiers crié. *Tu m'appartiens ! Tu n'es pas à elle mais à moi. Tu m'avais promis !* Hal, quant à lui, riait sous les baisers de Ruth. Ça rendait Agatha malade. Elle avait envie de les poignarder tous les deux. *Calme-toi, Agatha*, la conjura une petite voix intérieure. *Il est encore petit. Il ne fait que répondre à ses instincts.*

L'histoire de la naissance de Hal, celle selon laquelle son père avait abandonné mère et enfant à peine quelques semaines après sa naissance, les ennuis et les mésaventures qui s'étaient ensuivis, Agatha l'avait inventée si facilement qu'elle devina qu'elle allait basculer. Oubliée, la frontière entre mythe et réalité. *Plus que vingt-quatre heures !* se rassura-t-elle. *Dans vingt-quatre heures, nous prendrons l'identité qui nous est destinée depuis le début.*

Les journaux relatent fréquemment les souffrances qu'endurent les enfants battus, violés, voire tués par les adultes censés s'occuper d'eux. Les articles de ce genre donnaient la nausée à Agatha. Elle en perdait le sommeil et imaginait les visages de ces innocents torturés sans répit. Et pourtant, quelqu'un surgissait systématiquement pour témoigner que l'enfant adorait son bourreau, qu'il lui tendait toujours les bras.

Agatha s'appesantissait rarement sur les défaillances des adultes. Les parents et leurs équivalents étaient souvent au-dessous de tout et se montraient en général décevants. Ce n'était pas nouveau. En revanche, ce qui l'alarmait c'était que les bébés recherchent malgré tout l'approbation de leurs tortionnaires. Ces gens leur voulaient du mal, pourtant ils n'en souhaitaient pas moins leur affection. Ce qui prouvait deux choses. D'une part, que les enfants ont un tel besoin d'amour qu'ils l'acceptent de n'importe qui et, d'autre part, qu'on peut amener un enfant à faire n'importe quoi. Évidemment, elle n'avait nulle intention de faire du mal à Hal ou de l'obliger à commettre des bêtises mais, tout de même, ça ouvrait le champ des possibles.

« Alors ? Qu'avez-vous prévu pour aujourd'hui ? demanda Ruth quand Hal descendit de ses genoux pour aller jouer dans sa maison en plastique.

— Je comptais prendre un peu d'avance pour la fête de demain : confectionner les biscuits et le gâteau, trier les jouets.

— Oh, pas la peine de préparer des biscuits, Agatha, ça va vous prendre un temps fou. Pourquoi voulez-vous trier les jouets ? »

Il n'y avait pas à tortiller, Ruth était une fainéante, une paresseuse sans la moindre imagination. Si on ne se décarcasse pas pour le troisième anniversaire de son fils, quand le fera-t-on, franchement ? Ruth ne voyait pas le problème avec les jouets pour la simple et bonne raison que ce n'était pas elle qui passerait le mois suivant à quatre pattes pour retrouver la botte manquante de la nouvelle Bratz de Betty qu'un invité de trois ans aurait égaré. D'ailleurs, ce ne serait pas non plus Agatha, si son plan se déroulait comme prévu, mais l'idée de laisser la maison sens dessus dessous la dérangeait. Non, elle s'assurerait que les affaires de Betty étaient rangées ; au moins, la fillette comprendrait que sa nounou ne la détestait pas, que ce n'était pas pour cette raison qu'elle ne l'avait pas emmenée, elle aussi.

« Ça ne me dérange nullement, répondit-elle. Au contraire, ça me plaît.

— Si vous le dites. »

Ruth semblait contrariée. C'était hallucinant : ces femmes commençaient toujours par adorer qu'Agatha prenne tout en charge et finissaient systématiquement par la détester pour la même raison. Elle n'en avait pas cru ses oreilles lorsque

Jane Stephenson l'avait chapitrée pour avoir désinfecté la salle de bains des enfants en revenant de week-end. Un week-end qu'elle n'avait d'ailleurs pas voulu prendre, vu qu'elle n'avait nulle part où aller, hormis une pension miteuse.

« Vous me pensez inapte à garder mes enfants propres, c'est ça ? avait-elle hurlé à quelques centimètres à peine du visage d'Agatha qu'elle avait constellé de postillons. On n'est pas tous obligés de désinfecter la maison comme s'il s'agissait d'une salle d'opération, bon sang ! Pendant qu'on y est, ça vous dérangerait d'arrêter de faire mon lit ? Je suis capable de le faire si j'en ai envie, et si je n'en ai pas envie, eh bien il restera défait jusqu'à ce que je me couche ! »

Elle avait renvoyé Agatha deux jours plus tard.

« Je vais vous débarrasser de Hal, au moins », suggéra Ruth en rejoignant son fils au salon.

Tout en pesant le sucre et la farine qu'elle mélangea ensuite aux œufs et au beurre, Agatha l'écouta tenter de convaincre son fils de sortir de sa maison en plastique. C'était trop drôle ! Ruth connaissait si mal l'enfant ! Les promesses et les menaces ne marchaient pas avec lui, il fallait faire semblant de l'ignorer et de s'amuser follement sans lui. Il vous rejoignait alors dans les cinq minutes. Au bout d'un moment, Agatha entendit le son de la télévision et les voix familières de *Thomas le petit train*. Elle ne réprima pas le sourire qui lui vint aux lèvres.

236

Lorsque la sonnette retentit, Ruth somnolait devant le cinquième épisode. Elle était mécontente car elle avait dit à Hal qu'il n'en regarderait pas plus de trois. Elle s'en voulut d'autant plus qu'elle savait qu'Agatha l'avait entendue. Elle détestait également de ne pas pouvoir contrôler son fils, l'intéresser ou même trouver l'énergie de se lever. Christian l'avait appelée deux fois mais elle n'avait pas décroché, elle n'avait rien à lui dire. La colère noire qui l'avait d'abord étreinte avait fait place à une incommensurable tristesse qui la rendait vulnérable. Ils avaient tout gâché. Pourquoi ? Elle le croyait quand il lui jurait qu'il ne s'était, cette fois-ci, rien passé avec Sarah (au sens physique du terme), mais elle était convaincue qu'il ne comprendrait jamais qu'elle considère leurs rencontres secrètes comme un trahison pure et simple. De plus, Sarah était si jeune, si perturbée. Si Christian avait eu cinq ans de plus, les gens l'auraient considéré comme un vieux vicieux. Et si Ruth était mariée à un vieux vicieux, qu'est-ce que ça aurait fait d'elle ?

« Allez, viens, Hal, lança-t-elle en se levant pour aller éteindre le téléviseur. C'est papy et mamie. »

Elle distingua les silhouettes de ses parents derrière les vitraux de la porte d'entrée et, pendant un bref instant, ne se sentit pas la force de leur ouvrir. Elle allait forcément s'effondrer et ne pas savoir répondre à leurs attentes. Hélas, elle n'avait guère le choix. Quand on refuse d'ouvrir la porte à ses propres parents qui viennent de passer trois heures en voiture pour vous rendre visite et qui vous savent derrière la porte, la folie guette. On a même certainement déjà basculé dans la démence. C'était déjà trop tard pour elle, mais Ruth préférait continuer à s'illusionner.

Ses parents étaient revenus bronzés de leurs vacances au Portugal deux semaines auparavant. Ils lui sourirent et elle répondit à leur sourire. Son père tendit les bras à Hal.

« Allez, viens, mon bonhomme ! Qu'est-ce que tu as grandi, dis donc ! »

Hal se tortilla dans les bras de Ruth pour s'enfuir en courant.

« Désolée, s'excusa-t-elle. C'est l'âge. »

Le regard de sa mère la laissa perplexe : cette explication était-elle vraiment recevable ?

« Tu as bonne mine, maman, déclara-t-elle pour changer de sujet.

— Le Portugal est un pays merveilleux. Il y fait si beau ! Nous avons passé nos journées au bord de la piscine.

— C'est l'avantage de retourner au même endroit tous les ans, précisa son père. Tu peux ne rien faire sans culpabiliser parce que tu devrais visiter une église ou je ne sais quoi. »

Ruth tenta d'imaginer le jour où elle pourrait s'allonger au bord d'une piscine pour une séance de farniente, ne serait-ce que pendant une heure. Ne parlons pas d'une semaine ! Ruth et Christian passaient systématiquement leurs vacances à se disputer parce que les enfants les harcelaient pour aller se baigner une trentième fois, refusaient de manger la nourriture locale ou d'aller se coucher avant vingt-deux heures pour mieux s'effondrer au restaurant. Ruth revenait fréquemment plus épuisée qu'en partant. La fatigue devenait d'ailleurs l'histoire de sa vie. Il était temps de démarrer un nouveau chapitre, aurait-on pu lire dans un article de *Viva*.

« Alors ? Où se cache le roi de la fête ? demanda le père de Ruth. On a fait trois heures de route et il reste dans la cuisine. »

Ruth savait ce qu'ils y découvriraient avant même de pousser la porte, et pourtant voir Hal enlaçant les jambes d'Agatha lui coupa le souffle.

« Allez, mon bonhomme, viens embrasser ton vieux papy.

— Non, s'époumona Hal. Aggie ! Je veux Aggie ! »

La nounou le prit dans ses bras et lui lissa les cheveux devant le regard incrédule de Ruth.

« Désolée, il n'est pas très à l'aise avec les inconnus.

— Les inconnus ? Nous sommes ses grands-parents, tout de même ! rétorqua le grand-père.

— Maman, papa, je vous présente Aggie, notre nounou. Aggie, je vous présente mes parents, George et Eleanor. »

Il serait toujours temps d'analyser l'incident plus tard.

Sa mère s'avança pour tendre la main à Aggie.

« J'ai tellement entendu parler de vous ! dit-elle à la jeune fille très gênée. Vous cuisinez ? Ça sent divinement bon.

— Oui, je prépare des biscuits pour l'anniversaire de Hal. »

La mère de Ruth leva un sourcil interrogateur. Ruth en déduisit qu'elle aurait dû se charger elle-même de la pâtisserie.

« Que c'est gentil de votre part ! J'ai également cru comprendre que vous nous cédiez votre chambre.

— Oh, ce n'est rien.

— Si, si, c'est adorable. »

Ils déjeunèrent autour de la table de la cuisine. Le malaise s'installa. Hal refusa de s'asseoir et Aggie finit par emporter son assiette dans la maison en plastique et rester avec lui à l'intérieur.

« Il ne mange toujours pas ? » s'étonna la mère de Ruth.

Ruth redoutait ce genre de conversation.

« Non, aucun progrès. Nous sommes allés consulter un nutritionniste : échec total.

— Pourquoi ? Qu'est-ce qu'il a dit ?

— La même chose que notre généraliste. Qu'il fallait lui donner n'importe quoi, pourvu qu'il mange. Du chocolat, des biscuits, des bonbons, peu importe.

— Ça me semble assez sensé, avança le père de Ruth en repoussant son assiette.

— Non ! Pas du tout ! s'agaça Ruth, tentant de refouler le ton geignard de ses quatorze ans. Tout le monde sait que les enfants ont des papilles très particulières. S'ils s'habituent à un aliment précis, il leur faudra des mois ensuite pour accepter de manger autre chose. Hal pourrait devenir accro aux bonbons et je n'arriverais plus jamais à rien lui faire avaler de bon.

— Ce scénario me semble assez improbable, contra sa mère. Les enfants se lassent de tout. On croise peu d'adolescents un biberon vissé à la bouche, se nourrissant exclusivement de biscuits au chocolat, ne lâchant pas leur nounours préféré ou passant leur temps sur les genoux de leur mère. »

Ruth se contenta d'un sourire crispé.

« C'est possible. »

À moins que sa mère n'ait jamais eu à surmonter pareil problème et qu'elle ne sache donc absolument pas de quoi elle parlait. Ruth changea donc de sujet.

« Dites, vous deux, ça vous tenterait d'emmener Hal au square ? On pourrait en profiter pour prolonger la promenade et aller chercher Betty à l'école tous ensemble.

— Excellente idée ! approuva sa mère.

— Et la sieste de Hal ? intervint Aggie.

— Je suis sûre qu'il peut s'en passer, rétorqua Ruth.

— Mais sa fête a lieu demain. Il ne faut pas qu'il se fatigue trop. »

Ruth se leva. Elle allait perdre son calme d'ici peu ; il valait mieux faire un effort.

« Ne vous inquiétez pas, Aggie. S'il se fatigue trop, j'en assumerai les conséquences. »

Aucune contestation, cette fois.

À l'agence, Christian ne parvenait pas à se concentrer. Son esprit vagabondait ; il doutait de chacun de ses gestes. Bientôt, ses pensées l'engloutirent et il étudia les détails les plus infimes de sa vie. Ruth lui répétait tout cela depuis des années, ne cessant de lui demander s'ils s'étaient trompés. Lui s'en amusait mais, désormais, il comprenait et mesurait la patience de sa femme. Pour elle, ç'avait dû être comme essayer de communiquer avec un membre d'une tribu d'Amazonie. Comment avait-elle tenu le coup si longtemps ?

Il voulut la joindre à dix heures et demie mais elle ne décrocha pas. Il tenta de nouveau sa chance une heure plus tard et ne put que laisser un message confus :

« Excuse-moi, Ruth. Pas pour Sarah, même si évidemment, ça aussi, je regrette, mais pour ne pas avoir été disponible. Pour ne pas avoir compris ce que tu voulais me dire et ce dont tu avais besoin. Tu avais sans doute raison. Je ne sais pas. Nous nous sommes peut-être trompés. Appelle-moi lorsque tu auras reçu ce message, je voudrais entendre le son de ta voix. Je me sens bizarre. »

Il ne mentait pas. Il doutait de lui, il lui semblait partir à la dérive. Sa tête lui pesait, il avait l'impression de ne plus maîtriser ses actes. S'il avait pensé être le bienvenu chez lui, il se serait fait porter pâle mais il préféra téléphoner à Toby, qui le surprit en décrochant.

« Je reviens d'Ibiza, je descends à peine de l'avion. J'allais t'appeler à propos de la fête de demain. À quelle heure veux-tu qu'on vienne ?

— Je ne sais pas. Quinze heures ? *On ?* Tu vas venir accompagné ?

— Je voulais te demander si ça ne posait pas de problème. Est-ce que ça t'ennuie si je viens avec Gabriella, une fille géniale que j'ai rencontrée à Ibiza ? »

Christian visualisa sans peine le mannequin à peine nubile avec qui Toby allait débarquer le lendemain. Pour la première fois de sa vie, il ne l'envia pas.

« Non, bien, sûr, amène-la. Écoute, as-tu une minute à m'accorder ? Je voudrais te demander quelque chose.

— Quoi ?

— J'ai été con.

— C'est une affirmation, pas une question.

— J'ai revu Sarah. Il ne s'est rien passé mais elle s'est imaginé des choses et s'est empressée d'aller annoncer à Ruth que j'allais la quitter.

— Merde.

— Tu l'as dit.

— Quand est-ce que ça a eu lieu ?

— Hier. Mais j'ai l'impression que ça fait une éternité.

— Comment a réagi ta femme ?

— Devine.

— Quel imbécile tu fais !

— Je sais.

— Tu crois que tu peux encore sauver ton couple ?

— Aucune idée. J'espère, car je ne sais pas ce que je deviendrais sans Ruth. »

Christian fut surpris d'entendre sa voix se briser.

243

« Écoute, je ne vais pas te faire de sermon parce que tu as l'air d'en baver suffisamment comme ça mais, bon sang, qu'est-ce qui t'est passé par la tête ?

— Je n'ai pas réfléchi, pardi ! J'ai été con, non ?

— Tu m'appelles pour que je t'en donne confirmation ?

— Euh… oui. Je suis un salaud ? Un égoïste ? Je suis en train de faire le bilan de ma vie et certains détails me sidèrent. Je ne me reconnais pas. J'ai été odieux avec Ruth. Je ne parle pas uniquement de ma liaison avec Sarah. Je ne lui ai pas montré de respect, je ne l'ai pas écoutée, je ne l'ai pas encouragée. Je me demande pourquoi elle ne m'a pas déjà jeté dehors.

— Parce qu'elle t'aime, et tu as bien de la chance.

— Qu'est-ce que tu en sais ?

— J'ai passé assez de temps avec vous deux. Tu l'aimes aussi, crois-moi. » Toby prit le temps d'allumer une cigarette. « Eh non, tu n'es ni un salaud ni un égoïste mais il t'arrive de sacrément manquer de… comment dire… d'empathie. Je me suis même quelquefois demandé si tu n'étais pas vaguement autiste.

— Quoi ?

— Ne le prends pas mal mais Hal te ressemble beaucoup. Ni toi ni lui ne saisissez les nuances de la vie. Lorsque nous sommes allés boire un verre ensemble après que Sarah t'a recontacté, je savais que tu finirais par la revoir, et je savais aussi que tu ne comprenais pas où était le problème.

— Oui, mais maintenant, je sais.

— Possible, mais je parierais que tu as dit et répété à Ruth qu'il ne s'était rien passé entre cette fille et toi. Comme si ça oblitérait le reste.

— C'est vrai.

— Elle a piqué une crise ?

— Oui, mais maintenant, je t'assure, j'ai compris.

— Parfait. Si tu veux un conseil, répète-le-lui encore et encore. Il faut qu'elle sache que tu ne lui dis pas ce qu'elle a envie d'entendre, que tu es sincère cette fois-ci. Rassure-moi, elle ne t'a pas mise à la porte, n'est-ce pas ?

— Non, mais je ne dois mon sursis qu'à l'anniversaire de Hal. Elle veut que je déménage la semaine prochaine.

— Tu veux que je l'appelle ?

— Non. D'autant que ses parents sont chez nous en ce moment.

— Je vois. J'essaierai de discuter avec elle demain. Rentre directement en sortant de l'agence et montre le meilleur de toi-même. C'est ta dernière chance.

— D'accord. Merci. Tu es un véritable ami, tu... »

Toby éclata de rire.

« Arrête ! Inutile de me passer de la pommade ! Tout se passera bien. Aussi surprenant que ça paraisse, Ruth et toi, vous êtes bizarrement faits l'un pour l'autre. »

Agatha n'avait pas besoin d'être seule. Ruth ne pouvait-elle pas comprendre qu'elle avait tenu compte de Hal et Betty dans son planning ? Cette imbécile était partie et elle avait tout gâché.

« Ne nous attendez pas, avait-elle lancé en quittant la maison. Nous emmènerons peut-être les enfants manger une pizza. Prenez le reste de la journée, ne vous occupez pas de nous. »

Ne vous occupez pas de nous ? Cette pauvre femme devenait-elle folle ? Agatha était prise de terribles démangeaisons qui lui envahissaient tout le corps dès que Hal était sous la surveillance de sa mère. Celle-ci était tellement distraite qu'elle était parfaitement capable de le perdre de vue au square ou de ne pas lui tenir la main assez fermement avant de traverser la rue. La nounou en était malade. Ça lui nouait l'estomac. Sans parler des risques que Hal ne dévoile par mégarde leur secret. Heureusement qu'elle ne lui avait jamais fait goûter de pizza ! Il refuserait donc certainement d'en avaler le moindre morceau mais pourrait de nouveau l'appeler maman ou la réclamer à grands cris.

C'est sans doute une erreur de rester jusqu'à l'anniversaire, songea Agatha en désinfectant les toilettes du rez-de-chaussée pour la seconde fois de la journée. Elle avait pris cette décision pour faire plaisir au petit mais ce n'était peut-être pas un service à lui rendre. Et si c'était le seul et unique souvenir dont il ne parviendrait pas à débarrasser sa mémoire ? Le détail qui le guiderait vers la vérité d'ici quelques années ?

Agatha tenta de tester sa théorie en se remémorant ses propres anniversaires. L'ennui, c'était qu'elle ne distinguait plus très bien son passé réel des histoires qu'elle avait inventées. Ses souvenirs et ses mensonges avaient fusionné. Les tableaux de fêtes enfantines pleines de gaieté, de gâteaux, de ballons, de désordre et de cris de joie et Harry, Harry rôdant toujours dans les parages, dans l'ombre. Impossible de dater ces scènes. Des sorties avec des copains. Mais où étaient-ils maintenant ? Un de ses petits amis l'avait-il vraiment emmenée à Monaco ainsi qu'elle l'avait certifié à Laura, son amie de l'agence d'intérim ? La fine chaîne en argent retenant un trèfle à quatre feuilles miniature était-il un cadeau de sa grand-mère, maintenant décédée ?

Les joues en feu, Agatha se leva mais évita son reflet dans le miroir. Elle secoua la tête, mais les souvenirs refusaient de lui revenir. Son esprit bouillonnait.

Elle avait besoin de Hal ! Elle fila avaler deux Nurofen à la cuisine avant d'aller s'étendre dans la petite chambre où elle se couvrit le visage de son oreiller pour étouffer les bruits qui l'assaillaient.

Sur le chemin du square, Ruth reçut un appel de Sally qui lui permit de rester en arrière, à l'écart de sa mère.

« Excuse-moi de te déranger, Ruth. J'ai appris que tu étais malade. Qu'est-ce que tu as, exactement ? »

Personne n'ayant vraiment envie de connaître la véritable réponse à cette question, Ruth servit à Sally ce qu'elle espérait entendre :

« Oh, rien de bien grave, juste une migraine dont je n'arrive pas à me débarrasser.

— D'accord. Écoute, je voudrais envoyer les épreuves à l'imprimerie mais je viens de recevoir un appel de l'avocat de Margo Lansford...

— Son avocat ? Tu plaisantes ?

— Je sais. Impayable, n'est-ce pas ? Il souhaite approuver l'article avant l'impression. Apparemment, l'industrie du savon n'est pas florissante. Je voulais simplement vérifier auprès de toi que tu ne lui avais pas donné un droit de regard sur l'article.

— Non, bien sûr que non. Je n'en reviens pas qu'elle ait chargé un avocat de cette démarche ! Son mari a reconnu auprès de Christian que les savons ne leur rapportent pas un sou mais que le père de Margo est riche à millions. C'est lui qui finance l'ensemble de ce projet.

— Quelle surprise...

— Pour être honnête, Sally, elle bluffe. C'est une de ces femmes qui aiment vous faire culpabiliser en prouvant qu'elles réussissent sur tous les fronts. Elle aime donner l'impression qu'elle a tout : des enfants, un mari, un travail, un rêve !

— Quoi ? Tu penses qu'elle ment ?

— Oui ! Christian m'a dit que son mari n'en pouvait plus. Il n'avait d'ailleurs pas grand-chose de gentil à raconter sur sa femme.

— On ne le devine pourtant pas à la lecture de ton article, rétorqua Sally d'un ton sec qui déstabilisa Ruth.

— Euh... Non. Je ne pensais pas que tu attendais ça. Ce n'est pas très *Viva*.

— Non, évidemment, reprit Sally d'une voix plus amène. Tu as raison. Ton article est génial, j'ai adoré. Je rappelle immédiatement son imbécile d'avocat et je l'envoie promener.

— De toute façon, je n'ai rien écrit qui puisse lui déplaire. »

Les deux femmes n'accordèrent pas davantage d'attention à la question.

« Non, je sais. C'est une tempête dans un verre d'eau.

— Je te vois demain à l'anniversaire de Hal ?

— Bien sûr ! Qu'est-ce qui lui ferait plaisir, tant qu'on y est ?

— Si je le savais ! Nous lui avons acheté un train électrique Thomas le petit train.

— Il passe toujours beaucoup de temps dans sa maison en plastique ? » Impressionnant ! Sally s'en souvenait ! « Je pensais lui offrir une dînette pour utiliser à l'intérieur.

— Il va adorer. À demain. »

Ils entraient dans le square lorsque Ruth raccrocha.

« Un café me ferait le plus grand bien, déclara sa mère. Pourquoi les garçons n'iraient pas sur l'aire de jeux pendant que Ruth et moi irons chercher des cafés à emporter ?

— Excellente idée ! la félicita son mari en pilotant la poussette d'un air déterminé vers le coin du square réservé aux enfants. N'oublie pas de prendre du sucre. »

Ruth aurait voulu protester. Elle venait de se faire piéger, elle le savait, mais garda le silence.

« C'était le bureau ? lui demanda sa mère.

— Oui, le moment était mal choisi pour prendre une journée de repos. Le magazine va partir sous presse.

— Tu ne m'avais pas dit que tu avais une migraine. Je croyais que tu avais pris un jour de congé pour préparer la fête.

— Ce n'est rien, ça va passer.

— Ça va, ton travail ?

— Ça va, ça va. »

Sa mère poussa un profond soupir. Ruth n'avait pas montré assez d'enthousiasme dans sa réponse.

« Si ce que tu fais ne te plaît pas, Ruth, pourquoi t'obstines-tu à garder ce poste ?

— Je n'ai jamais dit que ça ne me plaisait pas. Et puis, il faut bien payer les factures.

— On a toujours le choix, tu sais. Je suis certaine que vous pourriez parfaitement vivre tous les quatre sur le salaire de Christian. »

Les deux femmes avaient atteint le café mais elles hésitaient à entrer.

« Tu n'as jamais apprécié que je travaille, n'est-ce pas, maman ? » Ruth ne savait pas ce qui lui prenait. « Papa et toi devez penser que j'aurais dû renoncer à ma carrière le jour de mon mariage.

— Ne sois pas ridicule. Je me fiche complètement que tu travailles ou pas. Je ne vois pas l'intérêt de rester à la maison si c'est pour y mourir d'ennui et je suis très fière de ce que tu as accompli. D'ailleurs, je regrette de ne pas avoir eu autant d'opportunités que toi. Ce qui compte le plus pour moi, c'est que tu sois heureuse, et ça

250

n'a pas l'air d'être le cas. Pour commencer, tu n'as que la peau sur les os. »

Ruth dut prendre sa décision en un quart de seconde. D'ordinaire, elle aurait nié avec la plus grande véhémence avant de quitter le café en claquant la porte mais, ce jour-là, elle ne pouvait pas mentir. Elle se laissa tomber sur l'un des bancs en bois et sa mère s'assit à côté d'elle.

« Je ne sais plus trop où j'en suis, maman.

— Comment ça ?

— Tu ne vas pas comprendre, je le sais. Je parie que tu ne t'es jamais retrouvée dans cette situation mais les femmes normales rencontrent parfois des difficultés, vois-tu. »

Sa mère garda le silence quelques instants avant de répondre, ce qui relevait déjà de l'exploit.

« Bien sûr que je te comprends. Tu sais ce que j'ai dit à ton père quand il est venu me rendre visite juste après ta naissance ?

— Non.

— Que nous venions de commettre une terrible erreur. Il a éclaté de rire et m'a répondu : "On ne va quand même pas la renvoyer d'où elle vient ?" Ce qui m'a fait comprendre que je ne pourrais jamais partager mes doutes avec lui. »

Ruth regarda fixement sa mère qui ne lui avait jamais parlé de cette façon et lui paraissait soudain plus humaine.

« Qu'est-ce que tu as fait ?

— Je suis rentrée à la maison et j'ai affronté le quotidien parce que je n'avais pas le choix. Ça ne signifie pas que mes doutes avaient disparu. Je t'emmenais au square tous les jours parce que je croyais bêtement que les bébés ont besoin d'air pur ; je te promenais jusqu'en haut de la colline et je me disais que je rétrécissais tellement que j'allais finir par disparaître et que plus personne ne pousserait ton landau. »

Comment réagir à une telle révélation ? Ruth se retrouvait en terrain inconnu. Sa mère n'avait certainement pas vécu la même chose qu'elle ; elle ne pouvait pas lui avouer avoir l'impression que son corps se transformait en gelée.

« Je ne savais pas que tu en étais passée par là.

— Tu n'es pas la première femme pour qui la maternité n'est pas facile à vivre. On a leurré votre génération en vous faisant croire que vous pouviez tout avoir, tout concilier. N'importe quoi ! Nous devons toutes faire des choix. Y compris toi.

— Tu veux dire, choisir entre mes enfants et ma carrière ?

— Non, pas exactement. Christian et toi, vous pensez pouvoir tout cumuler, or ce n'est pas possible. Vous pourriez aisément vivre sur un seul de vos deux salaires si vous renonciez à certaines dépenses. De mon temps, on n'allait pas en vacances, on n'achetait pas de voiture neuve et ce qu'on mangeait n'était pas hors de prix. C'est comme ça qu'on vivait. »

Logique. Pourtant Ruth ne parvenait pas à accepter ce constat. C'était sans doute le moment de confier à sa mère ses doutes concernant Aggie, voire lui révéler la crise que son couple traversait mais elle ne voulait pas trop en dire. Elle préféra laisser échapper une bêtise :

« Certaines femmes réussissent à tout cumuler.

— Qui ?

— Je ne sais pas, moi. Nigella Lawson, par exemple ! »

Sa mère éclata de rire.

« Oh, je t'en prie, Ruth. Tu plaisantes ? Tu crois réellement que sa vie ressemble en tout point à ses émissions de télévision ? Et si c'est le cas, bon sang, d'après toi, qui s'occupe de ses enfants pendant qu'elle confectionne des cupcakes à la télé ? Ce n'est pas la réalité, tu le sais, c'est une illusion.

— Je ne vois pas du tout de quoi tu parles, maman.

— Tu es trop exigeante. Tu l'as toujours été, et le monde dans lequel nous vivons t'encourage en ce sens. Ne te laisse pas avoir. Lâche un peu de lest. Prends le temps de regarder autour de toi et tu découvriras peut-être ce qui te rendra heureuse. Avant que tu ne m'accuses de sexisme, mon conseil vaut également pour Christian. »

Toujours crispée, Ruth se rassit.

« Tu t'inquiètes pour moi, maman ?

— Pas vraiment, mais ton père et moi nous te trouvons fatiguée. Tu ne sembles plus t'amuser. La vie n'est pas qu'une série d'épreuves, tu sais. Ce n'est pas un test d'endurance. »

Au bord des larmes, Ruth ne voulait surtout pas pleurer devant sa mère.

« Tu crois ?

— Bien sûr, répondit sa mère d'une voix pressante. N'aie pas peur de renoncer à ce qui ne marche pas.

— Même s'il s'agit de mon mariage ? »

Dès qu'ils franchirent ses lèvres, Ruth regretta ses mots mais sa mère se montra étonnamment optimiste :

« Peu importe ce dont il s'agit, ma chérie. Le tout, c'est de ne pas prendre de décision à la légère. Ce qui te paraît insurmontable en ce moment peut se révéler à ta portée plus tard. Tu sais, entre ton père et moi, ça n'a pas toujours été facile mais nous avons surmonté nos difficultés et j'en suis ravie. Je ne dis pas que ça marche pour tout le monde mais je suis persuadée que, de nos jours, on baisse un peu trop vite les bras. Quand le nouveau modèle d'un objet quelconque sort dans le commerce, vous vous précipitez pour l'acheter, même si l'ancien fonctionne encore. Ce type de comportement a forcément des répercussions sur les relations de couple. À notre époque, on réparait, on reprisait, on supportait notre sort et, je sais que ça va te paraître stupide, mais on éprouve un certain réconfort à fonctionner de cette façon. La nouveauté, ça peut faire peur, ça vous oblige à sortir de votre routine.

— La routine, ça me fait penser à une paire de pantoufles.

— Eh bien moi, j'adore mes pantoufles ! »

Ruth décocha un grand sourire à sa mère qui avait décidément réponse à tout. Grâce à elle, Ruth se sentait plus légère.

« Allez, viens, maman. On va aller acheter ces cafés avant de s'engluer dans les clichés. »

Ils ne rentrèrent pas avant dix-huit heures trente. Dix-huit heures trente ! Agatha avait regardé tellement de fois par la fenêtre qu'elle avait cessé de voir ce qui se passait dans la rue. La réalité ne reprendrait ses droits qu'avec le retour de Hal. Elle avait failli appeler Ruth à de multiples reprises mais n'avait pas osé, de crainte de la fâcher. Lui téléphonerait-on en cas d'accident ? Pas sûr. Certes, on finirait bien par la prévenir, mais contacter la nounou ne figurerait certainement pas parmi les priorités. C'était l'une des nombreuses raisons pour lesquelles elle partirait avec Hal. Agatha en avait assez de se retrouver en bas de la liste.

Lorsque l'on patiente trop longtemps, il arrive systématiquement un moment où on se convainc que ce qu'on attend ne surviendra jamais. « Tout vient à point à qui sait attendre », lui répétait sa mère. Ce dicton était complètement idiot car la vie et les gens sont imprévisibles.

Elle n'avait pas réussi à s'endormir mais le Nurofen (à moins que ce ne soit l'oreiller ou la position allongée) avait fait son œuvre, elle n'avait plus aussi chaud. Le bruit lui paraissait moins gênant et elle s'était levée. Elle avait déposé les biscuits dans une boîte, confectionné le gâteau et rangé les jouets de Betty. Elle avait même eu le temps de passer un ultime coup de balai dans sa chambre, de trier les affaires de Hal et de cacher leur sac dans le placard-séchoir qui se trouvait devant la chambre mansardée. Elle avait même rédigé la lettre. Tout était prêt. Il ne manquait plus que Hal.

Agatha se trouvait dans la cuisine lorsqu'elle entendit enfin la clé tourner dans la serrure. Le babillage d'une Betty surexcitée précéda le groupe. La nounou les accueillit dans l'entrée, incapable de contenir son désir de voir le petit garçon qu'elle aimait par-dessus tout. Il somnolait dans sa poussette, le visage maculé.

« Vous ne devinerez jamais, Aggie ! s'exclama Ruth. Hal a mangé un peu de glace au chocolat. »

Agatha resta impassible.

« Vraiment ? C'est fabuleux.

— Il a adoré », précisa Betty.

Agatha tenta de lire en Ruth mais cette dernière semblait prise dans le flot de la vie.

« De la glace aujourd'hui ; des légumes demain », disait-elle à ses abrutis de parents qui riaient. Agatha ne ressentait que de la haine pour toute cette famille.

« Voulez-vous que je prépare le bain des enfants ? Ils doivent être épuisés.

— Oh, ce serait adorable de votre part, Aggie. »

Elle se baissa pour détacher Hal. Il leva les yeux vers elle et lui adressa son plus beau sourire. Elle souleva le petit corps fatigué qui se laissa aller contre elle avant de poser la tête sur son épaule. Le cœur d'Agatha faillit déborder de tout l'amour qu'elle éprouvait puis sa respiration reprit son rythme naturel, pour la première fois depuis que Hal avait quitté la maison en début d'après-midi.

Une connexion les unissait, le petit et elle, c'était évident. Ils étaient faits l'un pour l'autre.

Ruth se sentit prise de vertige. Au lieu d'être abattue, elle était euphorique. Allez savoir pourquoi. Peut-être parce que Hal avait mangé de la glace ? Parce que Betty semblait ravie de revoir ses grands-parents ? Ou était-ce dû à l'étonnante conversation qu'elle avait eue avec sa mère ? À moins que ce ne soit grâce au message que Christian lui avait laissé ce matin-là. Elle n'en avait pris connaissance qu'au restaurant, quand Betty avait réclamé d'aller aux toilettes.

Ruth avait écouté son mari avec dédain, s'attendant à de timides excuses sur le mode « Ce n'est pas ma faute » que Christian affectionnait tant. Mais son discours l'avait surprise et, par conséquent, rassurée. Elle avait d'ailleurs dû l'écouter une seconde fois. Il regrettait d'avoir mis tant de temps à comprendre ce qu'elle lui répétait depuis si longtemps. Se seraient-ils trompés ? Même sa voix était différente. Comme s'il avait baissé d'un ton. Se pouvait-il qu'il ait enfin saisi ce qu'était la vie ? Du moins dans le sens que Ruth lui donnait ? Ce n'était pas forcément la bonne vision mais elle semblait en tout cas meilleure que celle de Christian.

Ruth s'était tournée vers le miroir en réécoutant son mari. Elle avait le teint blême mais les pommettes roses. Elle s'était ébouriffé les cheveux et s'était efforcée de paraître déterminée. En ce qui concernait Christian, elle avait pris sa décision et ne comptait pas le laisser s'insinuer dans ses bonnes grâces. Il y avait certainement une véritable satisfaction à s'en sortir toute seule et à assurer sur tous les plans, à faire en sorte que tout le monde vous admire en se demandant comment vous parvenez à tout concilier. *Cela dit, à ce rythme-là*, avait-elle songé, *on finit par sombrer dans la dépression ; l'autosacrifice n'a jamais réussi à qui que ce soit.*

Christian n'était pas encore rentré et Ruth trépignait à l'idée de le revoir, ce qui ne lui était pas arrivé depuis des années. Elle voulait vérifier si le message était une aberration ou si son mari avait véritablement eu une illumination. Pourrait-elle à nouveau lui faire confiance ? Ne s'engluerait-il pas à nouveau très vite dans ses anciens travers ?

Ruth commença à préparer le dîner pendant qu'Aggie baignait les enfants et que ses parents se reposaient dans des fauteuils au jardin, armés de verres de vin généreusement remplis. Elle cuisinait bien mais ne prenait plus le temps de mitonner de bons petits plats comme autrefois. Elle préparait toujours elle-même les sauces des pâtes et de la salade mais tout cela ne demandait aucun talent particulier. Depuis l'arrivée d'Aggie, elle avait à peine mis les pieds devant les fourneaux. Or, la cuisine, c'est comme les enfants, on perd facilement l'habitude de s'en occuper. En ciselant les herbes aromatiques dont elle saupoudra le saumon, elle se rendit compte à quel point cette activité lui avait manqué, combien ces routines et ces rituels sont bénéfiques pour l'esprit, vous permettant de garder les pieds sur terre et de vous sentir vivant. Une pensée vint s'immiscer dans son esprit : *Est-ce que tout ce qui facilite la vie la complique, en fait ?*

La porte claqua et, faisant volte-face, Ruth aperçut Christian qui entrait dans la cuisine. Pâle, les yeux cernés, il avait l'air aussi abattu que son message téléphonique le laissait présager.

« Bonjour », articula-t-il.

Ruth le devina nerveux, sans doute effrayé pour la première fois de sa vie. Elle eut instinctivement envie de le rassurer, mais elle se reprit.

« Bonjour. »

L'excitation ressentie à l'écoute du message ne demandait qu'à s'exprimer mais une gêne la retenait d'en révéler davantage. Certes, ils venaient tous deux de vivre une révélation, mais en sortaient-ils transformés ?

« Tu as passé une bonne journée ? »

Ruth ne parvint qu'à rougir. Elle se détourna pour qu'il ne devine pas son embarras.

« Je vais souhaiter bonne nuit aux enfants avant d'aller saluer tes parents. »

Elle le regarda quitter la pièce en se demandant ce qui leur arrivait.

Christian n'avait pas la moindre idée de ce qui l'attendait à la maison car Ruth ne l'avait pas rappelé. Certes, il ne méritait pas qu'on tienne compte de ses états d'âme, mais c'était tout de même douloureux. L'idée que sa femme puisse ne plus l'aimer le laissait abattu. Il avait répété des discours sur le chemin du retour mais en les repassant dans son esprit, il savait qu'il serait incapable d'en prononcer aucun. Il appréhendait de se retrouver assis en face de Ruth et de ses parents comme si de rien n'était. Ce serait sans doute pire si Ruth leur avait tout révélé mais il connaissait suffisamment sa femme pour savoir que c'était peu probable.

Lorsque Christian entrouvrit la porte de la chambre de sa fille, Betty dormait déjà, si adorablement abandonnée au sommeil qu'il ébaucha un sourire. Il aurait voulu l'embrasser mais, craignant de l'éveiller, préféra refermer la porte et aller vérifier que son fils dormait lui aussi. Une fois rassuré, il gagna sa propre chambre pour se changer.

Quel gâchis ! À quoi bon vivre si on ne voit pas ses enfants tous les jours, si les seuls moments que l'on passe avec eux se résument à quinze jours de vacances par an dans un pays européen hors de prix, et pendant lesquels on fait de son mieux pour se convaincre qu'on partage leur vie ?

En se changeant, Christian observa l'arbre qui s'élevait majestueusement devant la maison et dont les feuilles frémissaient devant la fenêtre de leur chambre. L'allée était bordée d'une véritable armée végétale. Christian s'assit sur son lit, en chaussettes. L'arbre lui survivrait, comme il survivrait à ses enfants et à la maison elle-même. Pour la première fois, il songeait aux propriétaires précédents, aux fantômes, aux vies qui s'étaient succédé entre ces murs. Il se sentit aussi éphémère qu'une flaque d'eau qui s'évapore dans un sous-bois. Il perdait pied et personne ne le rattraperait.

Il finit par descendre saluer ses beaux-parents, confortablement installés avec Ruth dans le jardin odorant. Ils l'accueillirent chaleureusement : Ruth ne leur avait donc rien dit.

« Assieds-toi ! lui proposa son beau-père, et laisse-moi te servir un verre du délicieux vin rouge que j'ai apporté.

— Non merci, George. Je vais prendre du jus de fruits. »

Ruth le fixa, médusée.

« Du jus de fruits ? répéta-t-elle, d'un ton si surpris que Christian s'en offusqua. Tu es malade ?

— Non, mais je n'ai pas envie de boire. »

C'était l'une des autres décisions qu'il avait prises dans la journée : limiter sa consommation d'alcool et arrêter de fumer. Il ne savait pas pourquoi. Il n'était dépendant ni de l'un ni de l'autre, mais ces substances le contrôlaient. À moins que ce ne soit l'inverse et qu'il les ait consommées pour pouvoir perdre le contrôle de lui-même et ne pas se sentir responsable de ses actes. Ça lui rappelait les paroles de Ruth, la veille au soir. Elle devait avoir raison aussi sur ce sujet-là.

Le dîner aurait été agréable si Christian avait eu une chance d'échapper à sa condamnation. Ruth paraissait étrangement détendue. Elle but davantage que les deux verres qu'elle consommait d'ordinaire mais il la devina fatiguée. Il fut infiniment soulagé lorsqu'elle annonça qu'elle devait aller se coucher, vers vingt-deux heures, leur rendant de fait leur liberté à tous. Vingt minutes plus tard, il s'allongeait à côté d'elle, apparemment déjà endormie. Étendu sur le dos, les bras derrière la nuque, il voulait s'expliquer. Mais par où commencer ?

Tournée vers le mur, Ruth le devança :

« Le message que tu m'as laissé était très déroutant.

— Parce que je me sens dérouté.

— Qu'est-ce que tu voulais me dire ?

— Ce que j'ai dit. Ni plus ni moins, avoua-t-il en fixant l'obscurité changeante à laquelle ses yeux s'habituaient progressivement. Je sais que c'est ridicule de continuer à te présenter mes excuses au sujet de Sarah mais je te jure que je regrette. Et j'ai compris la leçon, j'ai bien saisi que l'important, ce n'est pas tellement qu'il se soit passé ou non quelque chose entre elle et moi. Si tu me donnes une nouvelle chance, je m'engage à changer. Je te le promets.

— Tes promesses, je les connais.

— Je sais, mais cette fois je suis sincère. Je pensais l'être la première fois, mais je me suis rendu compte que je ne l'étais pas vraiment. »

Ruth gardant le silence, Christian hésita à poursuivre.

« J'ai appelé Sarah dans la journée pour m'excuser de lui avoir donné de faux espoirs. C'est son père qui a décroché. Il m'a traité de tous les noms. Il espère que tu vas me quitter et que je finirai seul, comme un con.

— Tu ne voudrais tout de même pas que je pleure sur ton sort ? rétorqua Ruth, restant calme au prix d'un réel effort.

— Bien sûr que non. J'essaie simplement de ne rien te cacher, de faire preuve d'honnêteté. »

En entendant ces mots, Ruth se redressa et enserra ses genoux de ses bras. Elle semblait si fragile…

« Tu n'espères quand même pas que je te pardonne ce soir ?

— Non, mais je t'en supplie, ne me demande pas de partir. Je ne supporterai pas de vivre sans toi et les enfants. Laisse-moi rester et te prouver ma sincérité. »

Elle se tourna vers lui, le visage baigné de larmes. Il avait une terrible envie de la prendre dans ses bras.

« Je suis tellement fatiguée, Christian. Je suis vidée. Je sais que je m'en plains souvent. Tu n'es pas le seul à avoir réfléchi à notre situation. » Elle inspira profondément. « Moi aussi, je m'excuse. J'ai ma part de responsabilité, mais je ne suis pas sûre de pouvoir te pardonner une seconde fois. Mon amour-propre en prendrait un sacré coup. Toutes mes idées s'entrechoquent dans ma tête en ce moment et tu n'es pas le seul de mes ennuis…

— Qu'y a-t-il d'autre ?

— Mon travail, mais plus encore Hal. Et Aggie. Je ne parviens pas à savoir pourquoi mais elle ne me plaît pas.

— À ce point ?

— Oui. Je vais sûrement me passer de ses services. Ça peut te paraître absurde, mais la relation qu'elle a instaurée avec Hal me dérange.

— Pourquoi ne m'en as-tu pas parlé plus tôt ?

263

— J'ai essayé mais tu n'y as accordé aucun intérêt.

— Désolé. »

Christian hésitait. Même si l'accusation semblait légitime, était-ce le moment idéal pour se séparer d'une nounou compétente ?

« Cependant, Aggie et toi ne pouvez pas quitter la maison au même moment, ce serait trop déstabilisant pour les enfants.

— Il faut tout revoir. La vie, la vraie, ce n'est pas ça.

— "La vie, la vraie" ? Qu'est-ce qui t'arrive ? Tu t'es abonné à *Viva* ?

— Tu vois très bien ce que je veux dire.

— Non. Si tu parviens à m'expliquer ce qu'est la vie, la vraie, tu résoudras vraisemblablement tous nos problèmes.

— Tu ne crois pas qu'on a fait fausse route ?

— Tu sais très bien que si. Je le répète depuis des années.

— Ruth, je t'en supplie, accorde-moi une dernière chance. Essayons de surmonter ensemble ces difficultés. »

Ruth se laissa retomber sur le matelas, aussi lourdement que le permettait son corps frêle. L'atmosphère venait de changer.

« Mon Dieu, ce que tu peux être agaçant ! s'exclama-t-elle. Nous ne sommes pas en train de négocier un contrat de production, bon sang ! Tu ne t'en sortiras pas aussi facilement !

— Ce n'est pas ce que je cherche, Ruth. J'essaie seulement d'arranger la situation.

— C'est un peu tard, tu ne crois pas ?

— J'espère que non.

— J'affronte tout toute seule et je nage à contre-courant depuis des années ! Je porte à bout de bras la famille pendant que tu fais le malin. Brusquement, tu deviens sérieux, comme si tu avais eu une illumination, et tu t'attends à ce que je m'extasie. Quelques heures à peine se sont écoulées depuis ta prise de conscience et tu voudrais que je croie à cette révélation ?

— Je...

— Tu sais quoi ? Tais-toi, l'interrompit Ruth, furieuse. Je suis fatiguée. Demain, c'est l'anniversaire de notre fils et j'ai besoin de me reposer. »

Elle lui tourna le dos. Inutile de poursuivre la conversation ce soir mais Christian avait au moins réussi à exprimer une partie de ce qu'il avait sur le cœur.

Le lendemain matin, à six heures, Agatha se réveilla angoissée. Elle avait passé la plus grande partie de la nuit à passer en revue chacun de ses préparatifs, à refaire mentalement le sac à dos qui contenait toutes ses affaires ainsi que la plupart de celles de Hal et leurs passeports. Si son plan présentait des failles, elle ne les avait pas décelées et s'inquiétait de la couverture médiatique que susciterait leur disparition. Faudrait-il qu'ils se cachent pendant des mois ? Des mois à éviter de croiser des regards ; à fuir les curieux ; à vérifier par-dessus son épaule si la voie était libre ; à déménager en pleine nuit ; à sursauter chaque fois qu'un agent de police apparaîtrait au coin de la rue ? Mais des mois au cours desquels Hal serait heureux.

Rester jusqu'à la fête avait été une erreur. Agatha s'en voulait de ne pas s'en être rendu compte plus tôt. Elle pensait avoir cessé de prendre les mauvaises décisions des années auparavant et se flattait de savoir cerner une situation et s'y adapter. Le mode de vie qu'elle envisageait ne pouvait évidemment pas durer très longtemps mais il fallait avancer coûte que coûte. Agatha n'avait plus que du mépris pour les Donaldson. Elle se rappelait avec incrédulité les sentiments qu'elle avait éprouvés à son arrivée. Elle s'était convaincue qu'ils n'étaient pas aussi demeurés que les autres ; elle avait fantasmé la possibilité de se rendre indispensable afin de rester chez eux et devenir un membre à part entière de la famille. Mais personne n'est irremplaçable, ce qui justifiait parfaitement qu'elle s'en aille avec Hal le lendemain matin.

Une fois ses pensées ordonnées, son angoisse laissa à Agatha assez de répit pour qu'elle puisse se lever. Sept heures allaient sonner lorsqu'elle pénétra dans la cuisine. La maison dormait encore dans le silence le plus complet. Elle avait prévu de s'en aller furtivement le lendemain à six heures, en annonçant à Hal qu'ils allaient participer à une chasse au trésor pour son anniversaire. Le silence ranima sa confiance : elle pourrait être partie depuis plus d'une heure quand on s'apercevrait de sa disparition et, si tôt le matin, prendre un train à destination de la côte ne serait pas bien compliqué. Qui sait même si elle ne réussirait pas à embarquer sur un ferry avant que la police soit contactée…

Agatha s'assit à la table de la cuisine en attendant que la maisonnée s'éveille, effarée que tout le monde paresse au lit, comme si ce jour n'avait rien de particulier. Ruth et Christian ne feraient aucun effort pour empêcher les enfants de renverser leurs céréales, ils feraient tomber des granulés de déca par terre et des miettes de pain grillé sur la table. Agatha devrait rester impassible, réprimer sa colère, pendant qu'ils saliraient, sans même songer à s'excuser, ce qu'elle avait si méticuleusement nettoyé. Si elle le pouvait, elle leur interdirait de rester dans la maison et ne les autoriserait à revenir que cinq minutes avant le début de la fête.

Betty fut la première à faire son apparition. C'était au lever qu'Agatha la préférait, quand elle ne donnait pas encore toute sa mesure. Elle lui servit un bol de céréales et un verre de jus d'orange avant de se préparer une tasse de thé. Elles restèrent assises toutes les deux en silence. La fillette lui manquerait mais son cœur ne lui semblait toutefois pas prêt à éclater, comme lorsqu'elle pensait à sa propre sœur. Quitter ses parents s'était révélé facile mais elle avait failli renoncer à cause de Louise. Non pas que sa sœur ait éprouvé les mêmes sentiments qu'elle. Plus âgée de trois ans, elle passait son temps à lui répéter à quel point elle était bête. Harry avait un jour avoué à Agatha qu'il l'avait choisie, elle, plutôt que sa sœur, trop teigneuse. Elle n'avait pas immédiatement compris le sens de ce mot mais connaissait tout de même suffisamment la vie pour deviner que cette première victoire n'en était pas vraiment une.

L'année précédente, Agatha avait cherché sur Google pour découvrir avec stupéfaction que sa sœur avait un compte Facebook. Cela l'avait conduite à de nouveaux tourments parce qu'elle n'avait accès qu'à une photo et quelques lignes de texte. Agatha ne pourrait jamais s'inscrire sur un site de réseau social, ce qui était rageant car c'était le mode de communication idéal, le seul moyen pour elle de se connecter sur le monde extérieur, comme ces gens qui tentent de recréer leur vie et ses faux-semblants derrière leurs ordinateurs. Sur le cliché, Louise se tenait devant une porte vitrée, vraisemblablement celle d'un bureau d'une grande entreprise. En manteau rose, ses cheveux mi-longs lui balayant le visage, elle souriait à la personne qui prenait la photo. Agatha avait passé de nombreuses heures à tenter de lire au-delà de l'image mais c'était difficile de contempler sa sœur hors de tout contexte, heureuse et en pleine ascension professionnelle.

Elle consultait encore aussi fréquemment que possible le profil de Louise mais la photo l'effrayait car elle signifiait que sa famille avait continué de vivre après son départ. Elle ne s'était pas fait d'illusions mais c'était tout de même exaspérant de voir sa sœur si radieuse. Un jour, Agatha emmènerait Hal leur rendre visite, ce qui leur donnerait le choc de leur vie.

Lorsqu'elle était arrivée à Londres sept ans auparavant, avec pour tout bagage les vêtements qu'elle portait et quelques centaines de livres, Agatha avait pris l'habitude de jeter un œil sur les avis de disparition et de regarder les émissions télévisées dans lesquelles les gens cherchaient leurs proches. Elle aurait aimé découvrir son propre visage à l'écran, entendre ses parents la supplier de les contacter, voir sa mère trop ébranlée pour articuler un mot et son père parler pour deux, les yeux rougis. Même Louise serait venue. Pelotonnée contre leur mère, elle aurait expliqué que la vie ne valait pas la peine d'être vécue sans sa sœur, qu'elle ferait n'importe quoi pour qu'elle revienne. *Peu importe ce que tu as fait ou les ennuis que tu peux avoir, on s'en fiche, rentre à la maison, on trouvera une solution.* Les autres parents faisaient ce genre de déclaration en direct à la télévision, mais Agatha n'imaginait pas le moins du monde ses parents l'implorer de revenir. De fait, en contemplant le portrait de Louise sur Internet, elle avait compris que ces espoirs avaient été vains parce que sa famille n'avait sans doute jamais pris la peine de la rechercher, ni même de se demander où elle avait bien pu disparaître.

« Pourquoi tu ne peux pas être sage, Agatha ? lui hurlait sa mère. Personne n'aime les menteuses, tu sais. »

Ils avaient certainement éprouvé un énorme soulagement lorsqu'elle s'était enfuie.

Quand Ruth entra dans la cuisine avec Hal dans les bras, Agatha eut fugitivement l'impression de ne plus savoir où elle se trouvait. Comment avait-elle pu ne pas entendre le petit garçon ? Betty se mit immédiatement à sautiller en chantant *Joyeux anniversaire* mais Hal semblait perplexe.

« On peut ouvrir ses cadeaux maintenant ? cria sa sœur.

— Pourquoi pas ? accepta Ruth. Ils sont dans le salon. Va chercher papa. »

Agatha était fière de son cadeau. Elle avait passé des heures et des heures à y réfléchir avant de trouver ce qui lui semblait parfait. Elle lui avait acheté une tente-igloo à l'Early Learning Centre. C'était idéal parce que, où qu'ils aillent, Hal aurait son propre espace, où il pourrait se réfugier quand il en aurait envie. Encore un de leurs points communs. La vie semblait souvent trop difficile à l'enfant, qui passait donc beaucoup de temps dans sa maison en plastique. Ses parents pensaient qu'il appréciait tout particulièrement la maison mais Agatha aurait pu leur expliquer qu'il n'en était rien, leur fils avait besoin de solitude. Depuis qu'elle lui laissait davantage d'autonomie et lui évitait les situations bruyantes ou stressantes, il s'y réfugiait moins. Une raison supplémentaire pour laquelle ils n'auraient pas dû rester jusqu'à la fête.

Lorsque Agatha descendit son cadeau, la famille au grand complet était réunie dans le salon en pyjama et chemise de nuit. Ils contemplaient tous Betty qui déballait frénétiquement les cadeaux de son frère, pelotonné sur les genoux de Ruth et incapable de montrer de l'enthousiasme aux objets que Betty lui fourrait sous le nez. L'année suivante, cela se passerait d'une façon bien différente. Agatha essaya de capter l'attention de Hal pour le lui faire comprendre mais il refusa de lever les yeux.

Une fois tous les cadeaux de sa famille ouverts, Agatha avança d'un pas et tendit le sien.

« Oh, Aggie ! Que c'est gentil de votre part ! s'exclama Ruth. Vous n'auriez pas dû ! »

La nounou détestait Ruth. Comment cette imbécile avait-elle pu croire qu'elle n'achèterait rien à Hal ?

Je passe plus de temps avec lui que n'importe qui ! lui aurait-elle volontiers hurlé à la figure. *Je le connais mieux que vous ! Il m'aime plus que vous !*

Betty arracha le paquet des mains d'Agatha et en déchira rapidement l'emballage.

« Regarde, Hal ! cria-t-elle. C'est une tente ! Elle se monte toute seule, regarde !

— C'est une tente-igloo d'enfant », expliqua Agatha d'une voix mourante.

La tête lui tournait tant qu'elle dut porter une main à son front pour atténuer son vertige. Le père de Ruth se leva pour prendre une photo, ce qui lui masqua la scène, et il déclencha un flash qui se réverbérera aux quatre coins de la pièce. La tente s'ouvrit d'un coup sec et les éclats de rire se mirent à fuser. Betty y entra la première en appelant son frère à grands cris. Le grand-père continuait de mitrailler la scène tandis que Ruth et sa mère discutaient trop fort des nouveaux rideaux que Ruth avait installés quelques semaines auparavant. Soudain, Hal éclata en sanglots mais personne n'y prêta attention. *C'est trop pour lui*, aurait voulu dire Agatha. Elle s'approcha du petit garçon au moment précis où

Christian faisait de même. Hal leva les yeux, les vit tous les deux et tendit les mains vers son père qui le prit dans ses bras et l'emmena.

Agatha se glissa derrière eux. Christian montait son fils à l'étage et le petit paraissait déjà plus calme. La nounou bifurqua vers la cuisine mais elle s'y sentit à l'étroit car le bruit diffus du salon lui parvenait encore. Elle déverrouilla la porte du jardin et sortit marcher pieds nus dans l'herbe humide avant d'aller admirer le potager. Il leur offrait désormais un déluge de légumes qu'ils consommaient presque quotidiennement et qui avaient un goût de soleil. Agatha se rappela le jour où ils avaient planté les premières graines, le jour où elle était tombée tellement amoureuse de Hal que rien ni personne n'avait plus compté en dehors de lui. Elle attendit que sa respiration s'apaise et que les éclairs disparaissent de sa vision périphérique. *Tout va bien*, s'admonesta-t-elle, *tout va bien. Plus qu'une journée et on s'en va. Et alors on pourra tout oublier.*

Christian ne parvint à passer que quelques minutes seul à seule avec Ruth entre le moment où une Betty surexcitée vint le tirer du sommeil et l'arrivée des premiers invités, à quinze heures. Il monta ranger son ordinateur professionnel dans sa chambre et la trouva en train de se changer. Il eut l'impression d'avoir quinze ans.

« J'adore cette robe, avoua-t-il.

— Bien tenté.

— Je le pense sincèrement. »

Ruth contemplait son reflet dans le miroir et se passait un doigt sous les yeux, un geste qu'elle affectionnait et dont Christian n'avait jamais compris l'utilité. Il mourait d'envie de lui dire quelque chose d'important avant qu'elle ne devienne inaccessible pour le reste de la journée.

« Je passe un excellent moment.

— Ah bon ? s'étonna Ruth. Pourtant, ce genre de fête, c'est un cauchemar.

— Sans doute, mais d'habitude je cherche une échappatoire ou je calcule combien de verres je peux boire sans que tu te fâches. Aujourd'hui, c'est différent. Je ne sais pas pourquoi, je suis ravi de passer du temps avec toi et les enfants.

— Mon pauvre, lâcha-t-elle d'un ton méprisant en se tournant vers lui. On dirait que tu récites un livre de développement personnel.

— Désolé. Je n'arrive pas à m'exprimer correctement. »

Les traits de Ruth s'adoucirent et elle s'approcha de lui.

« Je comprends. Je sais ce que tu ressens. »

Christian lui saisit la main, pris d'une irrésistible envie de serrer sa femme contre lui.

« Je t'en supplie, Ruthie, ne m'oblige pas à partir.

— Je t'aime, tu sais, Christian, répondit-elle, les yeux baissés, mais je ne sais pas si je peux continuer à te faire confiance. Je ne suis même pas sûre de croire à tes promesses.

— Je m'en rends compte. Mais, justement, je pourrais rester ici et te prouver ma sincérité. Accorde-moi six mois. Si au bout de cette période

273

on s'aperçoit que c'était une illusion, je m'en irai. »

Ruth se dégagea de son étreinte.

« J'hésite. En ce moment, je suis incapable de réfléchir. Attendons demain. »

Elle quitta la pièce et Christian alla se poster à la fenêtre pour ravaler des émotions qu'il n'avait pas éprouvées depuis des années. Tout ce qu'il disait à Ruth était sincère mais il avait perdu le pouvoir de la convaincre. Comment avait-il pu oublier à quel point il aimait sa femme ? Il s'était faussement convaincu que vivre à deux suffisait pour se sentir en sécurité. *Viva* n'arrêtait pas de répéter qu'il fallait accorder du temps à son couple, partager des expériences, développer des intérêts communs et aller au restaurant au moins une fois par mois pour maintenir la flamme. Bien évidemment, toutes ces âneries (que, comme tout le monde, il avait crues) n'étaient qu'une façon d'accentuer la pression consumériste qui régissait la vie de ses lecteurs. L'amour, ce n'est pas partager une sortie au théâtre, des goûts musicaux ou un plat de pâtes ; c'est une force primitive. Voilà pourquoi il est si complexe de le préserver. Christian comprenait les difficultés qu'il y avait à saisir la réalité d'une émotion dans un monde rationnel.

Pouvait-on changer du jour au lendemain ? Il avait déjà entendu parler de gens ayant eu des révélations, mais n'étaient-ils pas tous croyants ? Ce qu'il vivait ne lui semblait pas aussi bouleversant. Plutôt comme retirer son manteau quand on a trop chaud : la sensation de poids et de gêne disparaît tandis que l'air frais vous caresse la peau. À trente-neuf ans, il était temps de mûrir ! La fuite en avant vers l'argent, les soirées promotionnelles, les verres ou les fêtes avec les collègues, c'était fini. Il préférerait lire une histoire à Betty pour qu'elle s'endorme, brosser les dents de Hal, voire regarder des bêtises à la télévision en compagnie de Ruth. Il se mettait à ressembler à ses parents. En grandissant, Betty et Hal le trouveraient aussi ennuyeux que lui son père et sa mère. Ils passeraient du temps enfermés dans leurs chambre à écouter de la musique téléchargée en se demandant comment Ruth et lui faisaient pour survivre à l'ennui de leur existence. Cette pensée le fit sourire. C'était dans l'ordre des choses, après tout.

Ruth détestait recevoir. En ces occasions elle se sentait systématiquement nerveuse, maladroite et bourgeoise – ce qu'elle était, ne lui en déplaise. Ce jour-là, c'était pire encore, dès qu'elle essayait de se rendre utile en cuisine, Agatha se raidissait. L'atmosphère devenait si tendue qu'elle finissait par quitter la pièce pour rejoindre Hal au salon et lui lire les livres que ses grands-parents lui avaient offerts. Le petit garçon s'abandonnait sur les genoux de sa mère qui lui tenait le doigt et le pointait sur les chaussures bleues, le tee-shirt rouge et le short jaune.

« Bleu, dit-elle. Tu sais dire bleu ? »

Pour toute réponse, Hal enfonça son visage dans la manche de sa mère, dont le cœur débordait d'amour. Soudain, qu'il soit ou pas en retard pour son âge n'avait plus la moindre importance. Au contraire, elle ne l'en aimerait que davantage et ferait de son mieux pour le protéger d'un monde où le bien et le mal n'existaient qu'à l'état de concepts.

Betty les rejoignit d'un pas nonchalant et vint se percher sur le bras de leur fauteuil pour poser la tête sur l'épaule de sa mère.

« Coucou, ma puce. J'essaie d'apprendre les couleurs à ton frère. »

Pour une fois, Betty ne fit pas remarquer que Hal ne parlait pas encore parce qu'il était bête et ne se mit pas non plus à hurler. Au contraire, elle prit la main du petit garçon et lui récita les couleurs. Ruth les observa, le cœur en émoi. Le plus saisissant dans les moments parfaits, c'est leur caractère inattendu.

Lorsqu'elle alla vérifier que tout se passait bien en cuisine, le glaçage des biscuits était raté et Aggie, écarlate, essayait de le retirer en le grattant. Ruth voulut la rassurer, lui expliquer que ça n'avait pas la moindre importance mais, la nounou semblant au bord des larmes, elle estima préférable de la laisser tranquille et rejoignit sa mère qui sirotait un verre de vin au jardin. Christian semblait métamorphosé, mais elle ne parvenait pas à se convaincre que, si elle l'autorisait à rester, leur vie changerait radicalement. D'ailleurs, cette transformation leur serait-elle profitable ? Sa façon d'envisager la vie était-elle la bonne ? Elle n'était pas certaine d'avoir raison et ne niait aucunement sa part de responsabilité dans la crise qu'ils traversaient. En même temps, ils lâchaient tous deux prise et ça leur était très bénéfique.

Quelle pensée enivrante ! L'idée de garder son mari, de recoller les morceaux de sa famille, d'entretenir une relation digne de ce nom, de ne pas s'occuper de tout toute seule, d'avoir quelqu'un à qui parler. Sauf que... les gens changent-ils jamais vraiment ? Si Christian lui promettait la lune uniquement pour rester, ça ne marcherait pas, et la troisième fois serait encore plus douloureuse que la deuxième, elle-même pire que la première. Cependant, s'il n'était pas sincère, pourquoi ferait-il tous ces efforts ? Puisqu'elle lui ouvrait la porte de sa cage, il pouvait parfaitement s'envoler pour sortir tous les soirs, fréquenter de jeunes femmes et participer à des fêtes endiablées. N'était-ce pas ce qu'il avait toujours voulu ? Pourquoi ne s'empressait-il pas de profiter de l'occasion ?

« Tout se passe bien en cuisine ? Aggie s'occupe de tout ? demanda la mère de Ruth, allongée sur une chaise longue, visage tourné vers le soleil.

— Que penses-tu d'elle, maman ?

— Je ne l'adore pas.

— Moi non plus, mais je n'arrive pas à savoir pourquoi.

— C'est simple : elle est trop parfaite, trop polie pour être honnête ! Personne n'est aussi exemplaire. Ne fais jamais confiance à quelqu'un qui ne commet jamais jamais aucune erreur ! »

Ruth éclata de rire.

« Je devrais publier ton aphorisme dans *Viva* !

— Je suis sérieuse, chérie. Tu lui as demandé si elle avait besoin de toi dans ta propre cuisine ! C'est ridicule ! J'ai vu la façon dont elle te regardait quand elle a offert son cadeau à ton fils ce matin. Honnêtement, il y a quelque chose de pas net chez cette fille.

— Si je la renvoie, je devrai certainement cesser de travailler au moins quelque temps. »

La mère de Ruth se redressa.

« Ça suffit, ma chérie. Il est temps de faire une pause et de réfléchir. Avec toi, les problèmes font boule de neige. Si je voyais la vie à ta manière, je n'avancerais pas ; l'existence me semblerait insupportable. Il existe forcément une solution. Ton père et moi, nous serons ravis de venir passer une petite quinzaine de jours ici pour nous occuper des enfants si tu ne peux pas te permettre de prendre un congé.

— C'est vrai ? Vous feriez ça ? »

À ce moment précis, la sonnette retentit. Ruth alla ouvrir et, en moins de vingt minutes, une trentaine de personnes avaient envahi la maison.

La nouvelle conquête de Toby était une bombe en effet, mais Christian resta indifférent à ses charmes.

« Par curiosité, quel âge a-t-elle ? demanda-t-il à son ami près du potager où ils s'étaient réfugiés pendant que Gabriella aidait Ruth à organiser un jeu de chaises musicales qui dégénérait.

— Vingt-sept ans.

— Moi j'aurais dit dix-sept.

— Tu plaisantes ? J'approche de la quarantaine. Ce serait du détournement de mineure ! »

Christian éclata de rire.

« Comme si ça t'avait jamais dérangé !

— Tu ne bois pas ? s'étonna Toby en désignant de sa bouteille de bière le verre d'eau de son ami.

— Non. Je n'en ai pas très envie aujourd'hui.

— Comment ça se passe avec Ruth ?

— Ça va. Mais nous n'avons pas encore eu l'occasion de discuter ensemble. Elle est très en colère ; elle souffre.

— Tu crois qu'elle te laissera rester ?

— Aucune idée. À l'heure actuelle, ça me semble compromis. Même si je regrette sincèrement, nous sommes deux dans cette histoire, et les prochains mois seront sans doute pénibles. Je fais des efforts mais je ne sais pas si elle me prend au sérieux. »

Toby l'écoutait en arrachant les feuilles de la haie qu'il écrasait ensuite d'un air absent.

« Tu as raison. Vous êtes deux dans cette affaire. J'adore Ruth mais elle est exigeante. Elle attend beaucoup de la vie et des gens.

— C'est vrai. Je suis tout aussi exigeant qu'elle, d'ailleurs. Si nous restons ensemble, il faudra laisser cette crise derrière nous et avancer.

— Il est temps de devenir adulte, en somme ! J'envisage d'ailleurs de demander à Gabriella de venir s'installer à Londres et de vivre avec moi.

— Tu es sérieux ?

279

— On ne peut plus. Elle ne me passe rien et il est grand temps que je fréquente une femme qui m'envoie promener quand je déconne.

— D'après toi, nous sommes deux attardés ou tous les hommes nous ressemblent ?

— J'ai bien peur que tous les hommes ne soient comme nous, répondit Toby en souriant.

— Ruth me serine tout ça depuis des années et il a fallu cette crise pour que je comprenne ce qu'elle essayait de me dire.

— Eh oui ! C'est comme la cigarette. Tu sais que ce n'est pas bon pour la santé mais il faut que *toi* tu aies envie d'arrêter pour que ça marche. »

Christian ouvrit la bouche pour répondre mais, à ce moment précis, un bruit se fit entendre. Un bruit si assourdissant, si stupéfiant qu'il en lâcha son verre. Dans le jardin, tout le monde s'immobilisa. Même les enfants cessèrent leurs jeux bruyants. Christian chercha les siens des yeux. Betty se tenait devant Ruth. Mais Hal ? Il fouilla frénétiquement le jardin des yeux.

Les goûters d'enfants tapaient tellement sur les nerfs de Ruth qu'il arrivait toujours un moment où elle n'en pouvait plus et se sentait sur le point de s'évanouir. Elle venait de mener de main de maître un jeu de chaises musicales à la fois effréné et terriblement ennuyeux lorsqu'elle entendit le cri. Un peu éméchée (le seul moyen de survivre à ce genre d'épreuve), Ruth crut d'abord avoir rêvé ce bruit mais un regard jeté à Gabriella lui suffit pour comprendre que son imagination ne lui avait pas joué un vilain tour. Sa première pensée fut déplorable : s'agacer qu'un tel événement se produise au moment précis où elle venait de découvrir que la dernière conquête de Toby n'était pas le cauchemar que suggérait son éclatante beauté.

La deuxième réaction de Ruth fut plus adaptée : elle serra instinctivement Betty contre elle, alors même que la fillette se trouvait à proximité et ne risquait rien. La plupart de ses amis firent de même avec leurs enfants et, après un rapide coup d'œil circulaire, Ruth remarqua l'absence de son fils. Où se trouvait Hal ? Elle aperçut Christian en train de fouiller le jardin des yeux : lui aussi cherchait le petit. Le cœur de Ruth se contracta et son estomac se noua tandis qu'elle tentait d'analyser ce qu'elle ressentait depuis un certain temps sans pouvoir mettre de mots dessus.

Agatha avait passé une journée horrible. Rien ni personne n'aurait pu changer les choses et, de toute façon, personne n'aurait essayé de lui remonter le moral. Personne ne semblait se rendre compte que le goûter était un échec. En y réfléchissant bien, c'était d'ailleurs l'histoire de sa triste vie.

Pour commencer, les Donaldson s'étaient comportés exactement comme elle s'y attendait, à savoir qu'ils avaient sali toute la maison, sans aucun respect pour le travail accompli par leur nounou afin d'arriver à une telle perfection. Ensuite, elle avait confectionné les sandwichs trop tôt et passé la matinée à craindre qu'ils ne ramollissent. Quant à la mère de Ruth : telle mère, telle fille ! Cette gourde ne comprenait aucune allusion et Agatha avait dû refuser son aide une bonne centaine de fois. Pour finir, sa stupide patronne avait préparé à manger à Betty ! Deux heures avant la fête ! Agatha avait bien sûr dû nettoyer, laver et balayer derrière elle, qui valait tout de même mieux que Christian, lequel avait eu la témérité de se faire un sandwich à deux heures moins le quart. Ces gens étaient des malades !

Comment Agatha avait-elle réussi à rater le glaçage des biscuits de façon aussi spectaculaire ? Il avait un goût infect et elle n'avait pas eu la présence d'esprit de le tester avant d'en avoir nappé presque tous les biscuits, ce qui l'avait obligée à gratter l'un après l'autre les quarante biscuits puis à tout recommencer de zéro. Ruth l'avait surprise en pleine action et lui avait dit que ce n'était pas grave. Pas grave ! Cette folle n'aurait jamais dû avoir le droit d'être mère.

Dès le début de la fête, les gens s'étaient déversés dans la maison. C'était affreux. Ils n'arrêtaient pas de vouloir prendre Hal dans leurs bras, de lui offrir des cadeaux et de parler fort. Pourquoi se sentaient-ils tous obligés de hurler, bon sang ? Ils buvaient des verres de vin pétillant et se racontaient des bêtises par-dessus la tête de leur progéniture. Rien de sensé, rien de construit. Agatha avait minuté chaque étape du goûter à la seconde près mais Ruth s'en désintéressait complètement. Elle avait bien essayé de la convaincre de reprendre les rênes de la fête, mais cette femme avait eu du mal à cacher son mépris avant de recommander encore à la nounou de ne pas s'en faire, qu'elle s'occuperait elle-même des jeux. Or, quand les jeux avaient commencé, Ruth ne s'en était pas du tout occupée, elle s'était adjugé les services de la garce, peu importe son nom, celle qui avait de longs cheveux noirs, une moue boudeuse et un jean moulant. Quelle menteuse, cette Ruth ! Toutes les mêmes !

Agatha regardait par la fenêtre en ôtant le film étirable qui recouvrait les sandwichs, en arrangeant les biscuits sur un plat et en sortant les saucisses cocktail du four lorsqu'elle aperçut Hal, la main dans celle de la garce. Il bondissait de joie, l'ingrat ! Une haine féroce la submergea, si intense qu'elle engloba momentanément Hal. « Inconstant », voilà le mot qu'elle cherchait. En plus d'être menteurs, ils se révélaient tous inconstants. Si elle avait possédé une arme, elle aurait tiré dans le tas.

Faisait-il soudain plus chaud ? Agatha ouvrit brusquement toutes les fenêtres. Elle transpirait à grosses gouttes. Une sueur froide lui dégoulinait dans le dos. Faisait-il vraiment si chaud ? Pourquoi faisait-il si chaud ? Agatha tirait sur son tee-shirt, prise d'une irrépressible envie de s'en débarrasser.

On lui parlait. Elle se tourna pour découvrir cette gourde de grand-mère qui semblait s'adresser à elle, mais il faisait si chaud qu'Agatha n'entendait rien. Et tous ces gens qui hurlaient dans le jardin ! Elle tendit la main pour prendre le gâteau car, si quelqu'un était capable d'obtenir de Hal qu'il souffle ses bougies, c'était elle.

Trop tard. Hal était assis sur une chaise à côté de sa grand-mère et il mâchait. Il avançait la main vers le deuxième sandwich qu'il allait engloutir. La voix de la mère de Ruth lui fit l'effet d'une déflagration :

« Mon Dieu ! Il mange ! Dépêchez-vous, Aggie, allez chercher Ruth ! Il faut qu'elle voie ça. »

Il faisait décidément trop chaud. Agatha l'avait-elle déjà signalé ? L'écoutait-on, au moins ? Il. Faisait. Trop. Chaud. Il fallait que Hal cesse immédiatement. Elle se jeta sur lui et lâcha par mégarde le plat sur lequel reposait le gâteau. Il se brisa en mille morceaux. Ces mille morceaux s'éparpillèrent à ses pieds. En mille morceaux. À ses pieds. Elle ne parvenait pas à empêcher sa propre chute. C'était d'ailleurs sans doute pour cette raison qu'elle se retrouva par terre, au milieu des éclats de porcelaine qui lui entaillaient les mains, couvertes de son sang chaud et visqueux.

En mille morceaux. À ses pieds. La chute.

Quelqu'un hurlait. Un cri assourdissant, trop proche. Si proche qu'elle aurait pu le croire venu d'elle. Qu'est-ce qu'il faisait chaud ici ! On allait lui porter secours, oui ou non ? Bonne chance au petit.

Le plat était cassé.

Le gâteau fichu.

Le sol jonché de mille morceaux de porcelaine.

Il y avait mille morceaux d'elle par terre.

Ruth et Christian atteignirent la pénombre de la maison en même temps. Ils paniquaient. Ils allaient pénétrer dans l'inconnu et ne pouvaient rien l'un pour l'autre. La familiarité des lieux fit soudain de la situation une grotesque parodie de leur quotidien. Ruth entra la première et appela leur fils. Un gémissement lui parvint, audible malgré les cris. Elle fila donc dans l'entrée et vit sa mère serrer Hal contre elle, blanche comme un linge. La mère et l'enfant étaient constellés de taches de sang.

« C'est Aggie, expliqua-t-elle. Je ne sais pas ce qui s'est passé. J'ai emmené Hal aux toilettes et il m'a dit qu'il avait faim. Du coup, nous sommes allés à la cuisine et il a avalé un sandwich.

— Un sandwich ? s'étrangla Ruth.

— Je sais, je te raconterai plus tard. J'ai dit à Aggie d'aller te chercher mais elle n'avait pas l'air de m'entendre. Elle était écarlate et semblait, comment dire, ailleurs. Quand Hal s'est servi un second sandwich, elle s'est jetée sur lui mais elle a trébuché avec le gâteau dans les mains. Tout ce sang, c'est le sien. Mon Dieu ! Ces hurlements, ce n'est pas humain !

— Merci, maman. Christian et moi, on s'en occupe. »

Une crainte les tenaillait tous.

Ruth n'avait nulle envie de savoir ce qui se passait derrière la porte de la cuisine mais Christian la poussa sans hésitation. Le bruit s'intensifia et elle vit le sang sur le sol, la porcelaine cassée et le gâteau en miettes. Aggie était toujours allongée par terre, tel un animal sauvage, le visage rouge et bouffi, couvert de larmes et de morve. Christian la souleva et l'installa sur une chaise, ce qui l'apaisa un peu. Le bruit baissa de quelques décibels pour devenir un meuglement. Ruth attrapa une serviette et essuya le sang qui maculait les bras et les mains de la nounou.

« Ses blessures semblent superficielles », dit-elle à Christian sans quitter des yeux celle à qui elle avait confié ses enfants pendant huit mois. Qu'avait-elle fait ? « Aggie ? Aggie ? C'est moi, Ruth. Ça va ? »

La jeune femme roulait des yeux mais ne parvenait pas à fixer qui que ce soit. Elle paraissait si jeune que Ruth ressentit pour elle un élan maternel et lui apporta un verre d'eau qu'elle l'obligea à avaler.

« Aggie ? répéta-t-elle. Ne vous inquiétez pas, tout va bien se passer. Vous voulez voir un médecin ? Vous savez ce qui vous arrive ?

— Tu veux que j'appelle une ambulance ? demanda Christian.

— Elle a l'air de se calmer. Laisse-la reprendre un peu ses esprits. »

Aggie blêmit brusquement et se mit à claquer des dents.

« Vous vous sentez mieux, Aggie ? » insista Ruth.

La jeune fille leva les yeux vers ses employeurs et fondit en larmes. Ruth l'attira contre elle et laissa les pleurs de la nounou imbiber son tee-shirt.

« Excusez-moi, sanglota Aggie. Je ne voulais pas vous en parler parce que je tenais à cet emploi. Je suis épileptique. »

Ruth se détendit. Que se serait-il passé si cette crise avait eu lieu quand la jeune fille était seule avec les enfants ? Certes, il valait mieux que ça se produise aujourd'hui.

« Oh, Aggie ! Vous auriez dû le dire. On aurait trouvé une solution.

— Je vais devoir m'en aller…

— Vous n'irez nulle part. Votre état ne vous le permet pas », répliqua Ruth en lui caressant les cheveux. Ça faisait du bien d'être en position de force, pour une fois. « Allez vous étendre dans votre chambre. Ne vous inquiétez de rien ; nous discuterons de tout cela demain matin.

— Mais le gâteau de Hal…

— Aucune importance. Il ne s'en apercevra même pas. »

Aggie gémissait, les mains glacées, mais elle se leva tout de même.

« Voulez-vous que je vous accompagne ? lui proposa Ruth.

— Non, ça va aller. Vous avez raison, j'ai besoin de repos. »

Il fallait tirer les conséquences de cet incident mais Ruth ne s'en sentait pas capable pour l'instant. Ce goûter était un ratage complet et elle ne voyait pas comment le rattraper.

« Et merde ! lâcha-t-elle à son mari lorsque Aggie eut tourné les talons.

— Je sais. On ne peut pas continuer à lui confier les enfants.

— Exactement. Mais on ne peut pas non plus la jeter dehors.

— On devrait l'emmener chez un médecin dès demain matin. »

Malgré le choc qu'elle avait reçu, Ruth allait devoir supporter jusqu'à la fin le goûter d'anniversaire et les inévitables questions des invités.

« Oui. Mais la priorité, c'est le sauvetage du gâteau. »

L'escalier se mit à tanguer devant le yeux d'Aggie et des lueurs blanches fusèrent autour d'elle. Elle avait failli basculer de l'autre côté. Bien sûr les Donaldson lui demanderaient de partir. Même eux n'étaient pas assez fous pour confier leurs enfants à une dingue. La nounou s'assit au bord de son lit et estima la probabilité qu'ils contactent un médecin ou la police d'ici là ; elle était faible. Ils devaient d'abord s'occuper du goûter, ensuite certains invités s'attarderaient, puis ils coucheraient les enfants et dîneraient avec les parents de Ruth. Ils la croiraient tranquillement endormie et attendraient le lendemain.

Elle envisagea de s'enfuir avec Hal quand tout le monde dormirait, mais c'était sans doute inutile. Qui plus est, elle ne voulait pas agir en criminelle à cause d'une erreur stupide. La hurleuse allongée sur le sol de la cuisine, ce n'était pas elle. Elle, elle était forte ; elle avait tout fait pour le devenir. Elle n'avait peur de rien. Elle était la mère de Hal.

Agatha ne ferma pas l'œil de la nuit ; les Donaldson se couchèrent peu après vingt-trois heures, et le ton de leurs voix indiquait une dispute mais ils semblaient trop fatigués pour aller au fond des choses. À trois heures, la nounou alla chercher son sac à dos dans le placard-séchoir. Sur le dessus, elle avait plié les vêtements qu'elle avait achetés pour Hal et pour elle. C'était ces infimes détails qui la rendaient si sûre d'elle.

Agatha avait passé des semaines à scruter les autres femmes au square. Elle avait admiré leurs vêtements, lu les étiquettes des pulls abandonnés sur les bancs, caressé le cuir de leurs sacs à main, observé l'éclat du soleil sur leurs lunettes teintées. Elle avait imité leur démarche. Elles n'arrêtaient jamais leurs regards sur des gens tels qu'Agatha ; elles faisaient à peine davantage attention à leurs enfants qui les suivaient comme des canetons une cane. La vie coulait de source pour ces femmes. Leur assurance leur servait de bouclier. Personne ne les remettait en question. Agatha avait songé à emporter certains vêtements que Ruth ne portait jamais mais elle avait résisté à la tentation parce que ç'aurait été mal. Elle avait préféré s'acheter avec son propre argent de nouvelles tenues, le sésame vers sa vie à venir.

À cinq heures du matin, elle s'habilla et s'assit sur son lit en regardant le jour se lever. Le ciel gris deviendrait bientôt bleu. Son estomac noué lui parut plus vide que jamais. Les secondes s'égrenaient lentement. Elle attendit pourtant, parce qu'il était vital de respecter son plan à la lettre.

À six heures, elle descendit son sac à dos au rez-de-chaussée et le déposa devant la porte d'entrée. Elle sortit la poussette du placard sous l'escalier et la déplia à côté du sac. Ensuite, elle remonta discrètement à l'étage. Elle aurait fait une cambrioleuse hors pair car elle savait se déplacer à pas de loup.

La chambre de Hal était plongée dans l'obscurité et il tétait dans son sommeil. Lorsqu'elle écarta la mèche qui lui barrait le front, il ouvrit les yeux en silence. Elle lui caressa la joue, aussi douce que du cachemire.

« Bonjour, mon ange. J'ai un cadeau pour toi, Hal. Tu veux participer à une chasse au trésor avec moi ? »

Il lui tendit les bras avec une confiance aveugle qui saisit Agatha à la gorge. Elle le souleva et serra son petit corps dont la chaleur la convainquit, si besoin était, de la justesse de sa décision. Agatha s'agenouilla pour lui enfiler ses vêtements.

« Hal, il ne faut pas faire de bruit, parce que tout le monde dort. Tu comprends ? »

Il acquiesça d'un signe de tête et elle le porta au rez-de-chaussée. Ils y étaient presque ; leur vie allait enfin commencer et jamais encore elle ne s'était sentie aussi terrifiée. Son cœur tambourinait dans sa poitrine et résonnait dans tous les muscles, toutes les fibres, toutes les veines de son corps.

Hal était désormais sanglé dans sa poussette et Agatha portait son sac sur son dos. Elle ouvrit la porte d'entrée et sortit avant de se retourner pour fermer à clé dans le plus grand silence. L'air déjà doux de l'été les enveloppa et les propulsa au bout de la rue. Les oiseaux interrompirent leur chant matinal pour les observer avant de le reprendre, plus fort cette fois, plus triomphalement, car Hal et Agatha prenaient leur envol.

Christian se réveilla en sursaut, le cœur battant si fort qu'il crut d'abord à une crise cardiaque. Un coup d'œil à son réveil lui indiqua six heures trente-trois. Il tendit l'oreille mais aucun sanglot ne lui parvint. Il faisait si chaud qu'il rejeta la couverture afin de laisser l'air frais du matin sécher la transpiration de son corps nu. Il avait une impression de malaise, comme au sortir d'un mauvais rêve. Endormie, Ruth lui tournait le dos et respirait si calmement que c'en était surnaturel. Il envisagea d'aller vérifier que tout se passait bien dans les chambres de ses enfants puis renonça. À cette heure-ci, leur sommeil était trop léger : le moindre bruit les réveillerait.

L'atmosphère lui semblait lourde, étouffante, et pourtant, il ne faisait pas si chaud que ça. Il ne fait jamais chaud en Angleterre. Il tenta de se souvenir de la cause de la dispute qu'il avait eue avec Ruth la veille au soir mais tout se mélangeait dans son esprit. Pourraient-ils un jour avoir de nouveau une conversation normale ?

Christian se leva puis se doucha. C'était dimanche et le lendemain sa femme lui demanderait de s'en aller. La porte de ce qui lui avait semblé jusqu'alors une cage dorée s'ouvrait enfin mais il prenait soudain conscience de ses besoins réels. Il devrait peut-être louer un meublé dont le canapé se transformerait en un lit inconfortable et dont la cuisine ne serait qu'un alignement d'éléments le long d'un mur. Tous ses biens s'imprégneraient de l'odeur des currys à emporter dont il se nourrirait exclusivement ou de la bière tiède qu'il boirait soir après soir. Il ouvrirait les yeux en se détestant et les fermerait en regrettant de ne pas être chez lui.

À sept heures, il préparait du café en contemplant par la fenêtre le désordre du jardin, auquel il comptait s'atteler, quand Betty surgit ; l'enthousiasme de la fillette lui changea les idées. Il s'occupa de son petit-déjeuner et se convainquit que leur vie n'était pas en train de s'effondrer.

Dès le réveil, Ruth sut qu'elle avait trop dormi. Un voile d'indifférence semblait l'envelopper. Le réveil lui annonça huit heures vingt. Comment avait-elle pu ne pas entendre Christian et les enfants ? Betty criait au rez-de-chaussée, la télévision ronronnait, l'odeur du café montait jusqu'à ses narines. Le sommeil ne lui avait fait aucun bien, au contraire, elle avait l'impression d'être droguée et de vivre entre illusion et réalité.

Cette journée serait pourtant marquée par l'action, les décisions, la souffrance et le tourment. Pas moyen de se reposer, Ruth savait que chaque heure l'épuiserait davantage que la précédente jusqu'à ce qu'elle réussisse à s'asseoir sur le canapé, un verre de vin à la main et dans la tête la crainte de ce que lui réservait le lundi. Elle s'extirpa du lit, les jambes lourdes, l'esprit embué et resta longuement sous le jet de la douche dans l'espoir de se réveiller. Elle descendit pourtant dévastée. Christian s'affairait avec des sacs-poubelle. Il avait déjà remis en ordre presque toute la cuisine.

« Bonjour, la salua-t-il. Tu veux du café ?

— Oui, avec plaisir. » Comment allait-elle réussir à affronter la journée qui s'annonçait ? Comment allait-elle assumer les décisions qu'il lui faudrait prendre ? Le laisser rester, serait-ce faire preuve de faiblesse ? Admettre ce qu'elle refusait de reconnaître ? « Aggie est levée ? demanda-t-elle pour changer de sujet.

— Non. » Il noua un sac puis en glissa un propre dans la poubelle. Ce zèle inhabituel commençait déjà à agacer sa femme. « Qu'est-ce qu'on va faire ? reprit-il.

— Aucune idée. » En général, c'était Ruth qui suggérait des solutions, même mauvaises, mais pour ce problème, elle n'entrevoyait aucune issue. « Maman m'a proposé de nous aider si nous voulons la renvoyer.

— Tu veux vraiment qu'elle s'en aille ?

— Tu plaisantes ? Et si elle s'était trouvée seule avec Hal et Betty quand elle a eu sa crise ?

— Je n'ai jamais vu de crise d'épilepsie de ce genre.

— Combien en as-tu vu ?

— Aucune, mais je ne pensais pas qu'elles se déroulaient de cette façon. »

Christian tendit son café à Ruth, et Betty revint du salon, toujours en pyjama, suivie de près par les sons des dessins animés.

« Je peux aller dans la tente de Hal ?

— Sûrement, ma puce. Va lui demander s'il accepte.

— Il dort encore. »

Ruth jeta un regard inquiet à son mari.

« Hal dort encore ?

— Oui. »

Son cœur se serra.

« Il se réveille toujours avant sept heures et demie. »

Christian retournait au jardin.

« La journée d'hier a dû le fatiguer. »

Ruth tenta de lui voler un peu de sa nonchalance.

« Je vais quand même voir. »

Elle monta les marches à la volée, priant un dieu auquel elle ne croyait pas, prête à tout pourvu que son fils aille bien. Elle ouvrit la porte de la chambre plongée dans l'obscurité et comprit immédiatement qu'il n'était pas là. Elle se précipita vainement vers le lit vide. Elle avait craint une maladie, mais allait devoir affronter une épreuve plus sinistre encore. Certes, il se pouvait encore qu'il soit allé retrouver ses grands-parents ou sa nounou. Elle commença par aller interroger ses parents mais, au plus profond d'elle-même, elle savait ce qui s'était véritablement passé.

Elle frappa à la porte de la chambre mansardée et sa mère lui ouvrit.

« Hal n'est pas avec vous, n'est-ce pas ?

— Non, ma chérie. Tout va bien ? »

Ruth avait déjà tourné les talons, incapable de répondre. Elle ne prit même pas la peine de frapper à la porte de la chambre où Aggie avait passé la nuit : elle était vide. Aucune trace de la jeune fille. Le lit était tiré au cordeau.

Ruth dévala l'escalier. Sa mère la suivit de près, tentant vainement de comprendre ce qui se passait ; Betty insistait toujours pour la tente. Tout le monde lui mettait des bâtons dans les roues. L'air était étouffant, elle avait du mal à respirer. Christian était trop loin, à l'autre bout du jardin. Il ramassait des gobelets en plastique dans les plates-bandes. Elle courut vers lui mais ne put produire le moindre son. Elle dut lui poser la main sur le bras pour qu'il se retourne.

« Qu'y a-t-il ? s'écria-t-il en s'éloignant d'elle comme d'une pestiférée.

— Hal a disparu. Aggie aussi. Elle l'a enlevé. »

Christian lui empoigna les bras, à la façon des acteurs dans les feuilletons. Comme s'il voulait la forcer à dire la vérité.

« Ne dis pas n'importe quoi, Ruth. Elle ne l'a pas enlevé, c'est impossible. Tu as bien regardé partout ? »

Ruth entendit sa mère crier. Expliquer la situation à Christian allait lui demander trop d'efforts. Elle savait ce qui s'était passé. Sans le moindre doute. La seule inconnue demeurait l'heure de leur départ, l'avance qu'elle avait prise.

« Tais-toi, Christian, dit-elle en s'écartant de lui. À quelle heure t'es-tu réveillé ? »

Elle n'avait jamais été aussi lucide.

« Elle l'a peut-être emmené se promener au square.

— À quelle heure t'es-tu réveillé ? hurla-t-elle.

— Ils ne sont pas dans le jardin, intervint sa mère. J'ai regardé partout.

— Oh, mon Dieu, non ! » se lamenta Christian.

Ruth l'aurait volontiers giflé.

« Alors ! À quelle heure t'es-tu réveillé ?

— Six heures et demie, répondit-il en la dévisageant d'un air si terrorisé qu'elle dut baisser les yeux. Je me suis réveillé en sursaut. J'ai tendu l'oreille mais personne ne pleurait. Ensuite, je me suis levé et douché. J'ai dû descendre vers sept heures. Peu après, Betty m'a rejoint et tu es arrivée. J'étais persuadé que le petit dormait.

— Elle ne serait jamais partie en pleine nuit. C'est sans doute son départ qui t'a réveillé. Il est maintenant neuf heures moins le quart, elle a donc plus de deux heures d'avance sur nous. »

Christian se précipita vers la maison.

« J'appelle la police ! »

Ruth lui emboîta le pas ; le sol semblait se dérober sous ses pieds. Un sentiment d'impuissance s'empara d'elle comme un zombie s'agrippe à sa proie. Betty sanglotait mais Ruth s'en fichait éperdument.

« Ils arrivent aussi vite que possible », annonça Christian. Sur quoi il quitta la pièce et Ruth l'entendit vomir.

Ses parents étaient là. Elle sentit des bras l'entourer. Ruth observa sa mère. Partageaient-elles le même supplice ? Celui d'une mère ?

« Elle ne lui fera aucun mal, ma chérie.

— Elle est folle, maman. Tu l'as vue hier soir. Elle n'est pas du tout épileptique. Dieu sait de quoi elle souffre, mais Hal n'est pas en sécurité avec elle.

— La police va les retrouver. Elle ne peut pas avoir filé bien loin. »

Si. Elle pouvait parfaitement avoir embarqué sur un ferry ou dans un avion. Ruth bondit jusqu'au tiroir où elle rangeait les passeports. Lorsqu'elle constata que celui de Hal avait disparu, elle eut l'impression de se liquéfier.

Les policiers arrivèrent. Christian les fit entrer dans le salon. Un homme et une femme, austères dans leurs uniformes.

« Elle a emporté le passeport de mon fils », déclara Ruth en les suivant dans la pièce.

— Madame Donaldson, dit l'un d'eux en lui tendant la main, je suis l'inspecteur Rogers et voici l'agent Samuels, ajouta-t-il en désignant sa collègue.

— Je vous en supplie, insista Ruth. Vous perdez du temps. Ils sont partis depuis trois heures. Ils peuvent être n'importe où. »

L'agent Samuels avança d'un pas.

« Je m'appelle Lisa. Je sais combien c'est difficile, madame Donaldson, mais pour retrouver votre fils nous devons vous poser quelques questions. »

Une grosse larme roula sur la joue de Ruth : ces gens n'allaient lui être d'aucun secours. Aggie était en train de filer avec Hal.

L'inspecteur Rogers reprit la parole, s'adressant à Christian :

« Au téléphone, vous m'avez dit que la nounou avait quitté la maison avec votre fils sans votre permission. Êtes-vous certain qu'elle ne l'a pas emmené se promener, au square ou ailleurs ?

— Oui. Je me suis réveillé à six heures et demie. Je les croyais endormis. Elle a eu une crise hier soir. Elle se prétend épileptique mais nous n'y croyons guère et nous allions la renvoyer aujourd'hui. »

Cette explication était grotesque, Ruth s'en rendait compte en l'écoutant.

Le policier ne sembla pas dérouté par la confusion de ce récit.

« Le savait-elle ?

— Nous ne lui avons rien dit mais elle peut l'avoir deviné.

— Mon instinct me disait depuis un certain temps que quelque chose clochait chez elle, mais je n'arrivais pas à déterminer quoi, les interrompit Ruth.

— Qu'est-ce qui vous fait dire ça ? » demanda l'agent Samuels. Ruth la dévisagea. Avait-elle des enfants ? Les confiait-elle à des nounous au comportement étrange ?

« Je ne sais pas. Elle était trop parfaite. En y repensant, je me demande si elle ne nous a pas menti depuis le début.

— Vous permettez que je jette un œil à sa chambre ? demanda Samuels.

— Elle a tout emporté, les prévint Christian. J'ai vérifié. La plupart des vêtements de Hal ont également disparu.

— Ainsi que son passeport », ajouta Ruth.

L'agent Samuels quitta la pièce pour lancer un appel radio d'un ton pressant.

« Qui vous l'a recommandée ? demanda l'inspecteur. Nous avons besoin de son nom, de son âge et de tout ce que vous savez à propos de sa famille.

— Nous avons mis une annonce dans *The Lady*, répondit Ruth. J'ai téléphoné à sa précédente employeuse qui n'a pas tari d'éloges à son sujet. Elle s'appelle Agatha Hartard et nous a dit avoir perdu contact avec les siens.

— Vous n'avez donc jamais rencontré ses parents ? Avez-vous consulté son passeport ? Êtes-vous certaine qu'il s'agisse de sa véritable identité ? »

Ruth croisa le regard de Christian. Plus rien n'existait au monde.

« Oh, mon Dieu, gémit-elle en portant une main à ses lèvres. Oh, mon Dieu ! »

Agatha avait tout prévu. Évidemment. D'abord, ils marcheraient vingt minutes jusqu'à la station de métro de Kilburn, où ils pourraient (elle avait vérifié) se teindre les cheveux et se changer tranquillement. Quand ils arrivèrent, l'endroit était bel et bien désert et Hal se laissa transformer sans rechigner. Elle emballa leurs vêtements dans les sacs-poubelle emportés à cet effet et rangea le tout dans son sac à dos avant de se changer à son tour. En contemplant son reflet dans le miroir embué, elle vit celle qu'elle était en train de devenir et fut satisfaite du résultat.

Il était à peine sept heures et demie lorsqu'ils atteignirent le quai du métro pour prendre une rame à destination de la gare d'Euston. Hal semblait fatigué ; il allait vraisemblablement bientôt réclamer un biberon. Elle lui achèterait un *pain au chocolat*[1] à la gare et s'offrirait également un latte, elle l'avait bien mérité.

Ils étaient sans doute encore en sécurité. La veille, Ruth était épuisée et elle dormait sans doute encore. De toute façon, elle n'était certainement pas encore montée voir son fils car elle devait être trop occupée à profiter de sa solitude ou à se disputer avec Christian. Ils ne s'étonneraient pas non plus qu'elle dorme plus tard que d'habitude après la crise qui l'avait terrassée la veille. Quand elle aurait le temps, elle irait consulter un médecin afin d'obtenir un véritable diagnostic et une ordonnance pour les médicaments adéquats. Pas d'inquiétude ; tout se passerait bien.

Le métro les emmena à la gare sans encombre. Ils achetèrent viennoiseries et café et se postèrent devant les tableaux d'affichage scintillant des noms de tous les endroits où ils pourraient se rendre. Agatha avait déjà décidé d'aller sur la côte pour prendre un ferry à destination de l'Europe, mais, une fois dans le hall crasseux, elle réalisa que pour cela ils auraient dû prendre le métro jusqu'à Victoria Station, et non Euston. Tout le monde sait que Victoria vous emmène sur la côte, tandis qu'Euston vous ramène au cœur de l'Angleterre. Agatha fut prise d'un vertige en tentant de se remémorer la demi-heure précédente, mais rien ne vint. Sur le panneau, elle

1. En français dans le texte. *(N.d.T.)*

300

étudia les noms des destinations en orange qui se formaient à partir de minuscules carrés empilés les uns sur les autres comme des cubes d'enfant. Elle comprenait leur message. Le prochain train en partance pour Birmingham quittait le quai dix minutes plus tard, à huit heures vingt-cinq. Agatha poussa Hal jusqu'à la billetterie et acheta un aller simple. Ils partaient. Ils retournaient là d'où elle venait. Là où tout avait commencé. La jeune nounou se sentait le cerveau et les nerfs en ébullition. Il fallait qu'elle retourne là-bas pour en finir. Tout se passerait bien.

« Elle vous a donné sa véritable identité », annonça l'agent Samuels. N'ayant rien découvert dans la chambre d'Agatha, elle avait appelé ses collègues au commissariat. « C'est encourageant. Si elle était organisée, si elle s'était immiscée dans votre famille avec la ferme intention de kidnapper votre enfant, elle ne vous aurait pas révélé son vrai nom.

— Elle vit chez nous depuis huit mois », expliqua Ruth.

Christian ne suivait cette conversation qu'à moitié. C'était trop pénible.

« C'est très court. Les pédophiles planifient eux aussi souvent leurs enlèvements pendant des mois.

— Une pédophile ? Vous pensez que c'est une pédophile ? »

Terrorisé, Christian aurait préféré devenir subitement sourd.

« Nous ne devons négliger aucune piste, madame Donaldson. Je vous le répète : le fait qu'elle vous ait donné son véritable nom est plutôt rassurant. »

Christian reprit courage dès que l'inspecteur eut quitté la maison car il s'était senti jusque-là écrasé par le mépris de Rogers. Après tout, quel genre de gens étaient-ils, Ruth et lui, pour confier leur gosse à une malade pareille ?

« Est-ce que je peux vous accompagner ? » lui avait-il demandé.

— Il est préférable que vous restiez chez vous, avait-il rétorqué, au cas où Aggie vous téléphonerait. Son jugement sera sans doute un peu altéré et il vaut mieux que rien ne sorte de l'ordinaire. »

D'autres agents de police allaient et venaient dans la maison. L'un d'eux s'assit pour leur expliquer que, à ce stade de l'enquête, ils allaient attendre pour informer les médias, de peur d'épouvanter la nounou.

La photo représentant Aggie et Hal devant le potager avait été diffusée à tous les commissariats du pays. C'était la seule que Ruth avait trouvée et Christian aurait préféré qu'elle s'abstienne. Ils avaient l'air si complices, si jeunes, si innocents, si parfaits avec leurs pelles, la terre retournée, le soleil et leurs sourires éclatants. Des agents de police inspectaient les ports, les gares et les aéroports. Si Agatha tentait de quitter le pays, elle se ferait immanquablement repérer.

Une jeune femme en civil leur expliqua ce qui avait pu déclencher le passage à l'acte d'Aggie et les conséquences possibles. L'agent Samuels prépara du thé puis disparut, les laissant en larmes, serrés l'un contre l'autre.

Finalement, après une attente qui leur sembla avoir duré des heures, elle revint.

« Nous avons pu remonter jusqu'à ses parents. Ils ne l'ont pas vue et n'ont reçu aucune nouvelle d'elle depuis sept ans mais il ne s'agit pas d'une brouille.

— Expliquez-vous, l'enjoignit Christian. Où sont-ils ?

— Dans un village qui s'appelle Tamworth, dans les environs de Birmingham. Une de nos collègues sur place va leur rendre une petite visite. Nous en saurons plus d'ici un quart d'heure. »

Christian se leva, abandonnant Ruth sur le canapé. Il lui était insupportable de ne pas maîtriser la situation.

« Si je pars maintenant, je peux y être dans trois heures.

— Ce serait inutile, lui expliqua Samuels. Si elle est chez ses parents, nous l'arrêterons d'ici un quart d'heure. Cependant, monsieur Donaldson, elle ne leur a pas parlé depuis sept ans, alors il est peu probable qu'elle se rende chez eux. Pour l'instant, il ne s'agit que d'une piste.

— Je ne peux quand même pas rester là sans rien faire ! » s'écria Christian.

Ruth lui prit la main pour l'obliger à se rasseoir.

L'agent Samuels se posta devant lui d'un air déterminé.

« C'est ici qu'on a besoin de vous, monsieur Donaldson. Laissez la police faire son travail et votre fils vous sera bientôt rendu. »

Ruth s'était remise à pleurer – si elle s'était jamais arrêtée.

« Je t'en prie, Christian, je t'en supplie, fais ce qu'ils te disent. Ne complique pas les choses.

— Nous en saurons plus d'ici quelques minutes, répéta Samuels. Mes collègues m'informeront dès qu'il y aura du nouveau. »

À la gare de Birmingham, il y avait une correspondance pour Stokes toutes les vingt minutes environ. Agatha avait assez souvent utilisé cette ligne pour conserver l'image du quai imprimée dans sa mémoire. La présence policière était nettement plus importante que d'ordinaire mais cela n'inquiéta pas la jeune fille. Elle avança d'un pas assuré avec la poussette, tête haute, démarche audacieuse, étudia le panneau d'affichage d'un air confiant et repoussa ses lunettes de soleil dans ses cheveux pour que tout un chacun puisse voir ses yeux. Lorsque Hal se mit à pleurnicher, elle conseilla à Rupert d'arrêter de geindre car il allait bientôt revoir sa mamie. Les policiers la scrutèrent mais leurs regards glissèrent sur elle avant de se poser sur quelqu'un d'autre. Les mères accompagnées de leurs enfants étaient légion.

Agatha et Hal se postèrent sur le quai en attendant l'arrivée du train. Ce ne fut qu'à ce moment-là que la jeune femme comprit ce qu'ils allaient faire. Hal n'était pas une offrande pour

Harry (d'ailleurs, Harry ne toucherait pas à un seul de leurs cheveux), pourtant, elle voulait lui montrer l'enfant. C'était bizarre mais, pour la première fois, elle se rendait compte à quel point leurs prénoms se ressemblaient. Et tous deux l'avaient pénétrée ; Harry son corps, et Hal son cœur. Il fallait qu'elle montre à Harry que, malgré ses innombrables efforts pour la réduire en miettes, il avait échoué. Elle avait donné naissance au plus sublime des petits garçons. Harry ne pouvait plus rien contre elle. Elle était devenue mère.

Dans le train, Hal s'assit sur ses genoux. Un paysage impressionniste défilait sous leurs yeux. Agatha en profita pour se détendre mais, de temps à autre, elle se raidissait. Ils ne seraient pas loin de chez ses parents, et Louise vivait peut-être encore dans les environs. Au début, Agatha avait cru vouloir retourner sur les lieux de son enfance pour les revoir, avant de comprendre que ce n'était pas du tout le cas. Elle n'avait plus rien à leur dire. Elle se passait parfaitement d'eux.

Ruth regarda l'agent Samuels pendant qu'elle parlait au téléphone et tenta de deviner à son expression ce qu'on lui annonçait. Une technique aussi inutile que de lever une enveloppe à la lumière dans le but de déterminer l'identité de son expéditeur. Elle jeta un coup d'œil furtif en direction de Christian, replié sur lui-même. *S'il arrive malheur à Hal, nous en mourrons*, songea-t-elle avant de penser à Betty. Non, ils n'auraient même pas ce soulagement.

La policière raccrocha puis vint s'asseoir en face d'eux. Christian se mit à pleurer, ce qui agaça prodigieusement Ruth.

« Nous ne les avons pas retrouvés, annonça-t-elle, mais ses parents nous ont éclairés sur la situation. Agatha a fugué le jour de son seizième anniversaire, il y a sept ans, et ils n'ont reçu aucune nouvelle depuis. Apparemment, elle avait volé de l'argent et elle avait des ennuis à l'école. La police est intervenue, ses parents sont passés dans les émissions spécialisées dans les recherches de personnes disparues, ils sont même allés à Londres, ils ont placardé des affiches avec sa photo. En vain. Un an plus tard, le jour de ses dix-sept ans, le meilleur ami de son père s'est suicidé. Il a laissé une lettre dans laquelle il expliquait qu'il ne pouvait pas vivre sans elle. Il avait commencé à abuser d'elle quand elle avait neuf ans.

— Mon Dieu ! » murmura Ruth, sidérée.

Comment décrire ce qu'elle ressentait ?

« Il vivait dans les environs. Dans le village voisin, pour être précise. La police se rend à son ancien domicile.

— Vous pensez qu'elle a pu aller chez lui ?

— C'est envisageable.

— Pourrais-je parler à sa mère ? demanda Ruth.

— Pour quelle raison ? tempêta Christian.

— Je ne sais pas. J'en ai besoin. »

L'agent de police ne parut pas étonnée ; elle avait déjà vécu de telles situations. Dans les pires moments, tout le monde réagit de la même manière.

« Il faut que je me renseigne », répondit-elle en quittant la pièce, laissant les Donaldson patienter.

Ruth avait l'impression que sa vie n'avait été jusque-là qu'une longue attente. Elle avait toujours espéré que tout s'arrangerait, mais non, l'attente ne finirait jamais.

« La mère accepte de vous parler, lui annonça Samuels en les rejoignant. Je peux la rappeler si vous êtes certaine de votre décision.

— Oui, merci. »

Ruth s'empara du téléphone qu'on lui avait tendu. Le peu d'énergie dont elle disposait encore la quitta brusquement, comme si elle venait de recevoir une balle et qu'elle se vidait de son sang. Lorsque Christian la prit dans ses bras, elle se laissa faire. Elle se sentait en sécurité : une petite chose fragile dans ses grands bras forts.

« Allô ?

— Allô », répondit Ruth.

Son interlocutrice se mit à pleurer.

« Je suis désolée », articula-t-elle.

Ruth comprit que cette conversation ne lui apprendrait rien. Elles allaient seulement parler de mère à mère.

« Ne vous excusez pas.

— On la pensait morte. Je n'arrive pas à croire... Agatha était la nounou de vos enfants ?

— Oui.

— Comment était-elle ? Je veux dire, avant... »

Ruth voulait se montrer gentille mais la folie la gagnait.

« Elle était parfaite. Les enfants l'adoraient. Vous ne l'avez pas vue depuis sept ans ?

— C'est ça. Elle est partie le jour de ses seize ans. La police a dû vous l'expliquer, j'imagine.

— Oui.

— On savait qu'elle avait des problèmes. Elle était bizarre quand elle était petite. Elle mentait sans arrêt, elle racontait des horreurs, mais on n'en connaissait pas la raison. On la croyait mauvaise. » La femme hoqueta. Où cette conversation allait-elle mener Ruth ? « Et puis, Harry est mort. Mon Dieu ! La lettre qu'il a laissée ! Il disait qu'Agatha était devenue sa maîtresse à neuf ans. C'est le terme qu'il a utilisé : *maîtresse*. Comme si elle avait été consentante.

— Je suis désolée.

— Moi aussi. Désolée de ne pas avoir su l'aider et désolée que Harry se soit suicidé. J'aurais préféré le tuer moi-même.

— Vous pensez qu'elle a pu se rendre chez lui ?

— Je ne sais pas. Elle ignore sans doute qu'il est mort. Et puis, pourquoi ferait-elle une chose pareille ? Je ne comprends rien à toute cette histoire. » Elle prit le temps de réfléchir avant de poursuivre : « Je ne pense pas qu'elle fasse du mal à votre fils. Je crois qu'elle ne sait plus où elle en est, comme quand elle était petite. On a consulté un médecin qui nous avait dit qu'elle affabulait. Elle inventait des histoires puis oubliait la frontière entre la réalité et le mensonge. C'est pour ça qu'on ne la prenait pas au sérieux, conclut la mère d'Agatha avant de fondre en larmes. Je m'en veux tellement. Vous n'imaginez pas à quel point. Elle comptait sur moi et je l'ai laissée tomber. On l'a tous laissée tomber.

— J'espère que vous avez raison quand vous dites qu'elle ne fera pas de mal à mon fils », reprit Ruth, soudain apaisée.

Surtout ne pas finir comme cette femme ! Tout faire pour éviter ça. L'avenir s'annonçait menaçant. Il fallait soit accepter son sort sans rien dire, soit se battre.

Agatha et Hal montèrent dans un taxi à la gare. La jeune fille commençait à croire qu'une puissance divine veillait sur elle et qu'elle était devenue toute-puissante. Le chauffeur parla de la chaleur et lui demanda comment son fils la supportait. La nounou prit cette question pour un signe du destin : tout allait bien se passer.

« Quel âge a-t-il ?

— Trois ans. Nous avons fêté son anniversaire hier et il s'est amusé comme un petit fou.

— Aujourd'hui, c'est le tour de ses grands-parents, c'est ça ?

— De mon oncle. Nous avons toujours été très proches. »

Une béance se creusa dans le cerveau d'Agatha. D'un blanc lumineux, elle sentait les aiguilles de pin et résonnait de hurlements.

La maison n'avait pas changé. Enfant, elle la trouvait imposante, alors qu'elle était plutôt étroite. Elle leva les yeux vers l'étage, vers la fenêtre dont les rideaux restaient perpétuellement tirés, plongeant la chambre dans l'obscurité. Ses jambes lui semblaient lourdes et son esprit était trop embrouillé pour qu'elle réussisse à sangler Hal dans sa poussette, qu'elle abandonna au bout de l'allée pour prendre l'enfant dans ses bras et s'en servir de protection lorsque la porte s'ouvrirait. Ses mains tremblaient mais elle s'y était préparée. Elle avait chaud et son corps était parcouru de frissons. Elle ne pouvait pas renoncer si près du but. Elle appuya sur la sonnette blanche fixée sur l'encadrement de la porte.

Une femme ressemblant à s'y méprendre à Ruth lui ouvrit. Comment avait-elle pu se montrer assez fourbe pour la devancer ici ? Serait-elle complice ? La vie d'Agatha n'était-elle qu'une vaste machination ? Heureusement, une fillette qui n'était pas Betty se précipita derrière les jambes de sa mère, ce qui ramena brusquement la nounou à la réalité.

« Bonjour, que puis-je faire pour vous ? demanda l'inconnue.

— Excusez-moi, je cherche quelqu'un. Vous vivez ici ?

— Oui, reconnut la dame en riant. Qui cherchez-vous ?

— Harry. Harry Collins.

— Désolée, répondit la dame d'un air surpris, ce nom ne me dit rien. Vous êtes sûre de ne pas vous être trompée d'adresse. »

Harry ne pouvait quand même pas avoir déménagé !

« Depuis combien de temps habitez-vous cette maison ?

— Un peu plus de deux ans, mais le propriétaire précédent ne s'appelait pas Harry Collins. Il s'agissait de M. et Mme Anderson. »

Agatha recula d'un pas, prise de vertige. L'intérieur de la maison qu'elle devinait derrière l'inconnue était d'un blanc immaculé, très différent de celui qu'elle avait connu. Tout avait changé. Même Harry n'avait pas attendu son retour. Agatha hoqueta. La dame tendit la main.

« Ça va ? Vous voulez entrer une minute ?

— Non, non, murmura Agatha, avant de s'apercevoir qu'elle pleurait.

— Votre fils semble contrarié. »

Un coup d'œil vers Hal suffit à la nounou : il avait l'air effrayé. Cette histoire allait trop loin.

« Non, tout va bien. »

Un goût amer lui envahissait la bouche.

Elle se tourna vers le pré en face de la maison. Au-delà se trouvaient le bois et la rivière. Eux, au moins, n'auraient pas disparu. En s'éloignant, elle sentit le regard de l'inconnue peser sur elle. Peut-être même l'avait-elle appelée. Aucune importance. Harry était parti, c'était ça, l'essentiel. Il ne saurait jamais ce qu'elle avait dû endurer pour prendre sa revanche. Il aurait toujours le dernier mot.

Avançant péniblement sur le chemin cahoteux, Agatha comprit soudain la véritable raison de sa présence ici. Rien à voir avec Harry. Pas du tout. Depuis le début, elle attendait ce moment. Toute son existence avait peut-être même tendu dans cette direction. Elle se retourna juste avant que la pénombre des bois l'engloutisse ; la dame l'observait toujours depuis sa porte, un téléphone vissé à l'oreille. Il fallait faire vite ! Inutile de s'inquiéter, quelques minutes suffiraient, après tout.

Le sous-bois était humide, comme le jour de son seizième anniversaire. Postée devant la maison de Harry, un couteau de cuisine de sa mère à la main, elle avait levé les yeux vers l'étage ainsi qu'elle venait de le faire. Mais, ce jour-là, le courage lui avait manqué. Elle s'était enfuie dans la forêt, vers la rivière, à la recherche d'une issue plus facile et plus sûre. Là encore, le courage lui avait fait défaut. Mais aujourd'hui, c'était différent. Elle avait sonné, prête à se venger de Harry. Il lui avait fallu sept ans pour y parvenir. Pour rien.

On entendait la rivière avant de la voir. D'après Harry, elle était violente et dangereuse. Tant mieux.

« Si tu tombes à l'eau, tu mourras, ma belle, lui avait-il dit. Tu t'écraseras le crâne sur les rochers, tes poumons se rempliront d'eau et, de peur, ton cœur s'arrêtera de battre. »

Ces sensations n'effrayaient guère Agatha : elle avait connu pire.

Elle descendit sur la rive. Que ce pas en avant serait facile à faire ! Le seul ennui, c'était Hal. Elle avait failli l'oublier. Elle aurait dû le confier à la dame ; elle s'en voulait de ne pas y avoir songé plus tôt. Trop tard. Elle serra l'enfant plus étroitement contre elle. Il la rassurerait. La béance qui s'était formée dans son cerveau s'élargissait irrémédiablement. Agatha ne pourrait bientôt plus se déplacer. Il fallait donc agir vite. Hal s'agita dans ses bras. Elle le contempla. Il n'était pas concerné par tout ça. Ça ne paraissait pas juste pour ce pauvre petit, qu'elle posa sur l'herbe. Il pleurait tant qu'elle eut vaguement pitié de lui. Il n'était pas son fils après tout ; il ne l'avait jamais été ; elle n'était même plus sûre de l'aimer.

« Attends ici, Hal, ne bouge pas. Quelqu'un va venir te chercher. »

Il acquiesça d'un signe de tête et lui sourit.

« Tout va bien se passer, je te le promets. »

Sur ces mots, elle se tourna vers l'eau, ravie que Hal assiste à ce qui allait suivre : c'était une raison suffisante pour l'avoir amené. Elle se remémora ses petits bras potelés, ses petites jambes, son besoin d'amour et se reconnut dans ce portrait. Elle se sentit redevenir enfant.

Agatha sauta. La rivière était aussi froide et les rochers aussi acérés que Harry les lui avait décrits. L'eau se referma sur elle et ses sens l'abandonnèrent. Une expérience aussi extraordinaire qu'un baptême, aussi inédite qu'une renaissance.

Vous a-t-on déjà tiré d'un avion en flammes ? Avez-vous déjà dépassé un concurrent à la course ? Avez-vous déjà fait du bouche-à-bouche à un inconnu au bord d'une route de campagne ? Avez-vous déjà vu votre meilleur ami exploser dans un attentat à la bombe en Afghanistan ? Avez-vous été la dernière personne à sortir des tours jumelles ? Avez-vous déjà traversé une route une seconde avant qu'un poids lourd ne passe à toute vitesse ? Avez-vous déjà traversé le désert à la recherche de nourriture pour soudain apercevoir au loin la tente d'une organisation d'aide humanitaire ? Avez-vous déjà vu la mer se dresser au-dessus de votre tête et emporter l'enfant que vous teniez par la main et que vous avez retrouvé vivant quelques heures plus tard ? Avez-vous déjà été pris en otage et a-t-on déjà pointé une arme sur votre tempe devant des caméras de télévision ? Vous a-t-on déjà dit que votre enfant était encore en vie après avoir été enlevé par une folle qui l'avait laissé sur la berge d'une rivière dans laquelle elle s'était suicidée ?

Ils se retrouvèrent enfin dans leur chambre, assis de part et d'autre de leurs enfants endormis dans leur lit ; ils n'avaient pas eu le courage de se séparer ce soir-là. Tout habillés, Ruth et Christian n'allumèrent pas la lumière mais les lueurs orangées des réverbères éclairaient la pièce. Assez pour lire, en temps normal. Mais le temps redeviendrait-il normal ? Ruth n'avait plus assez de larmes pour pleurer, Christian en fut soulagé.

Jetant des coups d'œil furtifs à sa femme, mourant d'envie de lui poser des questions, il se pencha par-dessus le lit et fut surpris lorsqu'elle le laissa lui prendre la main.

« Essaie de dormir, tu as l'air épuisée. Tout sera plus clair après une bonne nuit de sommeil.

— Je ne suis pas fatiguée. Je me sens plus éveillée que jamais. »

Ils restèrent assis là, main dans la main, jusqu'à ce que Ruth reprenne la parole :

« Qu'est-ce qu'on fait, maintenant ?

— On fait de notre mieux.

— Oui mais… est-ce que ce sera assez ?

— Nous n'avons pas le choix. C'est la vie. »

Ils se turent, tous deux attentifs à la respiration régulière de Hal et Betty. Ruth avait le cœur serré. Elle ne voulait surtout pas imaginer ce qui se serait passé si Hal était mort avec Agatha, cependant son esprit y revenait sans cesse, comme un chat qui joue avec une souris. Il avait eu besoin d'elle. Ruth l'avait compris quand on lui avait tendu son fils et que leur famille était redevenue un tout. Son petit corps tremblant, ses joues couvertes de larmes, ses mains glacées. Elle aurait tant aimé le faire revenir dans son ventre à ce moment-là. La vie, si fragile, si délicate, si précieuse, la contemplait du fond d'un puits de tristesse. Elle aurait voulu garder ce souvenir mais il lui échappait déjà. Les moments de joie, d'effroi et de honte ne peuvent pas être revécus trop souvent ; ils finiraient par vous tuer.

« Il va falloir tout changer, dit Ruth en ayant l'impression d'énoncer une lapalissade.

— Je sais.

— Je vais demander à Sally si je peux prendre un congé. Je ne reprendrai peut-être pas. Je pourrais travailler en free-lance.

— J'envisage de faire pareil

— C'est vrai ? s'étonna Ruth en fixant son mari d'un air incrédule.

— Oui, je ne comprends rien à ce qui nous arrive. Il y a forcément autre chose à espérer de la vie. Ce n'est pas possible autrement. »

Ils gardèrent le silence quelque temps, sachant parfaitement qu'il s'agissait d'une illusion. S'il existait un moyen de vivre sa vie comme on l'entend, en étant heureux et en rendant les autres heureux, ça se saurait. Ils réussiraient peut-être à changer ; peut-être pas. Le mieux qu'on puisse vraisemblablement espérer, c'était de comprendre ce que traversait son couple. Certaines révélations vous tombaient dessus comme des pépites d'or trouvées au fond d'une rivière. Ruth n'était même pas certaine d'avoir la réponse à leurs questions mais Christian et elle étaient désormais liés ; peut-être était-ce ce qui les aiderait à surmonter cette épreuve. Ils se suffisaient l'un à l'autre.

Christian lui serra la main et la regarda dans les yeux. Il voulait savoir ce qu'elle pensait.

« Je n'y comprends rien, Ruth. Tout ça me dépasse complètement. »

Ruth lui sourit. Il avait bien fait de parler car elle allait lui dire quelque chose d'important. Quelque chose qui justifiait son amour pour elle. Quelque chose qui l'habiterait longtemps. Quelque chose qu'elle n'aurait jamais osé dire sans cette épreuve, rendue de fait nécessaire. Ils y étaient enfin parvenus ! Et cette épiphanie voletait autour d'eux, aussi légère que de la fumée.

« J'y ai réfléchi, moi aussi, annonça Ruth. Tu sais quoi ? C'est presque réconfortant, finalement. Si rien ne fait sens, par défaut tout fait sens. Tu ne crois pas ? »

Remerciements

Merci aux formateurs de mon master d'écriture créative à l'université du Sussex qui m'ont appris à rédiger et, plus encore, à croire en mon talent d'écrivain. Je pense en particulier à Sue Roe et Irving Weinman. Merci également à mes camarades Craig et Richard pour leur amitié, leurs conseils et leur aide. Merci à Mick Jackson d'avoir pris le temps d'aider une novice, de m'avoir convaincue de faire garder mes enfants et de jeter mes trente premières pages à la poubelle. Merci à Polly et Lucy pour l'incroyable attention qu'elles ont accordée à mes enfants, ce qui m'a donné le temps nécessaire à l'écriture de ce roman. Je les remercie également de ne pas ressembler du tout à Aggie.

Merci à Clare Reilly, qui a été la première personne à me relire et m'a présenté mon éditrice, Clare Smith, qui non seulement m'a donné ma chance mais s'est également montrée patiente, encourageante et judicieuse dans ses remarques. Merci également à Carol MacArthur qui n'a jamais paru agacée par mes incessantes questions.

Merci à mes amis qui mettent de la gaieté dans ma vie, qui ont lu et relu mes nombreux brouillons et dont les encouragements ne m'ont jamais fait défaut. Je pense en particulier à Polly, Emily M., Emily S., Dolly, Shami, Amy, Clare, Bryony, Sophie, Ève et Paula. Et merci à Penny pour son aide et son enthousiasme.

Je remercie également mes sœurs Posy et Ernestina, mes frères Algy, Ferdy et Silas ainsi que leurs conjoints Johnny, Ben, Emily et Laura pour l'intérêt qu'ils ont porté à mon travail et leur lecture attentive.

Mille mercis à papa et maman qui m'ont élevée dans un foyer rempli d'amour, de livres, d'échanges et qui n'ont pas lu et ne liront pas que les innombrables brouillons de ce roman.

Merci à mes trois fantastiques enfants Oscar, Violet et Édith, trop jeunes pour rien avoir lu de moi mais assez grands pour que je comprenne ce qui est important dans la vie.

Merci enfin à Jamie. Pour tout. Mais surtout pour m'avoir toujours aidée à avoir une chambre à moi.

Composition et mise en pages : FACOMPO, LISIEUX

Achevé d'imprimer par GGP Media GmbH, Pößneck
en juillet 2012
pour le compte de France Loisirs,
Paris

N° d'éditeur : 68820
Dépôt légal : août 2012
Imprimé en Allemagne